光文社古典新訳文庫

ヴェーロチカ／六号室　チェーホフ傑作選

チェーホフ

浦 雅春訳

光文社

Title : ВЕРОЧКА/ПАЛАТА № 6
1887／1892
Author : А. П. Чехов

『ヴェーロチカ／六号室　チェーホフ傑作選』＊目次

ヴェーロチカ 9
カシタンカ 39
退屈な話 83
グーセフ 205
流刑地にて 237
六号室 259

解説　浦雅春　376
年譜　406
訳者あとがき　412

ヴェーロチカ／六号室

チェーホフ傑作選

ヴェーロチカ

Верочка
1887

イワン・アレクセーエヴィチ・オグニョフは、あの八月の夜、勢いよくガラス戸を開けてテラスに出ていったことをおぼえている。そのとき彼は薄手のマントをはおり、頭にはつば広の麦わら帽子をかぶっていた。今や乗馬ブーツと一緒に埃《ほこり》まみれになってベッドの下にころがっているあの帽子である。彼は一方の手に縄で結わえた本やノートの束をかかえ、もう一方の手には太い節くれだったステッキをたずさえていた。

ガラス戸の奥には、この家の主人クズネツォフが出てゆくオグニョフの足先をランプで照らしながら立っていた。頭が禿げ、長い白髪の髭をたくわえ、雪のように白いピケのジャケットを着た老人である。老人は人がよさそうな笑みをうかべて、さかんにうなずいていた。

「これでお別れです、ご主人！」とオグニョフは老人に話しかけた。

クズネツォフはランプをテーブルに置くと、テラスに出てきた。二つの長い影が階段をすぎて花壇にまで伸び、菩提樹の幹に頭を寄せ合っていた。

「さようなら、ほんとうにありがとうございました」とオグニョフは言った。「心温まるおもてなしにご親切、ご厚誼に感謝いたします……。温かいおもてなしは金輪際忘れることはないでしょう。ご主人もお嬢さんもおやさしく、家の方々もやさしく明るい、心温たまる方でした……。どなたもすばらしい方ばかりで、言葉もありません！」

胸がいっぱいになった上に、先ほど飲んだ果実酒の酔いがまわって、オグニョフは神学生のような朗々とした声で話しながら、感極まって感情を言葉であらわすよりは、目をぱちくりさせ、肩をひくひくさせるばかりだった。クズネツォフの方もほろ酔い機嫌でうっとりとし、若いオグニョフを抱き寄せて、さかんにキスをしていた。

「まるで飼い犬のようにすっかり、お宅になじんでしまいました！」とオグニョフは言葉をついだ。「ほとんど毎日こちらに通いづめで、十回ばかり泊めていただきましたし、どれだけ果実酒のご相伴にあずかったか、思い出すのもおそろしいくらいです。何よりもお礼申し上げたいのは、ご主人のご協力とご支援です。もしご主人がいらっしゃらなければ、私は十月まで統計と悪戦苦闘していたことでしょう。是非とも序文にこう書かせていただきます。Ｎ郡参事会議長クズネツォフ氏の親切なご助力にお礼申し上げる、と。統計にはすばらしい未来が約束されています。お嬢さんのヴェーラ・ガヴリーロヴナさんにもよろしくお伝えください。それに医者方《せんせい》やお二人の予審判事や、ご主人の秘書の方にもお力添えはけっして忘れませんとお伝えください！もう一度抱擁とキスをさせてください」

感傷的になったオグニョフはもう一度老人とキスをすると、階段をおりた。最後の段のところで彼は振り返ると、こう訊ねた。

「いつかまたお目にかかれますかね？」

「さあ、どうでしょう！」老人は答えた。「おそらく、そんな機会はありますまい！」

「たしかに！　あなたをペテルブルグに引っぱり出すのは容易なことではありませんし、それにぼくがまたこの郡にやって来るなんてこともないでしょう。それでは、お暇《いとま》します！」

「本は置いていかれたらどうです」背後から老人が声をかけた。「わざわざそんな重い物を運ぶ必要もありますまい。明日人をやって届けさせますよ！」

しかしオグニョフはそんなことばには耳も貸さずに、屋敷からすたすたと遠ざかっていった。ワインで温められた心中は愉快で温かく、そしてほろ苦かった……。彼は歩を進めながら、人生ではすばらしい人との出会いがしばしばあるにもかかわらず、そうした邂逅《かいこう》から思い出だけしか残らないのがいかにも無念だと思わずにはいられなかった。よくあることだが、地平線の彼方を鶴がかすめ、おだやかな風がその哀れを誘う悦ばしい声を届けることがあるが、それも一瞬、いかに目をこらして青い彼方を眺めてみても、鶴の影も見えなければ、もはやその声も聞こえない。それとおなじように、人の顔もその話も人生をちらりとかすめるだけで、われわれの過去に埋もれ、取るに足りぬ思い出のかけらをのぞいては、何も残らないのである。春先からこのN郡で暮らし、ほとんど毎日のように心温まるクズネツォフ家に通いつめたオグニョフは老人とも娘とも召使いとも身内同然に付き合い、この家のことも、居心地のいいテラスも、曲がりくねった小道も、台所や風呂場の上にかかる木々のシルエットも知り尽くしていたが、今こうして木戸をあとにすると、すべてが思い出と化して、それらが持っていた現実感をなくしてしまい、一年か二年もすれば、これらの懐かしい面影が色あせ、意識のなかでたんなる思い過ごしや空想の産物とかわらなくなってしまうのだ。

「人生には人より大切なものは何一つはないんだ！」小道に向かいながらオグニョフは考えるのだった。「何一つ！」

庭は静かで暖かだった。まだ散りきらない花壇のモクセイソウやタバコやヘリオトロープがプーンと匂った。草木の茂みと木々の幹のあいだには、うっすらとやさしく霧がたちこめ、月明かりが差し、あとあとまでオグニョフの記憶に残っていたことだが、幻影にも似た切れ切れの霧が忍びやかに、だがしっかり目に見えるかたちで、次から次へと並木道を横切っていった。月は庭の空高く懸かり、その下を透き通った霧がひとつまたひとつと東の方角へ流れてゆく。世界全体が黒いシルエットと白い影だけでできているように思われ、生まれてはじめて八月の月明かりの夜の霧を観察したオグニョフは、今自分が目にしているのは自然そのものではなく、なんだか舞台の書き割りでも見ているようにしか思えなかった。腕の悪い花火師が草むらに身をひそめて白いベンガル花火[1]を打ち上げるつもりだったのに、花火と一緒に白い煙をもくもく

1　五、六世紀ごろ、インド北東部のベンガル地方で実用化された閃光型の花火。宗教儀式や舞台効果に使用された。

と立ててしまった塩梅《あんばい》だった。

オグニョフが庭の木戸までやって来ると、庭先の低い垣根から黒い影がひとつ離れ出て、オグニョフの方に向かって来た。

「ヴェーラさん！」オグニョフは喜んだ。「ここにいらしたのですか？　さんざん探しましたよ、お別れを言いたくて……。これでお別れです、お暇します！」

「こんなに早く？　まだ十一時ですのに」

「いえ、もう時間です！　これから五キロ歩いて、それに荷造りもしなくてはなりませんから。明日は早いんです……」

オグニョフの前に立っているのは二十一歳になるクズネツォフの娘ヴェーロチカだった。魅力的だが、日ごろは浮かない顔をして、服装にも頓着しない娘である。えてして想像力がたくましくて、日がな一日寝そべって手近にある本を手当たり次第に読んでは無聊をかこち、詰まらなそうな顔をしている娘は大抵身なりを構わないものである。天与の趣味の良さと美の感覚を授けられた者には、これが独特の魅力を添える。少なくともオグニョフは、のちに愛らしいヴェーロチカを思い出すときには、腰のあたりに深くヒダの入った、それでいて体の線は出さないあのゆったりとしたブラウスなしには、あるいは高く結った髪から額に落ちている巻き毛なしには、また端に毛羽立った玉をあしらった真っ赤な手編みのショールなしには、彼女の姿を思い浮かべることができなかった。そのショールときたら、夜には、おだやかな天気の日の旗のようにヴェーロチカの肩にしなだれかかっているが、昼間は玄関先で男物の帽子のわきか、年取ったネコがわが物顔に寝そべっている食堂の長持ちの上に無造作に放り出されているのである。このショールやブラウスのヒダから漂ってくるのは、なんら束縛されることのない無為であり、心なごむやさしさであり、家庭のくつろぎだった。おそらく、オグニョフが好意を持っていたためだろう、彼はヴェーロチカのボタンひとつにも、フリルひとつにも何かしら温かみのある、気持ちのなごむ可憐なもの、ほかのまごころがこもらぬ、美の感情を欠いた冷ややかな女性にはないものを感じていた。

ヴェーロチカはスタイルがよく、端整な横顔と美しい巻き毛をもっていた。これまであまり女性と付き合いのないオグニョフには彼女は美人に思えた。

「いよいよ発《た》ちます！」木戸の前で別れの挨拶をしながら、彼は言った。「どうぞ悪しからず！　なにもかも、ありがとうございました！」

先ほど老人と話していたときと同じ、朗々とした神学生のような声で、また同じように目をぱちくりさせ、肩をひくひく揺すりながら、彼はヴェーラにこの家でのもてなしや親切、交誼の礼をのべはじめた。

「あなたのことは毎回母親への手紙に書いたのですよ」と彼は言った。「もしこの世の中があなたやあなたのお父様のような方ばかりだったら、世の中はどんなに愉しいものになったでしょう。どなたもすばらしい方ばかりです。素朴で、親切で、誠実な方ばかりです」

「今後はどちらへ？」

「これからオリョールの母親のところへ行って、そこで二週間ばかり過ごしてからペテルブルグでまた仕事です」

「そのあとは？」

「そのあと？　冬じゅう仕事して、春になったらまたどこかの郡で資料集めです。では、どうかお幸せに、百年も長生きなさいますように……。どうかお元気で。もうお目にかかることもないでしょう」

オグニョフは身をかがめて、彼女の手に接吻した。それから黙ったまま、気ぜわしくマントを正し、抱えやすいように本の束を持ちかえて、しばらく黙っていたが、やがてこう口を切った。

「ずいぶん霧が出て来ましたね！」

「ええ。何かお忘れ物はありませんか？」

「ええ。ないと思いますが……」

オグニョフはしばらく黙って立っていたが、やがてぎこちなく木戸に向き直って、庭から出ていった。

「お待ちになって、うちの森のはずれまでお送りします」彼について出て、ヴェーラは言った。

二人は道を歩き出した。今や木々も視界をさえぎらず、空や遠くまで見晴るかすことができた。まるで薄いベールをかけたように、あたりの自然が乳白色の霧におおわれて息をひそめ、自然の美しさが霧を透かして愉しそうに顔をのぞかせていた。より深くより白くなった霧がまだらに干し草や茂みのあたりに降り、切れ切れのかたまりとなって道を横切ったり地面近くをただよい、あたかも視界をさえぎることを避けているよう思われた。霧を透かして、森に通じる小道が一望された。道の両側には溝があり、その溝に生えるいくつもの茂みが切れ切れの霧の通行をさまたげていた。木戸から半キロばかり先にクズネツォフ家の森が黒い帯となってのびていた。

「どうしてこの人はついて来るんだろう？　これではまた送っていかなけりゃならんじゃないか！」とオグニョフは思ったが、ヴェーラの横顔を目にすると、にっこりほほえんでこう言った。

「こんな天気のいい日に発っていくのは気がすすみませんね！　月は出ているし静かで、お膳立ては万端、これ見よがしのロマンチックな夜じゃないですか。実を言うと、ヴェーラさん、ぼくはこの世に生まれて二十九年になりますが、これまでロマンスひとつないのです。ロマンチックな出来事ひとつないものだから、ランデブーだとか、溜息のもれる並木道だとか接吻といったものも、物の本で知っているだけなのです。異常ですよね！　町にいて自分の部屋にこもっていると、この欠落には気づきませんが、ここで新鮮な空気に当たると、ことのほか強くそれを感じます……。なんだか口惜しくなる！」

「どうして、そんな風ですの？」

「わかりません。たぶん時間がなかったんでしょう、あるいはそういう出会いがなかったせいでしょう、たとえば……。とにかくぼくには知り合いは少ないし、出かけることもしませんから」

三百歩ばかり若い二人は黙って歩いた。何もかぶらないヴェーラの髪やショールをながめるオグニョフの心中には、この春や夏の日々が次から次へとよみがえってきた。灰色にくすんだペテルブルグの自室から遠く離れて、すばらしい人たちのやさしさに甘え、ここの自然や自分の好きな仕事にかまけているうちに、夜明けが夕闇に変わるのにも、夏の終わりを告げる鳥の鳴き声がウグイスからウズラに変わり、その後クイナに移り変わっていったことにも気づかないでいた……。時間がそれと知れず過ぎていったとすれば、それなりに愉しく暢気に過ごしてきたのだろう……。オグニョフは声に出して思い出を語りはじめた。裕福でもなく、世の中の動きや人にも馴染めない彼は、いかにも気乗りがしないまま、四月の末にこのN郡にやって来たのだった。当初は、ここに来ても、わびしさと孤独と、今でこそほかの学問に立ち交じってめざましい地位を占めている統計学への無関心に会うのが関の山だとぐらいにしか考えていなかった。四月の朝、この郡のN町にやって来た彼は、タバコは外でという条件で、ひと晩二十コペイカで明るい清潔な部屋を提供してくれる旧教徒のリャブーヒンが営む宿屋に投宿した。一息入れて、この郡の参事会議長の名前を聞き出すと、彼はその足でクズネツォフを訪ねるために徒歩で出かけた。絢爛たる草原と若い林をぬけて四キロばかり歩かなければならなかった。雲の下では、空中に銀の音《ね》をひびかせながらヒバリがさえずり、緑したたる畑の上では大きく悠然と羽を広げたミヤマガラスが舞っていた。

「ほほう」このときオグニョフは驚嘆した。「ここはいつもこんなに香《かぐわ》しい匂いがするのだろうか、それとも、今日だけ、ぼくを迎えて匂うのかしら?」

そっけない出迎えしか期待していなかったオグニョフは、眉根をよせて、気弱に顎ひげをしごきながら、恐る恐るクズネツォフの家に入っていった。たしかに老人は最初のうちこそ、額にしわを寄せ、いったいこの若造と彼の言う統計に郡の参事会がどんな関係があるのかいぶかっていたが、統計資料がどんなもので、どこでデータを収集しようとしているかをオグニョフが詳しく説明してやると、顔をほころばせ、子供のような好奇心を丸出しにして、オグニョフのノートをのぞき込みはじめた……。そして早くもその日の夕方にはオグニョフはクズネツォフ家の食卓に連なり、強い果実酒にみるみる酔いがまわり、新しい知己のおだやかな顔や彼らのおっとりとした動作をながめながら、眠くなって伸びをし、思わずほほえんでしまうような、甘いまどろみの誘惑を全身に感じていた。一方、ここの新しい知り合いたちはやさしく彼を見つめながら、父親や母親はお元気かとか、ひと月の稼ぎはどれくらいで、劇場にはよく足を運ぶのかなどと聞いてくるのだった……。

オグニョフはまた近郷を馬車で駆け回ったことや、ピクニックや魚を釣ったことや、打ち揃って女子修道院のマルファ院長を訪問し、一人一人院長からビーズ編みの財布をもらったことを思い出した。それにまた、いつ果てるとも知れないロシア人特有の議論のことも思い出した。ロシア人ときたら、議論となると口角泡を飛ばし、こぶしでテーブルをドンドン叩いて、横槍を入れるばかりでお互い理解せず、自分でも気づかぬうちに辻褄《つじつま》の合わないことを言い出し、しょっちゅうテーマを変えては、二時間も三時間も議論したあげく、ついにはお互い笑い出し、

「何の因果でいがみ合いがはじまったのか！　健康を言祝《ことほ》いでいたのに、いつの間にやら、死の話ですわい！」となるのである。

「そう言えば、おぼえておいでですか？　私とあなたと医者《せんせい》が馬車でシェストヴォ村に出かけたときのこと」オグニョフは彼女とならんで森に近づきながら話をつづけた。

「あのとき瘋癲《ふうてん》行者[2]に出会いましたよね。私が五コペイカ玉をめぐんでやると、そいつは三度十字を切って、その五コペイカ玉をぷいとライ麦畑に投げ捨てたんです。いやはや、私はたっぷり新鮮な思い出を抱えて帰りますよ。もしそれらをひとつにまとめることができたら、きっとすばらしい金塊ができあがりますよ！　ぼくにわからないのは、どうして頭のいい感受性に富んだ連中がモスクワやペテルブルグにたむろするばかりで、ここにやって来ないのか？　ネフスキー通りや大きなじめじめしたお屋敷のほうがここより広々としていて、真実があるというんですかねえ。あの床から天井まで、芸術家や学者先生やジャーナリストの本でびっしり埋まった家具付きの部屋というのは、ぼくには偏見のかたまりとしか思えませんねえ」

森から二十歩ばかり手前のところに、四隅に杭を打ち込んだ細い橋が道を横切って渡してある。それは、夕方の散歩の際に、つねにクズネツォフ家や客人たちの小休止の場となっていたところである。ここから声を上げて森の木霊《こだま》を楽しむことができたし、道が黒々とした森になかに消えていくのも一望できた。

「さて、橋まで来ました」とオグニョフは言った。「ここであなたはお帰りですね……」

ヴェーラは立ち止まって息をついだ。

「ちょっと腰を下ろしません？」杭のひとつに腰掛けながら彼女が言った。「出かける前、お別れを言うときには、いつもここに腰を下ろすんです」

オグニョフは彼女の横に置いた自分の本の束の上に腰を下ろした。彼女は歩いたせいで苦しそうに息をしながら、オグニョフではなくわきを見つめていたので、彼には彼女の顔は見えなかった。

「十年ぐらい経って、ひょっくりお会いするかもしれませんね」彼はそう言った。「ふたりともどうなっていますかね？　あなたはきっと家庭に入って立派なお母さんになりでしょう、ぼくだって立派な、四万冊に匹敵する分厚い、誰にも必要とされないような統計集の本の著者になっているかもしれません。会って昔を懐かしむんでしょうね……。今われわれは現在のことが気がかりで、それで頭がいっぱいで、気をもんでいますが、将来お会いしたときには、この橋のところで最後に会った日にちは

2　「聖愚者」とも「佯狂者《ようきょう》」とも訳される。奇矯な行動や言動によって「愚者」と見なされると同時に真実を語る者として崇《あが》められた。

おろか、何月だったか、何年だったかもおぼえていないんでしょうね。おそらくあなたはお変わりになっているでしょうから……。きっとお変わりになっているでしょうね？」

ヴェーラはぎくっとして、顔を彼に向けた。

「何です？」彼女は訊ねた。

「ぼくがお尋ねしているんですよ……」

「ごめんなさい、何をおっしゃったのか、聞いていませんでした」

ここでようやくオグニョフは彼女の変化に気づいた。彼女は顔を青くして、苦しそうに息をし、その息の震えが手にも唇にも髪にも伝わり、額にかかる前髪の巻き毛がいつものように一房ではなく、ふた房ほつれて飛び出していた……。どうやら彼女はまっすぐ目を見るのを避けているらしく、動揺を隠そうと、盛んに首元の襟を正したり、肩に掛けたスカーフを右に左に掛け直すのだった……。

「どうやら冷えたようですね」オグニョフは言った。「霧のなかで長く座っているのは体によくありません。さっ、家までお送りしましょう」

ヴェーラは黙ったままだった。

「どうなさったのです？」オグニョフはにっこりほほえみかけた。「黙ったきりで、何を訊いても答えて下さらない。気分がお悪いのですか、それとも怒ってらっしゃるのですか？　そうなんですか？」

ヴェーラはオグニョフに向けた頬につよく掌を押しつけたが、すぐさまその手を払い、「つらいんです……」鋭い痛みをこらえるような表情を浮かべて、吐き出すように彼女は言った。「辛いの！」

「何が辛いんです？」肩をすぼめ、驚きを隠しきれずにオグニョフは訊いた。「何があったのですか？」

一層苦しそうに息をし、肩をふるわせながら、彼女はオグニョフに背を向け、ちょっと空を見上げてから口を開いた。

「イワン・アレクセーイチ、私、あなたにお話ししなければならないことがありますの」

「何でしょう？」

「変だとお思いになるかもしれません……驚かれるかもしれません、でも、構いません……」

オグニョフはもう一度肩をすくめ、聞こうと身構えた。

「お話というのは……」頭をかしげ、スカーフの裾飾りをまさぐりながらヴェーロチカは切り出した。「実は、お話ししたいと……申しますのは……。おかしいとお思いになるかもしれません……馬鹿げたことだと思われるかもしれません、でも、わたし……このままでは、もう……」

ヴェーロチカの話は取り留めのない呟《つぶや》きに転じたかと思うと、いきなりむせび泣きに断ち切られた。彼女はスカーフで顔をおおい、一層低くかがみ込んで、激しく泣き出した。オグニョフはうろたえてひとつ咳払いをすると、呆気《あっけ》にとられてどんな言葉を掛けていいのか、何をすればいいのかもわからず、おろおろあたりを見わたすばかりだった。泣かれることにも涙にも慣れていないので、彼の目頭まで熱くなってきた。

「弱ったなあ！」途方にくれて、言葉にならなかった。「ヴェーラさん、いったいどうなさったのです？……お加減でも悪いのですか？　それとも、誰かに腹を立てていらっしゃるのですか？　何かおっしゃってくだされば、ぼくが助けになれるかもしれません……」

なんとかなだめようと、そっと彼女の顔からその手を払いのけてやると、彼女は涙ながらにほほえんで、こう口にした。

「好きなんです、あなたが！」

このしごく簡単でありきたりの言葉は、しごく人間的な言葉として口をついて出たが、オグニョフはひどく動転し、ヴェーラから顔をそらして立ち上がると、狼狽《ろうばい》に次いで驚きをおぼえた。

別れの言葉や果実酒でかき立てられた、ほろ苦くて温かな、感傷的な彼の気分は一挙に霧散し、鋭い不快な気まずさに取って代わられた。まるで夢からさめたように、彼はこっそりヴェーラを盗みみた。今や彼女は、愛の告白を済ませたあとで、女性をかくも美しく見せていた近寄りがたさをかなぐり捨て、ずっと背丈もちぢみ、平板になり、くすんで見えた。

《いったいこれはどうしたことか？》彼は内心おそろしくなった。《それにしても、ぼくは彼女を……愛しているのか、そうじゃないのか？　こいつは厄介だぞ！》

一方ヴェーラは、いちばん肝心で気が重いことを言ったので、今や息も楽に自由につけた。彼女も立ち上がると、まっすぐオグニョフの目を見て、堪《こら》えきれない様子で早口にせつせつと話しはじめた。

人はいきなり驚愕《きょうがく》させられると、あとになって物事の順序、彼を見舞った災禍の次第をおぼえていないものだが、それと同じでオグニョフはヴェーラの言葉も言い回しもおぼえていない。ただ記憶にあるのは話の内容、つまり彼女の様子と彼女の話が彼のなかに引き起こした感覚だけでしかない。彼女の押し殺したような、興奮のためにいささか途切れがちな声だとか、その口調にあるただならぬ調子と思い詰めた様子はおぼえている。泣いたり笑ったり、まつげにいっぱい涙をためて彼女が語ったのは、彼と出会ったその日から、彼女は常人とは違ったオグニョフの人となり、知性、善良でさかしらな目、課題と人生の目的に感銘を受け、深く、一途に、激しく彼を愛するようになったこと、あるいは夏の日に庭から家に帰ってきて、玄関先で彼のマントを見かけたり、遠くから彼の声を耳にしただけで、ぞくっとし幸福の予感に心臓が打ち震えたこと、何気ない彼の冗談にすら大声を上げて笑いころげ、彼のノートに記された数字ひとつひとつに、何かしら並外れて知的で壮麗なことを読み取ったこと、あの節くれだったステッキまでも素敵な木でできているように思われたことなどを彼女は話した。

森も、切れ切れの霧も、道の両側の黒い溝も、息をひそめて彼女の話に耳を傾けているようだった。一方オグニョフの心中では何だか奇妙なただならぬことが起きていた……。愛を告白するヴェーラはあやしいまでに美しく、雄弁でひたむきだったが、彼が感じていたのは、歓喜でも彼が望んでいた生の喜びでもなく、ヴェーラに対する同情であり、彼のせいで一人の立派な人間が苦しんでいる、その痛みと無念さにほかならなかった。はたして彼のなかの、さかしらな本の知識がしゃしゃり出てきたのか、あるいは、しばしば生きることを妨げる度しがたい客観主義への習性が顔をだしたのか、それはわからない。だがいずれにせよ、ヴェーラの歓喜と苦悩には取って付けたような不自然さが感じられた。と同時に、彼のなかでそれに反抗する感情がむくむくとわき起こり、今日にし耳にしていることは、自然の摂理と個人の仕合わせから見れば、どれもどんな統計や本や真理にもまして遥かに真剣なものなのだと告げていた……。それで彼は自分に腹を立て、自分を責めた。とはいえ、いったい自分のどこに非があるのかは理解できなかった。

その後ろめたさを決定づけるように、彼は断じて自分が言うべき言葉を知らなかった。だが、何か言わなければならないことは歴然としていた。ずばり《私はあなたを愛していません》とは、とても言えなかった。かと言って、《好きです》とも、彼は言えなかった。いくら心のなかを探ってみても、閃光のひとつすら見出せないのだ……。

彼は黙っていた。一方彼女の方は、あなたの顔を拝んでいるだけでわたしは仕合わせなのだとか、あなたが望むなら今からでもあなたのあとについていきますだの、あなたの妻にも右腕にもなりますだの、もしあなたが去ってしまったら、自分は悲しさのあまり生きていけないと、言いつのった……。

「わたし、ここにとどまることはできません」彼女は手をもみしだきながら言った。「家も、この森だって、空気もいやなんです。変わりばえのしないこの平安も、目的のないこの生活も耐えられないのです。ここにいる変わりばえのしない、くすんだ人たちに耐えられないのです。だってそうでしょう、ここの人たちときたら、誰も似たり寄ったりの水滴みたいじゃありませんか！　たしかに誰も誠実で心やさしい人ばかりです。でもそれは、誰も満ち足りていて、闘っていないせいですわ……。わたしはあのじめじめした大きな家に行きたいのです。誰もが苦しみをかかえ、労働と貧しさにぎすぎすしている、あの場所に行きたいのです……」

これもまたオグニョフには取って付けた不自然なものに思われた。ヴェーラの話が終わっても、彼にはまだ自分が何を言うべきかわからなかったが、このまま口をつぐんでいるわけにはいかなかった。それで彼はもごもごと切り出した。

「ヴェーラさん、ありがとうございます。とても、自分が、あなたの、お言葉に価するような人間とは……思えませんが。それに、誠実な人間として申し上げなければなりませんが、……仕合わせというのは、二人の均衡の上に成り立つものだと思うのです、つまり双方が……同じように愛し……」

だが、ここですぐさま、オグニョフは自分の言葉が恥ずかしくなって黙りこんだ。彼は、このとき自分の顔がいかに愚かで、間が抜けて、のっぺりしたものであるか、ひきつってこわばったものであるかを感じていた……。ヴェーラはおそらく彼の顔に真実を嗅《か》ぎ取ったにちがいない。いきなり彼女は生真面目な顔つきになり、青ざめ、うなだれた。

「許してください」沈黙に耐えきれずオグニョフは口走った。「あなたのことは尊敬しています……だから辛いんです!」

ヴェーラはきっと向き直ると、足早に屋敷にとって返した。オグニョフは彼女のあとを追った。

「来ないで、結構です！」手首を振って彼女は言った。「ついて来ないで、ひとりで帰れます……」

「いえ、そうはおっしゃっても、お送りしないわけにはいきません……」

オグニョフが何を言ったところで、最後のひとことまですべてが彼には唾棄《だき》すべき薄っぺらなことに思えた。取り返しのつかないことをしてしまったという意識が歩を進めるにつれて大きくなっていった。彼は自分に腹を立て、拳を握りしめ、自分の冷たさ、女性を扱い慣れないぶざまさを呪った。自分を奮い立たせようと、彼は彼女の美しい姿態を、彼女のお下げ髪を、彼女の小さな足が砂埃の道に残す足跡に目をこらし、彼女の言葉や涙を思い起こそうとしたが、どれも彼を陶然とさせるだけで、心を奮い立たせることはできなかった。

《ああ、たしかに愛は無理強いすることはできないんだ！》そう確信すると同時に、彼はこうも考えていた。《では、ぼくはいつになったら素直に愛することができるんだろう？　ぼくはもうすぐ三十だ！　ヴェーラにまさる女性にはこれまで会ったことはないし、これからもきっと出会うまい……。なんと疎《うと》ましい年齢か！　三十にして

はや若年寄《わかどしより》か！》
ヴェーラはうしろも振り返らないで、うなだれたまま、彼の前をぐんぐん早足に歩いていた。悲しみのあまりやつれて、肩も狭くなったように思えた……。
《今彼女がどんな気持ちでいるのか、ぼくにはよくわかる！》彼女の背中を見ながら、彼は考えていた。《きっと恥ずかしくて、死にたいくらい辛いのだろう！　ここには石でもほろりとさせられる、生命《いのち》や詩や意味があるというのに、ぼくときたら……何と愚かでばかなんだろう！》
ヴェーラは木戸口でちらりと彼を振り返ると、身をかがめてショールにくるまり、足早に並木道を歩き出した。
オグニョフはひとり残された。森に取って返しながら、彼はのろのろと歩を進め、しょっちゅう立ち止まっては、何度も木戸を振り返った。身体全体に自分の所業に対するいぶかしさが現われていた。彼は道に残されたヴェーロチカの足跡を目で追っては、あれほど好きだった彼女がつい今しがた、彼に愛の告白をしたことが信じられない気持ちだった。しかも、彼はかくもぶざまに、かつ執拗にそれを《拒絶した》のだ！　人生ではじめて彼は経験から確信した。人はその善意のままにならぬことを。

いかに立派で誠実な人間でも、その意に反して、自分の近しい者に残酷で不当な苦しみを与えることがあることを身をもって経験したのである。

彼は良心がうずいた。ヴェーラの姿が見えなくなると、自分が掛け替えのないもの、身近で二度と取り返すことができないものを失ってしまった気になった。ヴェーラとともに彼の青春の一部が彼の手からこぼれ落ち、むざむざ取り逃がしてしまった、あの一瞬はもう二度と返ってこない気がした。

橋のところまで来ると、彼は立ち止まって考え込んだ。自分の奇妙な冷ややかさの原因を突き止めたかった。原因が自分の外ではなく、内部にあることは明らかだった。わが身に照らして彼はつくづく思い知った。これはしばしば賢者と言われる人たちが称揚する理性的な冷たさでも、自己愛のすぎる愚か者の冷たさでもなく、たんなる魂の無力、深く美を感じ取る能力の欠如、教育や、一片のパンを求める闇雲な闘いや、家庭のないホテル暮らしの生活によって培《つち》かわれた早すぎる老年だった。

森の手前の橋から、彼は、さも気乗りのしない様子で森のなかに入っていった。黒くて深い闇のそこかしこに、くっきりと月明かりが落ちているが、ここにも彼は自分の想念の跡しか感じられなかった。何としても失ったものを取り戻したい、彼は切にそう願った。

それからオグニョフはまた引き返したことをおぼえている。思い出で自分を焚きつけ、想像のなかで無理矢理ヴェーラを思い描きながら、彼は足早に庭に向かった。道の途中にも庭にもすでに霧はなく、洗われたような明るい月が空から顔をのぞかせていた。ただ東の方角だけに霧がたちこめ、陰鬱に沈んでいた……。オグニョフは慎重な自分の足取り、暗い窓々、ヘリオトロープやモクセイソウの濃厚な匂いをおぼえている。顔見知りの犬のカロが親しげに尻尾をふって近づいてきて、彼の手の匂いを嗅いだ……。オグニョフが二度ばかり家のまわりを回り、ヴェーラの暗い窓の下にしばらくたたずみ、やがて手を振り下ろし深い溜息をついて庭から出ていった様子を目撃した唯一の存在である。

一時間後に彼はすでに町に帰っていた。疲れてくたくたになって、体とほてった顔を宿の門にあずけて、入り口の掛け金を叩いた。町のどこかで寝ぼけた犬が鳴いていて、彼のノックの音に応えるように、教会の近くで誰かが時を知らせる鉄板を叩きだした……。

「毎晩毎晩、よくもほっつき回れるもんだ……」まるで女物のような長いシャツをはおった旧教徒の主人が門を開けながら、ひとくさり文句を言った。「遊び歩く暇があるなら、お祈りぐらいあげるがいい」

部屋に入ると、オグニョフはベッドに座り込み、いつまでも灯りを見つめていた。やがてかぶりを振ると、荷造りに取りかかった……。

カシタンカ

Каштанка
1887

第一章　お行儀がわるい

ダックスフントとお屋敷の番犬の雑種である、顔つきがキツネそっくりの若い赤毛の犬が歩道を行ったり来たり駆け回っては、心配そうにあたりを見回していた。時折、立ち止まっては、かじかんだ足を交互に持ち上げて、泣きそうな顔をして、自分ともあろう者がどうして道に迷ったのか、なんとか理解しようと努めていた。

今日一日どんな風に過ごしたか、そしてどんな風にこの見知らぬ通りに入り込んだのか、そのことはよくおぼえている。

一日のはじまりはこうだった。彼女のご主人で、指物師のルカー・アレクサンドルイチが帽子をかぶって、赤いハンカチに包んだ何か木製の物を小脇にかかえ、こう声を張り上げた。

「カシタンカ、出かけるぞ！」

自分の名前を耳にすると、この雑種犬はカンナ屑を敷いていつも寝ている作業台の下から出てきて、気持ちよさそうにうんと伸びをすると、ご主人のあとから駆け出した。ルカー・アレクサンドルイチのお得意様はおそろしく遠いところに住んでいるので、なかの一軒にたどり着くまえに、指物師は何軒も居酒屋をはしごして、景気をつけなくてはならなかった。カシタンカは道々かなりはしたないまねをしたことをおぼえている。散歩に連れ出してもらったうれしさに、飛び跳ねては、吠えて鉄道馬車を追いかけたり、庭先に入り込んで、犬と追いかけっこをしたりした。指物師はしょっちゅうカシタンカの姿を見失い、立ち止まってはどなりつけた。一度などは顔を真っ赤にして、キツネのようなカシタンカの耳をわしづかみに引っ張って、一言一言間をおいてこう言ったものだ。

「この……くたばり……ぞこないめが！」

しばらく得意先をまわったあとで、ルカー・アレクサンドルイチは姉のところに立ち寄り、そこでちょっと飲み食いした。次いで姉のところから製本屋にまわり、製本屋から居酒屋に場所をかえ、居酒屋から名付け親のところに足をのばすという具合だった。要するに、カシタンカが見知らぬ通りに紛れ込んだころには、とっぷり日が暮れ、指物師は、諺にある靴屋のようにぐでんぐでん。大きく手を振り回し、フーッと息をついては、何やらぶつぶつほざいていた。

「罪のなかにわが母は妊《はら》めりか！[1] ああ、罪よ罪よ！ 今、俺たちはこう通りを歩いて、街灯を見ているよな、ところが死んじまえば、ゲヘナの火[2]で焼かれっちまうんだよな……」

かと思うと、いきなりしんみりした口調になって、カシタンカを呼び寄せ、こう言うのだ。

「なあ、カシタンカ、お前なんざ、せいぜい虫けらにすぎん。人さまにたとえてみれば、お前なんざ、指物師どころか大工みてえなもんだ……」

こんな風にふたりが話している最中に突如音楽が鳴り出した。カシタンカが振り向いて見ると、一個連隊の兵士の一団が通りをまっすぐこちらに向かってやって来る。

1 聖書の「詩篇」第五十一篇。
2 ゲヘナは古代エルサレムで、ユダヤ人たちが子供を犠牲に供した場所。のちに地獄の業火を意味するようになった。

神経を逆撫でする音楽に耐えきれず、カシタンカは慌てふためいて吠えだした。驚いたことに、指物師のご主人は驚いて悲鳴をあげたり吠えたりするどころか、直立して五本指で敬礼しているのだ。なすすべもないご主人を目にして、カシタンカは一層激しく吠え立て、我を忘れて道を突っ切り、別の歩道に駆け出した。

気がつくとすでに音楽は止み、連隊は見えなかった。カシタンカは道を横切って、主人を置き去りにした場所に帰ってみたが、あとの祭り！　指物師のご主人はすでにそこにはいなかった。先まで駆けていっては戻り、もう一度道を渡ってみたが、指物師はまるで地中に消えたように、忽然《こつぜん》と消えていた……。カシタンカは足跡の臭いでご主人を見つけられるのではないかと、歩道をかぎまわってみたが、どこかのろくでなしが新しいゴムのオーバーシューズで通り過ぎたのか、かすかな匂いが強烈なゴムの匂いでかき消され、何もかぎ分けられなかった。

カシタンカが行きつ戻りつ、ご主人を見つけられないでいるあいだに、あたりは暗くなってきた。通りの両側の街灯がともされ、家々の窓にも明かりがさし始めた。大きなふわふわした雪が降ってきて、舗装道路や馬車馬の背中や御者の帽子を白くそめ、暗くなるにつれて、事物がますます白くなっていった。カシタンカのわきを、彼女の視界をさえぎり、足を交互に運びながら、ひっきりなしに見知らぬお得意さんたちが通り過ぎてゆく（カシタンカは人間を二つの不揃いなグループ、つまりご主人さまとお得意さんの二つに大別していた。最初のグループはカシタンカを殴る権利をもっており、第二のグループの人については、カシタンカがその脹脛《ふくらはぎ》には嚙みついてもよい権利を有している）。お得意さんはどこかに急いでいて、カシタンカには目もくれない。

すっかり暗くなると、カシタンカは絶望と恐怖におそわれた。カシタンカは見知らぬ玄関口にぴたりと身を寄せて激しく鳴き出した。まる一日ルカー・アレクサンドルイチに引き回されて疲れ、耳も足もかじかんでいた。おまけにひどく空腹だった。今日一日で食事にありついたのはたったの二回しかない。製本屋で糊の膠《にかわ》を少し舐め、それから、ある居酒屋のカウンター近くで腸詰めの皮をみつけた。それで全部だ。もしカシタンカが人間だったら、こう考えていたにちがいない。

「だめだ、これでは生きていけない！　猟銃自殺でもするほかない！」

第二章　謎めいた見知らぬ男

　ところがカシタンカは別段何も考えず、ただ鳴いているだけだった。柔らかでふわふわした雪に背中と頭をすっぽり被われ、眠りこけていると、鍵の音がして玄関の扉が開き、ドスンとカシタンカの脇腹にぶつかった。カシタンカは跳ね起きた。開いた扉からお得意さんに属する男が出てきた。悲鳴をあげてカシタンカが足もとに倒れているので、男は気がつかないわけにはいかなかった。男は屈み込んで訊ねた。

「おや、ワン公か、どこの犬だ？　怪我でもしたか？　かわいそうに、かわいそうに……いいから、怒るな、怒るな……ぼくが悪かった」

　カシタンカはまつ毛にかかった雪越しに見知らぬ男を見つめていた。それはシルクハットをかぶり、前をはだけた毛皮外套を羽織った、小柄でふとっちょで、きれいに髭《ひげ》を剃り上げた丸顔の男だった。

「何をめそめそ鳴いてる？」指で背中の雪を落としてやりながら、男はそう続けた。「ご主人はどこだ？　ははーん、はぐれたんだな？　かわいそうに、かわいそうに！　さて、どうしようか、どうすればいい？」

この見知らぬ男の声音《こわね》に温かな心情あふれる心根をかぎとったカシタンカは相手の手を舐め、さらに哀れっぽい鳴き声を立てた。

「よしよし、おもしろい奴だ！」見知らぬ男は言った。「まるでキツネだなあ！　さあ、どうしよう、こうしていても埒《らち》があかない、ついておいで！　ひょっとすると、お前だって何かの役に立つかもしれない……。さあ、行くぞ！」

見知らぬ男は唇でチュッチュッと音を立て、手で「行くぞ！」と合図した。カシタンカはついて歩きだした。

それから三十分もたたないうちに、もうカシタンカは大きな明るい部屋の床にすわっていた。頭をかしげ、感謝と好奇の目で、テーブルについて食事をしている見知らぬ男をながめていた。男は食べながら、食べ物の切れ端をカシタンカに投げてくれた……。はじめにパンとチーズの黴《か》びた外皮、次に肉の切れ端、半分のピロシキ、鶏の骨をくれたが、腹がすいているカシタンカは、ろくに味わいもせず、それらをペロリと平らげた。それでいて、食べれば食べるほど、より空腹を感じるのだ。

「それにしても、ご主人はろくに食わせてくれなかったんだな！」殆《ほとん》ど噛みもせず、ガツガツむしゃぶりついているカシタンカを見ながら男は言った。「こんなにやせて！　骨と皮だけじゃないか……」

　カシタンカはたらふく食べたが、空腹が癒《い》えたわけではなく、ただ食べていることに酔っていただけだった。食事がおわるとカシタンカは部屋のまんなかに寝そべって、足をのばして、全身に心地よい疲れを感じながら、尻尾をふっていた。新しいご主人が肘掛け椅子に腰を下ろして葉巻をくゆらせているあいだ、カシタンカは尻尾をふりながら、この見知らぬ男と指物師とではどちらがいいかと考えていた。見知らぬ男の家はお粗末で、美しくもない。肘掛け椅子にソファー、ランプ、絨毯《じゅうたん》のほかには何もなく、部屋はがらんとしている。一方、指物師の家は物であふれている。テーブルに仕事台、カンナ屑、カンナ、のみ、のこぎり、マヒワの鳥かご、洗い桶……。見知らぬ男の家はなんの匂いもしないが、指物師の家ではいつも濛々《もうもう》と湯気が立ちこめ、糊やニスやカンナ屑のかぐわしい匂いがたちこめている。一方、見知らぬ男の家でいいのは、腹いっぱい食わせてくれるのである。それに、どうしても見知らぬ男に軍配を上げざるを得ないのは、カシタンカがテーブルの前にすわって、媚びるように彼を見つめていても、彼は一度も殴ってこず、足を踏み鳴らして《出てけ、おたんこなす！》と怒鳴られたこともないことだ。

新しいご主人は葉巻を吸い終わると部屋を出ていき、しばらくしてから両手に小さなマットレスを抱えて戻ってきた。

「おい、ワン公、こっちへおいで！」ソファーのそばの隅にマットレスを置いてそう言った。「ここに横になってお休み！」

それからランプを消して出ていった。カシタンカはマットレスの上に横になって目を閉じた。通りから犬の声が聞こえてきて、カシタンカはそれに返事をしようとしたが、いきなり、思いがけず、悲しみにおそわれた。カシタンカはルカー・アレクサンドルイチのことや、その子のフェデューシカや作業台の下の居心地のいい場所を思い出したのだ……。冬の夜長に、指物師のご主人がカンナがけをしたり、声に出して新聞を読んでいるあいだ、大抵フェデューシカはカシタンカを相手にいたずらをする。カシタンカの後足をつかんで、作業台の下から彼女を引っぱり出し、目を白黒させ、関節という関節がずきずき痛むような悪さをするのだ。時にはカシタンカを後足で立たせて、鐘つきごっこをする。つまり、尻尾を思いっきり引っ張って、悲鳴をあげさせ、吠えさせるのである。カシタンカにタバコを嗅がせることもあった……。なかでも苦しくてたまらないのは、こんないたずらだ。フェデューシカが糸に肉の欠片を括《くく》りつけ、それをカシタンカに与える。それでカシタンカが飲み込んでしまうと、フェデューシカはゲラゲラ笑いながら、彼女の胃からそれを引っ張り出すのだ。こうした思い出を鮮明に思い出すほどに、カシタンカはより大きな声で、より哀れっぽく鳴くのだった。

しかし、ほどなく疲れと暖かさが悲しみに打ち勝って……。カシタンカはうとうとしはじめた。想像のなかで犬たちが駆け出す。そう言えば、そのなかに今日通りで見かけた、底翳《そこひ》を患い、鼻のまわりに毛の房のある、毛むくじゃらの老いたプードルも交じっている。フェデューシカが手にノミを持って、このプードルを追いかけていく。と、突然、フェデューシカは全身毛におおわれ、嬉しそうにワンワンと吠えだし、いつの間にかカシタンカの横に合流する。カシタンカとフェデューシカは仲良く鼻をかぎ合うと、通りを駆け出した……。

第三章　新しい、とても楽しい知り合い

カシタンカが目をさますと、あたりはすでに明るく、通りからは昼間特有の騒がしい音が聞こえた。部屋には誰もいなかった。カシタンカは伸びをして欠伸《あくび》をすると、不機嫌そうな陰気な顔つきで、ひとわたり部屋のなかを歩いてみた。部屋の隅っこや家具の匂いをかいで、玄関をのぞいてみたが、別段これといって面白そうなものは見つけられなかった。玄関に通じるドア以外にもうひとつドアがあった。すこし考えてから、カシタンカは二本の前足でガリガリかいてドアを開け、つづく部屋に入った。そこにある寝台に、フランネルの上掛けにくるまって、お得意さんが眠っていた。カシタンカには、それが昨日の見知らぬ男であることがわかった。

「ウウウーッ」とカシタンカは唸ったが、昨日の食事のことを思い出すと、尻尾を振ってクンクン匂いをかぎだした。

服や長靴をかいで、カシタンカは、馬の匂いがすることに気づいた。寝室には、ど

3　視力障害を生じる眼球の疾病。

こに通じているのか、もうひとつドアがあって、これもまた閉じられている。カシタンカが爪でひっかき、身体をあずけてドアを開けると、いきなり奇妙で、きわめて胡《う》散臭《さんくさ》い匂いがした。不愉快なものに出くわしそうな気がして、カシタンカはウウーッと唸り、周囲《あたり》をうかがいながら、汚い壁紙の部屋に入ったが、ぎょっとして後ずさった。それは、思いもかけぬ恐ろしいものだ。首と頭を深々とたれ、翼《つばさ》を大きく広げ、シューシュー音を立てながら、灰色のガチョウがこちらに向かって突進してきた。少しわきのマットレスには白いネコがうずくまっている。カシタンカに気づくと飛び起き、背中を弓なりにそびやかし尻尾をピンとたて、毛を逆立て、同じように威嚇の「シャーッ」という音を立てた。カシタンカは心底たまげたが自分の恐怖を気取られないよう大声で吠えたて、ネコに突進していった……。ネコはいっそう背中をそびやかし、シューシュー威嚇し、ポカンと前足でカシタンカの頭を叩いた。カシタンカは飛びのいて、腹ばいに身構え、ネコに鼻面をのばして、ワンワン吠えだした。すると今度はガチョウが後ろから忍び寄り、嘴《くちばし》で思いっきりカシタンカの背中をつついた。カシタンカは飛びあがって、ガチョウに突進した……。

「何だ、どうした?」怒った大きな声がして、葉巻を口にくわえ、部屋着の格好で、例の見知らぬ男が部屋に入ってきた。「どうしたんだ？　さあ、自分の場所に戻った、戻った！」

男はネコに近づき、そびやかした背中を軽く叩きながら、

「フョードル・チモフェーイチ、いったいどうした？　喧嘩でもはじめたのか？　やれやれ、いい年をして！　さあ、お休み！」

それからガチョウの方を向いて、

「イワン・イワーヌイチ、自分の場所へ！」

ネコはおとなしく自分のマットレスにうずくまって目を閉じた。その顔やヒゲの表情から判断すると、自分でもカッとなって喧嘩するなんて不甲斐ないと思っているようだった。カシタンカは悔しさに哀れな声をあげ、ガチョウは首を伸ばして、なにやらガミガミ早口でまくしたてたが、なんのことやらさっぱりわからない。

「わかった、わかった！」あくびをしながら、ご主人が言った。「仲よく平和に暮らさなくちゃいけない」カシタンカを撫でてやりながら、ご主人はつづけた。「お前もそうだ、なあ赤毛、怖がらなくていい……。みんな仲間だ、怒ってなんかいないさ。それにしても、これからお前のことをなんて呼ぼうか？　名無しの権兵衛では済まな

いからなあ」

男はしばらく考えて、こう言った。

「そうだ、こうしよう……これからお前のことは、《おばさん》と呼ぶことにしよう……。どうだ？　おばさん！」

男はそれから何度か《おばさん》という語を繰り返して出ていった。カシタンカは腰を落ち着けて観察をはじめた。ネコはマットレスの上にじっとうずくまって、寝ている振りをしている。ガチョウは首を伸ばして、ひとつところで足踏みしながら、なにやら熱心に早口でまくし立てている。どうやらこれは、とても頭のいいガチョウらしい。毎回、自分の長大な演説を終えるたびに、驚いて後ずさり、自分の演説に感心したような振りをするのだ……。ガチョウの演説を聞き終えて、それに「ウウウーッ」と答えてやると、カシタンカは部屋の隅を嗅ぎ回りはじめた。四隅のひとつには小さな桶が置いてある。そこには、ふやかしたエンドウ豆と水に浸したライ麦の籾殻《もみがら》が入っていた。カシタンカは試しにエンドウ豆をつまんでみたが、これはまずかった。ライ麦の籾殻を試食してみて、これを食べはじめた。ガチョウはよその犬が自分の餌を失敬しても、少しも腹を立てなかった。それどころか反対に、いっそう熱く語りだし、自分の度量の広さを見せつけようと、みずから進んで桶にやって来て、いくつかエンドウ豆をついばんでみせた。

第四章　あららら　ふしぎ

しばらくすると、また見知らぬ男がやってきて、門というか、ロシア語のΠ《ペー》の文字に似た奇妙な物を持ってきた。ぞんざいに組み立てられたこの木枠には鐘が吊り下げられ、ピストルが結わえられている。この鐘の舌にも、ピストルの引き金にも紐がついている。男はこの木枠を部屋のなかほどに置いて、長いこと何かを結びつけたり、ほどいたりしていたが、やがてガチョウに顔を向けて、こう言った。

「さあ、始めよう、イワン・イワーヌイチ！」

ガチョウは近づくと、待機のポーズで立ち止まった。

「それじゃ」と男は言った。「あたまからはじめよう。まずお辞儀して、それから最敬礼！　てきぱきと！」

ガチョウのイワン・イワーヌイチは首を伸ばし、四方にお辞儀をしてから、気をつけの姿勢を取った。

「そうだ、その調子……。では次、死ね！」

ガチョウは仰向けになって、足を上にあげた。それからさらに二つ三つ、同じような他愛ない芸を終えると、男は今度いきなり頭をかかえ、顔に恐怖を浮かべて叫びだした。

「助けてくれっ！　火事だ！　焼けちゃうよ！」

イワン・イワーヌイチは木枠に走りより、紐をくわえると、鐘を鳴らしはじめた。

男は大満足だった。ガチョウの首を撫でてこう言った。

「よし、でかした、イワン・イワーヌイチ！　じゃあ今度は、君は宝石商で、金や宝石を商っている。ところが、君が店にやって来ると、そこでばったり泥棒たちと鉢合わせ。さてどうする？」

ガチョウはまた別の紐を嘴でくわえ、それをぐいと引くと、いきなり耳を聾する「バーン」と音がした。カシタンカはその音が大いに気に入った。銃の発砲音に有頂天になって、木枠のまわりを走って、ワンワン吠えだした。

「おばさん、出てくるんじゃない！」男は大声でたしなめた。「静かに！」

イワン・イワーヌイチの仕事は発砲でおしまいにはならなかった。そのあとまる一時間も、男は調教紐につないだガチョウに自分のまわりを回らせ、ピシャリピシャリと鞭を鳴らしていた。その音がするたび、ガチョウは障害物を跳び越えたり、輪っかをくぐりぬけたり、逆さ立ち、つまり尻尾の上にすわり、足をバタバタさせたりしなくてはならなかった。カシタンカはイワン・イワーヌイチから目が離せず、感極まってワンワン吠え、また何度か甲高い声をあげてガチョウのあとから駆け出しそうになった。こうしてガチョウも自分もぐったり疲れたところで、男は額の汗をぬぐい、声をはりあげた。

「マーリヤ、ここにハヴローニヤ・イワーノヴナを連れておいで！」

しばらくすると、「ブヒブヒ」と鳴き声が聞こえてきた……。カシタンカは唸って威嚇し、強がってみせたが、万が一にそなえて見知らぬ男ににじり寄った。ドアが開いて、どこかのお婆さんが部屋をのぞきこんで、なにやら二言三言話して、真っ黒で、ひどく見てくれのわるいブタを押しこんだ。カシタンカの唸り声など意に介さず、ブタは鼻面を上にむけ、ブヒブヒと陽気に鳴き出した。どうやら自分のご主人やネコやイワン・イワーヌイチに会うのがうれしいらしい。ブタはネコに近づくとその脇腹を軽く鼻で突き、次にガチョウと話し始めたが、そうした動作にも声にも、ピクピク動く尻尾の動きにも、人柄の良さがしのばれた。そしてカシタンカは、こういう手合に唸ったり吠えたりしたって無駄だと悟った。

ご主人はΠ字形の木枠を片づけると、ネコに声をかけた。

「フョードル・チモフェーイチ、こちらへ！」

ネコは起き上がって面倒臭そうに伸びをすると、義務だから仕方ないとばかりに、渋々ブタに近づいた。

「さあ、エジプトのピラミッドからはじめよう」とご主人は言った。

彼は何やらくどくど説明してから命令をかけた。《いち、にー、さん！》ガチョウのイワン・イワーヌイチが《さん》の合図で羽をひろげてブタに飛び乗った……。ガチョウが羽と首でバランスを取りながら、剛毛に被われたブタの背中にしがみついているあいだに、ネコのフョードル・チモフェーイチは、こんな芸当は軽蔑しているし、一文の価値もないんだといった顔つきで、ぐずぐず面倒臭そうに、ブタの背中にあがり、ついで渋々ガチョウの上にのって後足で立ち上がった。これが男のいう「エジプトのピラミッド」である。カシタンカは感激してワンワン吠え立てたが、この時老いぼれネコが欠伸をしてバランスをくずし、ガチョウの背中から転落してしまった。ガチョウのイワン・イワーヌイチもころがり落ちた。見知らぬ男は悲鳴をあげて両手を振りまわし、また説明しだした。このピラミッドにまる一時間かけても疲れを知らないご主人はイワン・イワーヌイチにネコの背中にのって移動することを教えたり、ネコにタバコを吸う芸を教えた。

調教がおわると、見知らぬ男はひたいの汗をぬぐって出ていった。ネコのフョードル・チモフェーイチはふんとせせら笑うと、マットレスにうずくまって目を閉じ、ガチョウは餌桶に向かい、ブタは婆さんにどこかに連れて行かれた。あまりに色んなことが起きた結果、カシタンカにとって今日一日は気づかぬうちに過ぎてしまい、夕方にはマットレスともども汚い壁紙の部屋に移され、ネコやガチョウと夜を過ごした。

第五章　天才！　天才！

一カ月がすぎた。

カシタンカは毎晩うまい食事があたえられ、《おばさん》と呼ばれることに慣れた。そして、見知らぬ男にも新しい同居人にも慣れた。生活は何事もなく過ぎていった。

一日のはじまりはいつも同じだ。たいてい誰よりも早く起きるのは、ガチョウのイワン・イワーヌイチで、すぐさま《おばさん》かネコのところにやって来ては、首をまげて何やら熱心に得々と語りはじめるのだが、相変わらず何を言っているのか、さっぱりわからない。時によっては、ガチョウは昂然と頭をかかげ、長たらしい独り語りをすることもあった。知り合ったはじめのころ、これだけよくしゃべるのは頭がいいからだとカシタンカは考えていたが、そうこうするうちに、ガチョウを尊敬する気持ちはすっかり失せた。ガチョウが大演説を打ちにやってくると、今では尻尾を振ることもなく、人を眠らせてくれないうるさいおしゃべりめと鼻であしらい、遠慮会釈なく「ウウウーッ」と唸ってやることにしている。

ネコのフョードル・チモフェーイチとなると、これはもう別格の紳士である。目をさましても、物音ひとつ立てず、ぴくりとも動かず、目を開けないこともある。放っておいたら、目をさますこともないかもしれない。どうやら、生きていることがさほど好きではないのだろう。彼の関心を掻き立てるものは何もないし、何事につけ、覇《は》気《き》のない無頓着《むとんちゃく》な態度しか示さない、あらゆることを軽蔑していて、うまい食事にありついても、さも汚らわしそうに鼻を鳴らすだけなのである。

カシタンカは目をさますと、部屋を歩いて隅々の匂いをかいで回る。部屋のなかを歩き回るのを許されているのはカシタンカとネコだけである。ガチョウには汚い壁紙の部屋から出る権利はなく、ブタのハヴローニヤ・イワーノヴナはどこか屋敷の小屋にいて、あらわれるのは訓練のときだけだ。ご主人が起きるのはおそく、お茶を飲み終わると、すぐに訓練にとりかかった。毎日部屋にП字形の木枠や鞭、輪っかが持ち込まれ、毎日殆ど同じことが繰り返された。訓練は三時間も四時間もつづくので、ときによるとネコのフョードル・チモフェーイチが疲れて、酔っ払いのように千鳥足になり、ガチョウのイワン・イワーヌイチが嘴を開いたまま、ぜいぜい息をしても、ご主人は顔を真っ赤にして、ひたいの汗を拭うこともできない。

訓練と食事で昼間はたのしいが、夜はつまらなかった。夜になるとたいていご主人はどこかに出かけていき、ガチョウとネコを連れて行ってしまう。一人残されマットレスにうずくまっていると、だんだん悲しくなってくる……。悲しみはこっそり忍び寄り、暗闇が部屋を包むように、次第にカシタンカを蝕《むしば》んでいく、まず、吠えたり食べたり、部屋を駆け回ったりする気がしなくなる。ついで想像のなかに、何だか得体のしれない二つの影があらわれてくる。犬とも人間ともつかず、なんだか懐かしい、親しみのある表情を浮かべているのに、それが誰だかわからない。二つの影があらわれると、カシタンカは思わず尻尾をふる。いつかどこかで、このふたりを見かけ、愛していたような気がするのだ……。そして眠りに落ちていくたびに、この二つの影から糊の膠やカンナ屑やニスが匂ってくる気がするのだった。

カシタンカがこの新生活にすっかり馴染《なじ》み、あの痩せた骨ばかりの番犬から甘やかされ満ち足りた犬に変貌をとげたころ、調教に取り掛かる前に、ご主人がカシタンカを撫でながら言った。

「なあ、おばさん、そろそろ仕事に取り掛かろうか。いつまでもぶらぶらしているわけには、いかないからな。お前を芸ができる犬にしてやろうと思うが……。どうだ、役者になりたいか？」

こうして彼はカシタンカにいろんな芸を教えはじめた。最初の授業でカシタンカは後足で歩くことを学び、これが大好きになった。二時間目は、後足で跳び上がって、頭上高くにかざされた砂糖の固まりをくわえなければならなかった。つづく授業でカシタンカは踊ったり、調教紐につながれて走り回ったり、音楽にあわせて吠えたり、鐘を鳴らしたりピストルを撃ったりして、ひと月もすると、もう立派に「エジプトのピラミッド」でフョードル・チモフェーイチの代役がつとまるようになった。カシタンカはみずから進んでよく勉強し、自分でもその出来ばえに満足していた。調教紐につながれて、舌を出して走り回ったり、輪っかを跳んでくぐったり、年寄りネコのフョードル・チモフェーイチに乗っかって動きまわっていると、カシタンカは無上の喜びを味わった。うまく芸をこなすたびに、カシタンカは甲高いうれしそうな声をあげ、ご主人も有頂天になって両手をもみしだいた。

「天才だ！　天才だ！」と、ご主人は言ったものである。「間違いなく天才だ！　評判になること、間違いなし！」

こうしておばさんは「天才」という言葉にも慣れ、ご主人がこの言葉を口にするたびに、まるで自分の名前が呼ばれたように、飛び起きてあたりをキョロキョロ見回すのだった。

第六章　不安な一夜

おばさんは箒《ほうき》を持った屋敷番に追いかけられる犬らしい夢をみて、怖くなって目がさめた。

部屋のなかはひっそりとして暗く、それにとても息苦しかった。ノミが食いついていた。おばさんはこれまで暗闇を怖いと思ったことはなかったが、今はなぜだか気味が悪くて、鳴きだしたくなった。隣の部屋でご主人が大きく溜息をついた。やがてそうこうするうちに、納屋でブタが鳴いたかと思うと、またしてもすべてが静まりかえった。食べ物のことを考えていると気が休まるので、おばさんは今日ネコのフョードル・チモフェーイチの鶏の脚を失敬し、客間の棚と壁のあいだの、蜘蛛の巣と埃《ほこり》だらけの隙間に隠したことを考えはじめた。見に行ってみようか？　あの鶏の脚は無事だろうか？　ひょっとしたら、ご主人が見つけて食べてしまったかもしれない。しかし、朝がくる前にこの部屋から出てはいけないきまりだ。おばさんは目をとじて、さっさと眠ろうとした。経験上、早く眠ればそれだけ早く朝が来ることを知っていたからだ。と、突然、近くで奇妙な叫び声がした。その声にぎくりとして、おばさんは身を起こして立ち上がった。それはガチョウのイワン・イワーヌイチの声だった。でも、その声はいつものように、おしゃべりで自信にみちたものではなく、なんだか野蛮で、耳をつんざく不自然な、門が開く時のギーッという音に似ていた。暗闇で何も見分けがつかず、何も理解できないおばさんは一段と恐怖を感じ、低く唸った。

「ウウウーッ……」

骨をしゃぶる程度のわずかな時間がすぎた。叫び声はもうしなかった。おばさんは次第に落ち着きを取り戻し、うとうとしはじめた。夢に二匹の大きな黒い犬が出てきた。尻や脇腹に去年の毛の名残をとどめた犬である。二匹は大きな洗い桶から、白い湯気とうまそうな匂いが立ちのぼる残飯をあさっていた。ときどきおばさんをうかがっては、振り返って、「お前にはやらん!」と、歯を剝《む》いてウウーッと唸った。すると家から毛皮外套をはおった百姓が走り出てきて、鞭で二匹を追い払った。それでようやくおばさんは桶に近づき、餌にありついたが、百姓が門の向こうに消えると、また二匹が猛然とおばさんに突進してくる。と、突然、また耳をつんざく悲鳴がした。

「クゲーッ！　クゲーエー！」イワン・イワーヌイチの悲鳴だった。

おばさんは目をさまして飛び起きた。そして、マットレスから出ないで、遠吠えに似た声で鳴き始めた。おばさんには、奇声を上げているのはイワン・イワーヌイチではなく、誰か別の、よそ者の声であるような気がした。どういうわけか、また納屋でブタが鳴いた。

やがてスリッパの音がして、部屋着姿のご主人がロウソクを持って入ってきた。ゆらゆらと揺れる火影《ほかげ》が汚い壁紙や天井の上で躍りだし、闇を追い払った。おばさんは部屋にはよそ者なんかいないことがわかった。イワン・イワーヌイチは床にへたりこみ、まんじりともしていなかった。だらりと翼を広げて嘴は開け、なんだか疲れて水を飲みたがっている様子だった。爺さんネコのフョードル・チモフェーイチも寝ていなかった。彼も悲鳴で起こされたにちがいない。

「イワン・イワーヌイチ、どうしたんだ？」ご主人がガチョウに訊いた。「大きな声を上げて！　具合がわるいのか？」

ガチョウは黙っていた。ご主人は彼の首をさすって、背中を撫でてやると、こう言った。

「おかしな奴だなあ。自分も寝ないし、人も寝かせない」

ご主人が出ていって、灯りを持っていってしまうと、また暗闇が訪れた。おばさんは恐ろしかった。ガチョウは騒いではいないが、おばさんには、また誰かよそ者が立っているような気がした。何より恐ろしいのは、姿も見えず形もないので、このよそ者に噛みつけないことだ。それになぜだかおばさんには、今夜きっと何かとてもわるいことが起きるような気がしてならなかった。ネコのフョードル・チモフェーイチも落ち着かなかった。おばさんには、彼が自分のマットレスの上でごそごそ動き、欠伸をしたり、頭を振っているのが感じられた。

通りのどこかで誰かが門を叩き、納屋でブタがブヒブヒと鳴いた。おばさんは前足を前に投げ出し、その上に頭を置いた。門を叩く音にも、なぜだか眠らぬブタの鳴き声にも、暗闇のなかにも、静寂のなかにも、イワン・イワーヌイチの叫びと同じように、何かぼんやりとした不安がひそんでいる気がした。すべてが不安と動揺のなかにあるが、どうしてなのだろう？　目に見えないよそ者は何者なのか？　おばさんの間近で一瞬ふたつの薄ぼんやりした緑色の火がともった。それは、知り合ってからはじめてのことだが、ネコのフォードル・チモフェーイチが近寄ってきたのだ。何がしたいんだろう？　おばさんは彼の足を舐めてやった、そうして何の用かとも訊ねず、さまざまな口調でやさしく吠えた。

「クゲーッ！」イワン・イワーヌイチが鳴いた。「クゲーエー！」

またドアが開いて、ロウソクを持ったご主人が入ってきた。ガチョウは嘴を大きく開き羽を広げ、さっきと同じ格好でへたりこんでいた。その目は閉じられていた。

「イワン・イワーヌイチ！」ご主人がガチョウの名を呼んだ。

ガチョウは身じろぎもしない。ご主人は彼の前の床にへたりこんで、しばらく黙って彼を見つめていた。

「イワン・イワーヌイチ！　いったいどうした？　死にそうなのか？　ああ、そうだ、思い出した、思い出したぞ！」そう声を上げると、彼は頭を抱えこんだ。「わかったぞ、理由が！　今日、君は馬に踏んづけられたんだ！　かわいそうに、かわいそうに！」

おばさんには、ご主人が何を言っているのか理解できなかったが、その顔つきから、彼が何か恐ろしいことが起きると察知していることを読み取った。おばさんは暗い窓に首を伸ばした。そこから、あの誰かわからぬよそ者がのぞいている気がして、吠え立てた。

「死にかけているんだ、おばさん！」ご主人はそう言うと、両手をピシャリと打った。

「そうだよ、そうだ、死にかけてるんだ！　お前たちの部屋に死がやってきたんだ。どうすりゃいいんだ？」

かわいそうに、気が動転したご主人は、溜息をつき、かぶりを振りながら、自分の寝室に戻っていった。おばさんは暗闇のなかにいるのがこわくて、ご主人のあとについて行った。ご主人は寝台にすわりこんで、何度も同じ言葉を繰り返していた。

「ああ、どうすればいいんだ？」

おばさんはご主人の足もとをうろうろしながら、どうしてこんなに切ないのか、なぜ誰もがこんなに不安で落ち着かないのか理解できなかった。それで、なんとか理解しようと、ご主人の一挙一動を見守っていた。滅多にマットレスを離れたことのないネコのフョードル・チモフェーイチまでもが寝室に入ってきて、ご主人の足にまとわりついてきた。暗い雑念を振り払おうとでもするかのように、さかんに頭を振っては、不審げにベッドの下を覗《のぞ》き込んでいた。

ご主人はお皿を持ってきて、そこに水差しの水を注ぎ入れ、ふたたびガチョウのところに戻った。

「さあ、お飲み、イワン・イワーヌイチ！」ガチョウの前にお皿を置きながら、ご主人はやさしく言った。「飲むんだ、いい子だから」

しかしイワン・イワーヌイチは身じろぎもせず、目も開けなかった。ご主人はガチョウの頭を押さえて、嘴を水に近づけたが、イワン・イワーヌイチは口をつけず、さらに大きく翼を広げるだけで、頭は皿のなかにあずけたままだった。

「だめだ、どうにもできない！」ご主人は溜息をついた。「なにもかもおしまいだ。イワン・イワーヌイチの一巻の終わりだ！」

ご主人の頬を、雨が降るときに窓に流れるような水滴が伝った。事態が飲み込めないまま、おばさんとネコのフョードル・チモフェーイチはご主人にすり寄って、恐ろしそうにガチョウを見つめていた。

「かわいそうなイワン・イワーヌイチ！」悲しげに溜息をつきながら、ご主人は言うのだった。「私は愉しみにしていたんだ。春になったら、お前を別荘に連れて行って、緑の草の上をお前と散歩するつもりだったんだ。ああ、愛しいわが友はもういない！

これから私はお前なしで、どう生きていけるだろう？」

おばさんは、自分にも先々これと同じことが起きる気がした。つまり、こんな風に、理由もわからず目を閉じ、手足を投げ出し、ポカンと口を開け、恐ろしそうにみんなから看取られるようなことがあるような気がした。どうやら、ネコのフョードル・チモフェーイチの頭にも同じような考えが去来しているらしい。今ほど陰気で暗い顔をした爺さんネコをみたことはなかった。

白々《しらじら》と夜が明け始め、部屋にはあれほどカシタンカを震え上がらせたよそ者の姿はなかった。すっかり夜が明けると、屋敷番がやって来て、ガチョウの足をつかんで、どこかに運んでいった。またしばらくすると、婆さんがあらわれて、餌桶を片づけた。

おばさんは客間に入って、棚の裏をのぞいてみた。ご主人は鶏の脚には手をつけていず、それは蜘蛛の巣や埃にまみれて、元の場所にあった。そんなことより、おばさんは淋しくて切なくて、声を上げて泣きたかった。彼女は鶏の脚の匂いを嗅いでみようともせず、ソファーの下にもぐりこみ、そこにすわって、押し殺したか細い声で鳴き出した。

「クーン、クーン、クーン……」

第七章　目も当てられない初舞台

　あるうるわしい夜、ご主人がもみ手をしながら、汚い壁紙の部屋に入ってきた。

「さてと……」

　ご主人は何か言うつもりだったが、そのまま何も言わずに出ていった。おばさんは稽古のなかで、ご主人の顔色や声音をじっくり観察していたので、ご主人が興奮し、心配し、またどうやらご機嫌斜めであることを察知した。しばらくすると、またご主人は戻ってきた。

「今日はおばさんとフョードル・チモフェーイチを連れて行く。エジプトのピラミッドでおばさんは亡くなったイワン・イワーヌイチの代役をつとめるんだ。ええい、ままよっ！　準備はからっきし、仕込みは不完全、稽古も足りなかった！　大恥かいて一巻の終わりさっ！」

　それからご主人はまた出ていって、すぐに毛皮外套にシルクハットの出で立ちで戻ってきた。そしてネコに近づいて、前足をつかんで引き上げ、外套の胸元に押し込んだ。その間、ネコのフョードル・チモフェーイチはまったくもって我関せずの態度で、目を開けようともしなかった。どうやら、このネコにとって、うずくまっていようが、持ち上げられようが、マットレスの上に寝そべっていようが、ご主人の外套の胸元で休んでいようが、すべてがどうでもいいことらしかった……。

「おばさん、行くぞ」とご主人は言った。

わけがわからないまま、尻尾を振りながら、おばさんはご主人について歩きだした。そして、一分後には、橇《そり》に乗ったご主人の足もとにいて、寒さと高ぶる気持ちに身を縮こめながら、なにやらぶつぶつこぼしているご主人の独り言を聞いていた。

「大恥かいて、一巻の終わりさ！」

橇は、まるでスープ皿をひっくり返したような、大きな奇妙な家の前で止まった。三面のガラス戸のある、この家の長い車寄せはいくつもの明るい灯火で照らされていた。大きな音を立てて戸が開くと、まるで大きな口を開いたように、車寄せの前の人が飲み込まれてゆく。人は多いし、車寄せに乗り入れる馬車もひっきりなしだが、犬は一匹も見当たらない。

ご主人がおばさんを抱き上げ、すでにフョードル・チモフェーイチがいる、外套の胸元に押し込んだ。そこは暗くて息苦しいが暖かだった。一瞬、ふたつのぼんやりした緑色の火花がともった。おばさんの冷たいゴツゴツした足に平安を乱されたネコが目を開けたのである。おばさんは相手の耳を舐めてやり、なんとか自分の居場所を確保しようとごそごそ動きだし、冷たい足でネコを押しのけたとたん、うっかり外套の下から頭を出したが、すぐさま怒ったようにウウーッとうなって、また外套にもぐり込んだ。なんだか、化け物でいっぱいの馬鹿でかい薄暗い部屋を目にしたような気がした。両側に張り巡らされた柵や格子の向こうから恐ろしいご面相が顔をのぞかせていた。馬みたいのや、ツノのあるのや、耳の長いのがいるかと思えば、鼻のかわりに尻尾がついていて、口からしゃぶり尽くした長い一本の骨が突き出ているやたらに太って馬鹿でかい顔があった。

おばさんに踏みつけられてネコがしゃがれた声でミャーと鳴いたとたん、外套の前がさっと開いて、ご主人が「出ておいで！」と声をかけたのでフョードル・チモフェーイチとおばさんは床に飛び出した。出てみると、そこは灰色の板壁で囲まれた小さな部屋だった。そこには、姿見の付いた小さなテーブルと腰掛け、四隅につるしたガラクタがあるきりで、家具と呼べる代物はひとつもなかった。ランプとロウソクの代わりに、壁に埋め込まれたパイプに取り付けられた扇形の明るい灯りがともっていた。フョードル・チモフェーイチはおばさんに踏まれてもみくちゃになった毛をつくろうと、腰掛けの下に行って寝そべった。ご主人はますます気を高ぶらせ、手をこすり合わせながら、服を脱ぎ始めた……。いつも家でフランネルの上掛けを被って寝る前に服を脱ぐのと同じように服を脱ぎ、ということは、全部脱いで、肌着一枚になって、腰掛けにすわると、鏡を見ながら自分の身に驚くべき細工をはじめた。まず手始めに、髪を半々に分け、それを牛の二本のツノのように突っ立てたカツラをかぶり、それから顔になにやら白いものを塗りたくり、その上から眉毛や口髭や赤い頰を描き込んだ。ご主人の悪ふざけはこれでは終わらなかった。顔や首を白塗りにすると、これまで家でも外でも見かけたことがないような、一種異様というか、奇妙奇天烈な衣装を身に着けはじめた。これがまあ、悪趣味な町人階級の家でカーテンか家具の覆いに使われる、大きな花柄の更紗地のだぶだぶのズボンで、脇のところでボタンで留めるようになっていて、片方は茶色、もう片方は明るい黄色という代物なのだ。こんな衣装にくるまったご主人は、さらにこの上から、大きなひらひらの襟と、背中に星の模様が入った更紗の上着を着て、けばけばしい色の靴下、緑の短靴を履いた。

おばさんは目も心もくらくらした。袋みたいな白塗りの顔からはご主人の匂いがするし、声も馴染みのものなのだが、疑い出すと、いたたまれなくなり、このど派手な人物から逃げ出して、吠えかかりそうになるのだ。馴染みのない新しい場所、扇形の照明、匂い、ご主人の身に起きた様変わり——こうした一切がおばさんに、恐怖と、またあの鼻のところに尻尾がついた、馬鹿でかい化け物面《づら》に出くわすのではないかという恐れをつのらせた。それに、ここでは壁の向こうのどこかで、大嫌いな音楽をやっていて、ときおりわけのわからない咆哮まで聞こえてくる。ただひとつ、慰められるのは、ネコのフョードル・チモフェーイチが悠然と構えていることだ。彼だけは腰掛けの下で泰然と眠っていて、腰掛が動かされても目も開けないのだ。

燕尾服に白いベストを着た男が部屋に顔をだして、

「今、ミス・アラベラが出ました。次が、あなたです」

ご主人はなんとも答えなかった。テーブルの下からトランクを引き出すと、腰を下ろして、出番を待った。その唇や手から、ご主人が緊張していることは明らかだった。おばさんには、彼の声がふるえていることが感じられた。

「ムッシュー、ジョルジュ、出番です!」ドアの向こうで声がした。

ご主人は立ち上がって、三度十字を切ってから腰掛けの下からネコを抱き上げ、トランクに押し込んだ。

「おばさん、おいで！」彼は小さな声で言った。

何もわからないまま、おばさんはご主人に近づいた。ご主人はおばさんの頭にキスして、ネコのフョードル・チモフェーイチの横に入れた。あたりが暗くなった……。おばさんはネコを蹴り、トランクの壁に爪を立てたりしたが、恐怖のあまりひと言も発することはできなかった。トランクは波間にただようように、小刻みにゆれていた……。

「またのお目見えでございます！」ご主人は声を張り上げた。「またのお目見えでございます！」

このあと、おばさんはトランクが何か硬いものにぶつかり、揺れがおさまったことを感じた。大きな低い吠え声が聞こえた。何かをピシャリと打つ音がして、おそらくあの鼻の代わりに尻尾がついた化け物だろう、それがあまりにも大きな声で吠え笑ったので、錠前がうち震えたほどだ。この咆哮に応えて、ご主人が家では聞いたことがないような金切声の笑いを立てた。

「ハッ！」吠え声に負けじと、ご主人が大声を張り上げた。「ご観衆のみなさま！

私は先程駅からもどったばかりでございます。実はうちのおばあさんが亡くなりまして、この私に遺産を残してくれた！　このトランクに、なんだかとっても重い物が入っています。どうやら、金塊にちがいない……。ハッハッ！　ひょっとすると、何百万もの金塊かもしれません！　今からここで開けて、御覧に入れましょう」

トランクの鍵がカチャリと鳴った。一瞬、明るい光におばさんは目がくらくらした。彼女はトランクから飛び出し、咆哮に耳を聾されて、全速力でご主人のまわりを駆け出し、ワンワンキャンキャン吠え立てた。

「ハッ！」ご主人が声を張り上げた。「これはこれは、フョードル・チモフェーイチおじさん！　大切なおばさん！　愛する身内のみなさん、こりゃまた、どうしてこんなところに」

そう言うと、彼は床の三和土《たたき》に腹ばいに倒れ込み、ネコとおばさんをつかまえ、二匹をだっこした。おばさんはご主人に抱きすくめられているあいだに、運命のいたずらで放り込まれたこの世界を垣間見た。そのバカでかさに圧倒されて、驚きと感動で固まってしまったが、やがてご主人の腕を抜け出すと、あまりの強烈な印象に、独楽《こま》のように、その場でくるくる回りはじめた。この新世界は広くて、まばゆい光にあふれていた。どこを見ても、どこもかしこも、床から天井まで顔また顔で埋め尽くされ、それ以外は何も見えなかった。

「おばさん、おすわり！」ご主人が声を上げた。

この言葉が何を意味するかを思い出して、おばさんは腰掛けに飛び乗って、おすわりをした。彼女はご主人を見ていた。その目はいつもと変わらず、真剣でやさしいのだが、顔は、とくに口と歯はこれみよがしの作り笑いで引きつっていた。ご主人は大きな声をたててハハハと笑い、飛びはねたり、肩をゆすったり、また何千という観客を前にして大いに楽しいという素振りをみせていた。おばさんはご主人の陽気を真に受けて、突然、何千という顔が自分を見ているんだと全身で感じて、キツネのような顔を上げて、うれしそうに鳴きだした。

「いいかい、おばさん、しばらくおとなしくしているんだよ」とご主人は彼女に言いきかせた。「私とおじさんはカマリンスカヤの踊りを踊るから」

ネコのフョードル・チモフェーイチは、いつになったらあの馬鹿げた芸をやらされるのか、合図を待って立って、無関心な目であたりを見回していた。その踊りは覇気がなく、投げやりで、陰気なもので、動作や尻尾やヒゲをみても、ネコが観衆も明るいライトもご主人も、自身をも心底軽蔑していることがわかる……。自分の役目の踊りを一通り終えると、彼は欠伸をして腰を下ろした。

「さあ、おばさん」ご主人は言った。「まず最初に私と一緒に歌を歌って、それからダンスをしよう。それでいいかな?」

彼はポケットから笛を取り出して吹き始めた。音楽が大嫌いなおばさんは、腰掛けの上で落ち着きなく動き出し、吠えだした。四方からどよめきと拍手が聞こえた。ご主人は一礼し、どよめきが鎮まると演奏をつづけた……。演奏がある高音部にさしかかったとき、どこか上の方で、観客の誰かがあっと大きな声を上げた。

「とうちゃん!」子供の声がした。「あいつ、カシタンカだ!」

「ほんとだ、カシタンカだ!」酔っ払ったしゃがれたテノールの声がそれに答えて返事した。「カシタンカ! フェデューシカ、ありゃ、間違いねえ、カシタンカだ! おどろき、もものきだ!」

天井桟敷で誰かがヒューと口笛を吹くと、子供と大人の男の二つの声が、大声で名前を呼んだ。

「カシタンカ! カシタンカ!」

おばさんはギクリとして、声がする方を見た。二つの顔、一つはもじゃもじゃ頭で、酔ってニヤニヤした顔、もう一つはぽっちゃりした、赤いほっぺの、びっくりしたような顔。このふたつの顔を見た途端、彼女は目がくらくらした。先に明るい照明に目がくらんだように。彼女は思い出して腰掛けから飛び降り、三和土の砂を掻き、飛びはねると、うれしそうに吠えながら二人をめざして駆けだした。耳を聾するどよめきをついて口笛や子供の歓声が聞こえる。

「カシタンカ！　カシタンカ！」

おばさんは柵を飛び越え、人の肩を乗り越え、桟敷席に入り込んだ。次の列に入るには高い壁を超えなければならない。おばさんは飛び上がったが、高さが足りず、あえなく壁をすべり落ちた。それから彼女は人手を渡り、その間こっちの手を舐め、あっちの顔を舐めながら、上へ上へとのぼっていき、とうとう天井桟敷に到達した……。

半時も経つとカシタンカはすでに、糊やニスの匂いがする人たちについて、通りを歩いていた。ルカー・アレクサンドルイチは足元はおぼつかないが、そこは昔取った杵柄《きねづか》、本能的にドブから離れて歩いていた。

「底知れぬ、わが母の罪深き妊《はら》に……か」と彼はうなっていた。「だがなあ、カシタンカ、お前にはわかるめい。人さまに比べりゃ、お前なんざ指物師にもなれねえ大工みたいなもんさ」

父親と並んで父親の帽子をかぶったフェデューシカが歩いている。カシタンカは二人の背中をながめながら、ずいぶん昔からこうして二人のあとをついて歩いているような気がした。そして自分の生活が片時も途切れず続いていることを嬉しく思うのだった。

あの汚い壁紙の部屋や、ガチョウやフョードル・チモフェーイチや、うまい食事や、お稽古や、サーカスのことを思い出すことはあるが、今となっては、それは長い長いもつれた、重苦しい夢でしかないように思われるのだった。

退屈な話
ある老人の手記から

Скучная история
1889

一

ロシアにニコライ・ステパノヴィチ・某《なにがし》という、三等官[1]で叙勲を受けた名誉教授がいる。ロシアのみならず外国からもたくさんの勲章をもらっていて、時にそれらを佩用《はいよう》すると、学生たちから聖障《イコノスタス》、まるで聖像の金屏風だと奉られるほどの数の多さである。それにまた知己というのが、名にし負うお歴々ばかりなのである。少なくともここ二十五から三十年、名が知れた人物で彼が友誼《ゆうぎ》を結ばなかった学者はいなかったし、現在もいない。今でこそ親しい友は少ないが、昔の話をすれば、その錚々《そうそう》たる友人の長いリストの掉尾《ちょうび》には、ピロゴーフ[2]やカヴェーリン[3]、詩人のネクラーソフ[4]と

1　帝政ロシアの三等文官。
2　ニコライ・イワノヴィチ・ピロゴーフ（一八一〇―八一）。著名なロシアの外科医。

いった名前がならび、そうしたお歴々が彼と心から温かい友情を結んだのである。彼はロシアのあらゆる大学のみならず、三つの外国の大学でも役員を務めている。等々、等々。これらが、そしてまだまだ話そうと思えばいくらでも続けられるこうしたことが、私の名の内実となっているのである。

この私の名はあまねく世間に知れわたっている。ロシアでは読み書きができる人間なら誰でも私の名を知っているし、外国では教壇で、「かの著名で尊敬おく能わざる」と但《ただ》し書きがつけられて紹介される。この名を誹謗したり、公衆の面前や印刷物のなかでみだりにその名をあげることは慎みに欠けると見なされる数少ない仕合わせな名前の一つである。それは当然なことで、私の名が有名で豊かな才能に恵まれ、疑いもなく世の中に役に立つ人間と見なされているためである。私はラクダのように勤勉で我慢強い。これは大事なことだ。しかも、才能がある。これはもっと大事なことだ。さらにつけ加えて言うなら、教養があって、控え目で、誠実な人間だ。文学や政治の世界には首を突っこんだこともなければ、無学な連中に論争をふっかけて名前を売ろうとしたこともなく、祝賀会や同僚の墓前で祝辞や弔辞を読むようなまねをしたこともない……。平たく言えば、学者としての私の名には一点の曇りもない、愚痴をこぼすことなど一つもないのである。その名は仕合わせである。

この名の持ち主、つまりこの私は、頭が禿《は》げ上がり、総入れ歯の、万年顔面神経痛をわずらう六十二歳の男である。私の名が麗々《れいれい》しく輝けば輝くほど、当のご本尊はうだつがあがらず見栄えがわるいのである。頭や手は体力が落ちて震えるし、首はトゥルゲーネフ[5]が描く女主人公のようにコントラバスの柄に似ている。胸はぺしゃんこで、背中は貧相。話をしたり講義をすると、口はひん曲がり、笑うと顔中が老醜のしわだらけになる。みじめな私の風体には人に感銘を与えるようなところはまったくない。ただ顔面神経痛に見舞われると、得も言われぬ顔つきになり、そんな顔を目にすると、誰しも「どうやら、ご老体、長くはないらしい」と、不吉で厳粛な思いに駆られるらしい。

3　コンスタンチン・ドミートリエヴィチ・カヴェーリン（一八一八―八五）。ロシアの著名な歴史家・思想家。

4　ニコライ・アレクセーエヴィチ・ネクラーソフ（一八二一―七七）。著名なロシアの詩人。進歩的知識人で、『ロシアは誰に住みよいか』などの詩がある。

5　イワン・セルゲーエヴィチ・トゥルゲーネフ（一八一八―八三）。著名なロシアの小説家。

今でも講義をやらせると昔同様なかなかのものだ。以前と同じように、たっぷり二時間は聴衆の注意をつなぎ止めることができる。持ち前の情熱や、巧みな文学的修辞やユーモアが声量の不足を補ってくれるが、私の声ときたら、干からびて、キンキン響き、偽善者の猫なで声のようにか細く震える。書く方はからっきし駄目だ。書く能力をつかさどる脳髄の一部が言うことをきいてくれないのである。私の記憶は弱り、考えは一貫性を欠き、考えを文字に記すたびに、有機的な連関の感覚を失ってしまった気になる。構成は一様で、言葉は貧弱で生彩がない。書くつもりのないことを書いてしまうのはしょっちゅうだ。結末を書いているときには、出だしをおぼえていない。しばしば何の変哲もない言葉を思い出せなくて、原稿の余計な文句や不必要な前置きを避けるために、かなりの労力を割かなければならない。それもこれも、明らかに知的能力が減退していることを示している。困ったことに、簡単な文章であればあるほど呻吟《しんぎん》する。学術的な論文を書く方が、ありきたりの時候の挨拶の手紙や報告書を書くより、私にははるかに楽だし、またうまく書ける。さらに、もう一つ、ドイツ語や英語で書く方が、私にとってはロシア語で書くより楽だ。

現在の私の生活に話を移せば、まず第一に、近年患っている不眠を挙げなければならない。あなたの生活で今いちばん主要で大きな問題は何かと問われれば、不眠だと私は答える。以前と同様、習慣にしたがって、きっかり十二時に私は着替えてベッドに入る。すぐに眠りにつくが、一時すぎになると目がさめる。まるで一睡もしなかったような気分で目がさめるのだ。やおらベッドから起きだして、灯りをともさなければならない。それから一時間か二時間、部屋の隅から隅を歩きまわり、すでに見慣れた絵や写真をながめて回る。それにあきると、テーブルの前に座る。じっと動かず、何を考えるでもなく、何がしたいというわけでもなく、そのまま座ったままでいる。目の前に本があれば、機械的に手もとに引き寄せ読んでみる。何の関心があるわけでもない。そんな風に、つい先頃、『ツバメは何を歌ったか』[6]という奇妙な題名の小説を一冊まるまるひと晩で読んでしまったことがある。そうでなければ、また気を紛らわせるために、数字を千まで数えたり、同僚の顔を思い浮かべて、彼が何年に、どんないきさつで奉職するようになったのか、思い出してみる。好んで物音に耳を澄ます。二つ先の部屋で娘のリーザが早口に何か寝言を言ったり、妻がロウソクをかざして広

6　ドイツの小説家フリードリヒ・シュピールハーゲン（一八二九―一九一一）の小説。

間を抜けて、きまってマッチ箱を落としたり、観音開きの棚がきしったり、いきなりランプの火口がゴーと音を立てるのが聞こえる。こうした音がどういうわけか、私の神経にさわるのである。

夜寝ないでいることは、毎分毎分自分が異常だと意識することを意味する。それで私は自分が眠らないでいる権利を持っている朝と昼間が来るのをじりじりと待つことになる。長い懊悩《おうのう》の時間がすぎて、ようやく庭で朝の一番鶏がときを告げる。これは私にとって最初の福音である。一番鶏が鳴いてしまえば、やがて一時間もすれば、階下《した》で門番が目をさまし、不機嫌に咳《せき》をしながら、どういうわけか階段を二階まであがってくる。ついで窓の外で徐々に空気が白んできて、通りで人声がしはじめる……。

私の一日は妻の来訪ではじまる。彼女はペチコートの格好のまま私の部屋に入ってくる。まだ髪はとかさず、でも顔は洗ってあって、花の香りのオーデコロンをつけている。さも何気なく入ってきたような顔つきだが、毎回きまって同じ話を切り出すのである。

「ごめんなさい、私ちょっと……。またお休みになりませんでしたの?」

それから彼女はランプを消して、テーブルのかたわらに腰を下ろして話し始める。

予言者ではないが、私には何の話題が出るのかわかっている。毎朝、ひとつことなのだ。たいてい心配そうに私の健康を気遣って、二、三質問したあと、彼女はいきなり、将校としてワルシャワで軍務についているわが家の息子のこと思い出す。毎月二十日を過ぎると、私たちはこの息子に五十ルーブルの金を送金してやっている。これがもっぱらわれわれの話題なのである。

「もちろん、私たちには苦しいことですが」と、彼女は溜息をつく。「でも、あの子が最終的に独り立ちするまで援助してやるのが私たちの務めですもの。あの子は外国にいるし、俸給は微々たるものでしょ……。でも、それでいいとおっしゃるなら、来月からは五十ではなく四十にしましょう。どうお思いになって?」

支出というものは、われわれがそれをしょっちゅう話題にのぼせたからといって減るものではないことを、日々の経験から学べそうなはずなのに、私の妻は経験に学ばず、毎朝きまって、うちの息子の将校のことや、やれやれパンは安くなったが砂糖が二コペイカも値があがって、といった話をはじめるのである。しかも、それらを、まるで私にニュースでも伝えるような口調で言うのである、

私は話を聞きながら機械的に相槌《あいづち》を打っているが、おそらくゆうべ眠らなかったせ

いだろう、奇妙で余計な考えに取り憑《つ》かれる。私は妻を見ながら、子供のように驚く。当惑して、自分にこう問いただすのである。はたしてこれが、この年老いて、まるまると太った、ぶざまな女性が、些細な気苦労と一片のパンを前にした恐怖のうつけた表情を浮かべたこの女性が、たえず借金や金がないことを思い悩んだあげく、すっかり惚けた虚ろな目をしたこの女性が、話すことと言えば出費のことしかなく、物が安いといって喜んでいるこの女性が、はたしてこの女性がかつてあのほっそりしていたワーリャなのか、あのすぐれた明晰な知性ゆえに、清らかな心と美ゆえに、そしてオセロがデズデモーナに対したように[7]、私の学問に共感しともに苦しんでくれたゆえに、私が熱烈に愛した女性なのだろうか？　はたしてこれが、かつて私に息子を授けてくれた、当の妻、私のワーリャなのだろうか？

　私は目をこらして、肉のたるんだぶざまな老婆の顔をのぞきこみ、かつてのワーリャの面影を探そうとするが、彼女のなかに残っている過去のなごりは私の健康を気遣う心配性と、私の俸給を私たちのお給料とよび、私の帽子を私たちの帽子とよぶ習慣でしかない。私は彼女のことを見るに忍びず、せめていたわってやろうと、彼女に思うまましゃべらせ、彼女が人のことを不当にこき下ろしたり、私のことで個人的に患者を取らないとか、教科書を書かないと責めても許してやる。

二人の会話はいつも同じように終了する。妻がいきなり、まだ私がお茶をのんでいないことを思い出し、浮き足立つのだ。

「何だって私ったらすわり込んでしまって？」そう言って彼女は腰を上げる。「サモワールはテーブルにでているのに、私ったらおしゃべりなんかして。すっかり忘れっぽくなって、困りましたね！」

そう言うと、足早に出て行くが、戸口で振り返って、

「エゴールの支払いが五カ月滞ってますの。ご存じよね？　召使いのお給金は欠かしちゃ駄目です、何度言ったらわかるのかしら！　月々十ルーブル渡すほうが、五カ月に五十ルーブル渡すよりずっと楽ですわよ！」

と扉の向こうに出て行くが、そこでまた立ち止まって、

「それにしてもかわいそうなのは、うちのリーザですよ。音楽院に通って、いつも立

7　シェイクスピアの戯曲『オセロ』の「あれはわたくしの経てきた艱難をいとしく思ってわたくしを愛してくれた」（木下順二訳）を受けた台詞。

派なお仲間と一緒なのに、身なりときたら。あんなコートじゃ、外に出るのも恥ずかしくってよ。よそのお嬢さんならともかく、父親は有名な教授で、三等官だって誰もが知っているんですからね！」

私の名前と官位のことでひとくさり文句を言うと、ようやく彼女は出て行く。こんな風に私の一日がはじまるわけである。だが、その先もこれよりましということはない。

お茶を飲んでいると、娘のリーザがやってきた。毛皮外套にくるまり、帽子をかぶって楽譜を抱え、すっかり音楽院に出かける支度ができている。娘は二十二歳になる。見た目はもっと若く見え、美人で、ちょっぴり若いころの家内に似ている。娘はやさしく私のこめかみと手にキスをして、こう言う。

「おはよう、パパ。お元気？」

子供のころ娘はアイスクリームが大好きで、よく菓子店に連れて行ったものである。アイスクリームが彼女にとってはすべての素敵なものの物差しだった。ご機嫌がよくて、私のことをほめたくなると、《ねえ、パパはアイスクリームみたい》と言ったものだ。ある指は彼女に言わせるとピスタチオで、また別の指はクリームで、また別の指はイチゴ、といった名前を持っていた。いつも、朝になって彼女が私のところにあいさつに来ると、私は膝の上にのっけては、指にキスしては、おまじないのように言ってやった。

「クリーム味に……ピスタチオ味に……レモン味……」

今も昔の記憶にしたがって、私はリーザの指にキスして、唱えてみる。《ピスタチオ……クリーム……レモン……》、ところが結果は昔とまったくちがう。私はアイスクリームのように冷ややかで、恥ずかしくなる。娘が私のところにやって来て唇を当てただけで、蜂にでも刺されたように飛び上がり、無理に笑顔をつくって、顔をそむけてしまうのだ。不眠症に悩まされるようになってから、私の脳髄にはくさびを打ち込まれたように、ある疑問が居すわっている。娘はしばしば、老人のこの私が、著名な人間であるこの私が、召使いに借りがあるために苦しそうに顔を赤らめている姿を何度も目にしているはずだ。ちっぽけな負債を気に病み、それで仕事が手につかず、何時間も部屋のなかを私が歩きまわる姿を目にしているはずだ。それなのに、どうして彼女は、母親にかくれてこっそり私のところにやって来て、《どうかお父様、ここに私の時計とブレスレットとイヤリングとドレスがあります……。全部これを質草になさってください、お金が必要なのでしょう》と、一度でも言わないのか？　どうして娘は、母親と父親の私が、虚栄心に負けて、人目から自分たちの貧しさをひた隠しにしているのを目にしながら、音楽にうつつを抜かす贅沢を拒否しないのか？　もちろん私は時計もブレスレットも犠牲もけっして受け取らないだろう。——私に必要なのはそんなことではない。

ことのついでに、私は将校としてワルシャワに勤務する息子のことも思い出す。これは頭のよい、誠実でまじめな男だ。だが私には、それではまだ不足だ。もし私に年老いた父親がいて、と私は考える、その父親が自分の貧しさを恥じることがあると知ったら、私は将校の地位をほかの誰かに譲って、自分はさっさと雇われの身になって一介《いっかい》の労働者として働くだろう。こんな風に子供のことをあれこれ考えていると、気持ちがくさってくる。そんなことを考えて何になる？　ありきたりの人間が英雄じゃないといって悪意をたぎらせるのは、料簡《りょうけん》のせまい意地悪な人間だけだ。まあしかし、そんなことはどうでもよろしい。

十時十五分になると、わが愛すべき学生たちのもとに出かけなければならない。着替えを済ませると、三十年間通いなれ、私にとって思い出深い道を歩いていく。やがて、薬局のある灰色の大きな建物が見えてくる。かつてここには小さな家があって、そのなかにビールを飲ませる店があった。この店で私は学位論文の想を練り、ワーリャに最初のラブレターを書いた。《Historia morbi》（病歴）という表題のある用紙に鉛筆で手書きしたのだった。次に食料品を扱う店が見えてくる。昔ここの主人はユダヤ人で、つけで私に巻きタバコを売ってくれた。その後、代替わりして太った女が主人をしていたが、それは《母親のいない子はない》と言うのが口癖で、学生を愛してやまない女性だった。今では帳場に座っているのは、じかに銅の茶器からお茶を飲んでいる、まったく世間には無関心の赤毛の商人である。やがて陰気で、長らく改修されてない大学の門が見えてくる。丈の長い毛皮外套を着込んだ、暇そうな掃除夫、箒《ほうき》、吹き溜まりの雪の山……。田舎から出てきたばかりで、学問の殿堂は本当に殿堂だと思い込んでいる新入生の子供たちに、こうした門がすこやかな印象をもたらすはずがない。総じて大学の建物の古さ、廊下の暗さ、すすけた壁、光量不足、陰気な階段やベンチや外套掛けが、ロシア厭世主義《ペシミズム》の歴史のなかで、厭世的な気分を生み出す最大の要因になっているのだ……。次いで大学の庭に出る。私が学生だったときから、この庭は良くも悪くもなっていない気がする。私はこの庭を好かない。肺病やみのような菩提樹や黄色いアカシア、まばらな刈り込まれたライラックに代わってすっくと伸びたマツや立派なカシが生えていた方がよほどましだ。学生というのは環境によって大きく気分が左右されるものだから、散策の際にも学舎《まなびや》においても、ひたすら気高く、力強い、美しいものを目にすべきだ……。願わくは、貧弱な木や割れた窓、灰色の壁や破れた油布を貼りつけた扉から、学生が庇護されんことを。

私が建物の昇降口に近づくと、扉がさっと開いて、昔からの同僚で同い年の、名前も同じ守衛のニコライが迎えてくれる。私をなかに入れると、彼は一つ咳払いをしてこう言う。

「しばれる寒さでございますな、閣下！」

あるいは、私の毛皮外套が濡れていると、

「雨でございますな、閣下！」

そして私の前を走って、行く先々の扉を開けてくれる。研究室に着くと、丁寧に私の外套を脱がせ、その間に大学内のニュースを教えてくれる。大学の守衛や門衛のあいだには密接な情報網があり、そのお陰で、大学の四つの学部や事務局、総長室、図書館で起きている事柄はなんでもこの守衛の耳に入る。彼が知らないことなど何もないのだ。たとえば大学で総長や学部長の辞任が喫緊の問題になると、私の耳には、彼が若い門衛相手に候補者の名前をあげ、あまつさえそこで誰某《だれそれ》は大臣が承認しないとか、誰某は向こうから辞退するだろうとか、次いで、事務局が受け取った怪文書だとか、大臣と交渉にあたる黒幕のあいだにあったという秘密会談とやらについて、奇々怪々の説を開陳するのが聞こえてくるのである。まあ、この微に入り細《さい》をうがった細部を除けば、概ね彼の言うことはいつも正しい。個々の候補者に彼が施す人となりには奇抜なところもあるが、これも概ね当たっている。誰が何年に学位論文の審査に通過し、何年に職に就き、何年に退官し、何年に亡くなったか、もしそれを知りたければ、この兵隊上がりの守衛の膨大な記憶に頼るがよろしい。たちどころに年月日はおろか、事の顚末に付随する細かな点まで教えてくれるだろう。こんな風におぼえていられるのは、こよなく大学を愛する人間だけである。

彼は大学で語り継がれる伝説の守り手だ。前任の守衛から多くの大学生活の伝説を遺産として受け継ぎ、自分が勤めのなかで得た宝を加える。こちらから所望すれば、長短さまざま、多くの逸話を彼は話してくれるだろう。何でも知っている桁外れな物知りの話や、何週間も一睡もしなかった剛《ごう》の者の話や、学問に殉じた夥《おびただ》しい数の殉教者や犠牲者の話を語ってくれるだろう。彼の手にかかると、善はかならず悪に勝ち、弱い者がつねに強い者を打ち負かし、賢い者が愚かな者に勝利し、謙虚な人間が威張り散らした人間を、若い者が年長者を凌駕《りょうが》する……。なにも、こうした伝説や昔話を真に受ける必要はないが、それらを濾過《ろか》してみれば必要なものが残るはずだ。それこそわが国のすぐれた伝統であり、万人が認める真の英雄の名なのである。

　わが国の社会では、学者の世界の話といえば、昔の桁外れの粗忽な教授だとか、グルーベル[8]や私やバブーヒン[9]が吐いたということになっている二、三の警句にかぎられる。教養ある社会にとっては、これではいかにも足りない。もし社会がここにいる守衛のニコライのように、学問と学者と学生を愛していたなら、この国の文学はとっくにその手の一大叙事詩や伝説や聖者伝のたぐいを生み出していたはずだが、惜しむらくはわが国の文学は今なおそれを有していない。

　ニュースを伝えるとニコライはやおらその顔に神妙な表情をそえる、そうしてようやくわれわれは仕事の話に取りかかるのである。もしこのとき第三者がいて、学問の用語を縦横にあやつるニコライの話を聞いたら、彼こそが学者で、兵隊上がりの身は世をしのぶ仮の姿だと思うにちがいない。ここだから言っておくが、巷間流布する大学の守衛は学があるという評価は大風呂敷だと言っていい。たしかにニコライは百以上のラテン語に通じ、人体模型の骨を組み立て、ときにはプレパラートを準備でき、また長ったらしい学者の口上で学生たちを煙にも巻けるが、至極単純な血液循環といった仕組みが、彼には二十年前同様、今もって理解できないのである。

研究室のテーブルに向かって、本やプレパラートの上に低くかがみ込んで、私の解剖学の助手ピョートル・イグナーチエヴィチが座っている。勤勉で控え目だが、才能はなく、年の頃なら三十五、六、すでに禿げ上がり、腹が出た男である。朝から夜まで働きづめで、夥しい数の本を読み、しかも読んだものをそっくりおぼえているのだから、この点で彼はただ者ではなく、文字通り掛け替えのない存在である。その他の点では、駄馬である。言葉をかえれば、学者バカである。才能ある人間とちがって駄馬たる所以を言うとすれば、こうだ。まず、視野がせまく、著しく専門知識にかた

8　ヴェンツェスラフ・レオポリドヴィチ・グルーベル（一八一四―九〇）。ペテルブルグ外科アカデミーの教授。

9　モスクワ大学の組織学・解剖学の教授（一八三五―九一）。

よっている。専門外になると、赤子のように世間知らずである。こんなことがあった。

ある朝、私は研究室に入るや、こう叫んだ。

「なんという不幸だ！　スコーベレフ[10]が亡くなったらしい」

ニコライは十字を切ったが、ピョートル・イグナーチエヴィチは私に顔を向けると、こう言ったのである。

「どこのスコーベレフさんです？」

またある時、これは先の話より少し前のことだ。ペローフ教授[11]が亡くなったと告げると、この愛すべきピョートル・イグナーチエヴィチはこう訊《たず》ねたのである。

「なんの講義をなさっていたんですか？」

どうやら、彼の耳元であのパッティ[12]が歌おうが、ロシアに中国の大軍が押し寄せようが、彼は微動だにせず平然と目を細めて自分の顕微鏡をのぞき込んでいるにちがいない。要するに、ヘカベ[13]のことなどわれ関せずなのである。大枚はたいて、この堅物が奥さんと同衾《どうきん》しているさまを見てみたいものだ。

もう一つの特徴、それは科学の無謬《むびゅう》性、とりわけドイツ人が書いたものは間違いがないという狂信的な信仰である。彼は自分自身に、そして自分が作るプレパラートに全幅の信頼をおき、人生の目的も知っているが、才能ある人間が髪を白くする懐疑とか幻滅とかにはまったく無縁なのである。ただただ権威に盲従するだけで、自分で考えようとはしない。だから、何かの問題で彼を説得することは難しいし、議論をふっかけることは不可能である。いちばんすぐれた学問は医学で、いちばんすぐれた人は医者で、最良の伝統は医学部のそれだと深く信じて疑わない人間を相手に議論などできるわけがないのである。芳しからぬ医学の伝統のなかで今も唯一生き残っているのは白いネクタイ[14]だけで、今やどの医者もそれを首に巻いている。学者には、いや、

10　ミハイル・ドミートリエヴィチ・スコーベレフ（一八四三―八二）。一八七七―七八年のロシア・トルコ戦争後に名を馳せた将軍。

11　ワシーリー・グリゴリエヴィチ・ペローフ（一八三三―八二）。画家で肖像画も多いが、なかでもドストエフスキーの肖像画は有名。

12　アデリーナ・パッティ（一八四三―一九一九）。イタリアのソプラノ歌手。

13　ギリシア神話の人物。トロイの王プリアモスの妻。十四人の子供をもうけたがゼウスの妻レートーに自慢したため、子供たちを皆殺しにされた。

14　ロシアの医者は伝統的に白いネクタイを着用した。

おしなべて教養ある人間には、医学部とか法学部とかの区別なく、大学特有の伝統しか存在しないことがありうる。が、ピョートル・イグナーチエヴィチはそんなことは頑なに認めず、最後の審判の日まであなたと議論を止めないだろう。

私には彼の行く末がありありと見える。生涯彼は純粋この上ない数百のプレパラートをこさえるだろう、形は整っているが面白みのない論文を何本も書くだろう、十本ばかりの誠実な翻訳も仕上げるだろうが、刮目《かつもく》に値するようなことは何も思いつけまい。人を刮目させるには想像力とか創意工夫、洞察の才能が必要だ。ピョートル・イグナーチエヴィチにその手の才能はない。つづめて言えば、この男は学問の主人ではなく下僕なのだ。

私とピョートル・イグナーチエヴィチとニコライは声をひそめて話す。私たちは多少そわそわ落ち着かない。扉ひとつ隔てた講堂が海鳴りのようにどよめいていると、一種独特な感じがするものだ。三十年間この仕事をしているが、未だに私はこの感覚に馴染めず、毎朝それを感じる。神経質に私はフロックコートのボタンをかけながら、ニコライにあれこれ訊ねては、イライラする……。怖《お》じ気《け》づいているように見えるが、これは怖じ気とはちがい、何か別のものだ。何と呼んでいいのか、いわく描写しがたいものだ。

必要もないのに、私は時計をながめて、こう言う。

「さて、行くとしようか」

かくて私たちはこんな順番で進んでいく。先頭にプレパラートか解剖図を持ったニコライ、次に私、その後ろから殊勝に目を伏せた駄馬がついて来る。あるいは必要に応じて、先頭には担架にのせた死体、その後ろにニコライという順番になる。私が登場すると学生たちは起立着席して、たちどころに海鳴りが鎮まる。つまり凪《なぎ》が訪れるのである。

私にはこれから始める講義の内容はよくわかっているが、どんな風に進めるのか、何を最初に話し、何で話を閉じるのかはわかっていない。頭のなかには出来合いのセリフは一つもない。だが教室をひとわたり見渡し（講堂は階段教室である）、型どおり《前回の講義でもお話しした通り》と切り出すと、たちどころに次から次へと言葉があふれ、万事が始動するのだ！　私は抑えようもなく早口に興に乗ってまくし立て、私の話の流れを止める手立てもないように思われる。よい講義をするためには、つまり聴衆に飽きさせず、ためになる講義をするためには、才能に加えて縦糸と横糸を織り上げる技術や経験が必要で、自分の能力や聴衆、また自分が話しているテーマに関して明確な意識を持っていなければならない。そればかりか、目敏《めざと》くすべてに目を配り、片時も聴衆がいることを忘れない、抜かりのない人間であらねばならない。

すぐれた指揮者は作曲家の意図を伝えながら、いちどきに二十もの仕事をこなす。楽譜を読んでタクトを振り、歌手に目を配り、ときにティンパニーに、ときにホルンに指示を出す。講義するのもこれと同じだ。目の前には、どれ一つとして同じではない百五十人もの顔と、まっすぐ私を見つめている三百の目がある。私の役目は、この多頭の怪物ヒドラを退治することだ。講義しているあいだ、刻々、相手の注意の度合いや理解のほどをはっきり私がつかんでいれば、私の勝ちだ。もう一人私の敵がいるとすれば、それは私の内部にある。それは、限りなく多様な形態や現象や法則、さらにそれらの制約を受けた私自身や他人の思考の数々である。片時も逃さず、私は機敏にこれら膨大な素材のなかからもっとも重要かつ必要なものをつかみ出し、私の言葉に遅れないよう迅速に、ヒドラが理解でき、ヒドラの注意を喚起できるように、自分の考えに形式を与えなければならない。しかもその際、目敏く、それらの考えが話の流れに任せるのではなく、私が描き出そうとしている見取り図に必要な順序で伝わるように注視していなければならないのである。さらに、私は私の言葉が文学的になるよう、定義が短く的確であるよう、言い回しが可能な限り簡単で美しくあるよう腐心する。片時も忘れず、私は自分を抑制し、私に委ねられた時間が一時間と四十分であることを忘れぬようにしなければならない。一言で言って、やることは多いのである。同時に学者と教育者と弁士の三役をこなさなければならないのであって、弁士が教育者や学者に勝ったり、その逆であってもいけないのである。

講義が進んで十五分経ち、三十分が経過する、すると学生たちは天井やピョートル・イグナーチエヴィチを眺めはじめ、ある者はハンカチを取り出し、ある者は具合よく座り直し、またある者は自分の考えにひたってにんまりする……。これは注意が散漫になってきた証拠である。何らかの策を講じる必要がある。頃合いを見計らって、私は何か洒落《しゃれ》をとばす。百五十の顔がにこやかにほころび、目が生き生きと輝き、しばしどよめきが起きる……。私も笑う。注意力がよみがえり、これで講義がつづけられる。

いかなるスポーツからもいかなる娯楽や遊びからも、私は講義にまさる歓びを得たことはない。講義をしているあいだ私はわが身を感興にゆだねることができ、霊感がけっして詩人の妄想ではなく、実在することを理解した。それで私は、あのさまざまな功業をなしたヘラクレスですら、毎回講義のあとに私が味わったあの甘美な疲れを感じたことはなかったろうと思うのだ。

だが、これは以前のことだ。今では講義で私が味わうのは苦痛でしかない。三十分とたたないうちに、私はどうしようもなく足や肩から力が抜けていくのを感じはじめる。椅子に腰掛けてみるが、座って講義をするのは慣れていない。しばらくするとまた立ち上がり、立ったままでつづけるが、やがてまたしても腰を下ろす。口のなかは干上がり、声はしゃがれ、頭がくらくらしてくる……。聴衆に気取られまいと、盛んに水を飲んだり、咳払いをしたり、鼻風邪でもひいたように、しょっちゅう洟《はな》をかんでは、見当違いな洒落をとばし、あげくの果てに早々と講義の終了を告げるのである。

とはいえ、私が感じるのは、なんと言っても恥ずかしさである。

私の良心と頭は、私が取るべき最良の道は子供たちに最後の講義をし、彼らに別れを告げ、彼らを祝福し、私の地位を私より若くて力のある者に譲ることだと言う。だが、神の裁きも甘受しよう、私には良心に従う勇気がないのだ。

不幸なことに私は哲学者でも神学者でもない。私には、自分があと半年も持たないことがよくわかっている。今の私なら、何をおいても、あの世の闇だとか、墓場の夢に訪れる幻影の問題にうつつをぬかしているのが順当であるのかもしれない。だが、頭ではその重要性を意識していても、なぜだか私の心はその問題の所在を認めようとはしないのである。二、三十年前と同じように、死を前にした今も、私が関心を寄せるのは科学の行く末でしかない。息を引き取る間際になっても、私はやはり、科学こそが人間の生活で、いちばん重要な、すばらしい欠かせないものであり、今もこれからも科学こそが愛の最高の発現であり、また科学によってのみ人間は自然と自分に打ち勝てるのだと信じていることだろう。こうした信念はあるいはナイーブで、その根拠において公正ではないのかもしれない。だが、申し訳ない、そうとしか信じられないのだ。自分の内に巣くったこの信念を曲げることは、私にはできないのだ。

だが問題はここにあるのではない。私は、どうか私の弱さにまで降りてきて、理解してほしいと願っているだけなのだ。宇宙創造の究極の目的より、骨髄の運命に関心を寄せている一人の人間を教壇や学生たちから引きはがすことは、その死を待たずして、いきなりその人間を棺桶に放り込むに等しいことをわかってほしいのである。

不眠と押し寄せる衰弱との切迫した闘いの結果、私の身にある奇妙なことが起きている。講義のさなかにいきなり涙がこみ上げて、目頭が熱くなり、私は両手を前に差し出し、声を上げて泣き言を吐きたい、ヒステリックな強烈な衝動にかられるのだ。私は大きな声で叫びたい、名の知られたこの私に運命が死の鉄槌を下し、半年もすればこの講堂で別の人間が主人面《づら》してのさばるのだ、と。毒を盛られた、そう私は叫びたいのだ。これまで知らなかった新しい想念が私の生涯の最期の日々を毒し、蚊のように私の脳髄を刺すことをやめない。こうなると、私の立場はげに恐ろしいものに思われ、今この私の話を聞いている誰もがおぞけをふるって椅子から立ち上がり、恐ろしさにパニックになって死にものぐるいの叫びを上げ、出口に殺到すればいいと思うのだ。

こんな一瞬を堪えるのは、やさしいことではない。

二

講義が終わると私は家にこもって仕事をする。雑誌や論文を読んだり、次回の講義の準備をしたり、時には書き物をすることもある。来客の相手をしなければならないので、仕事は捗らない。

　呼び鈴が鳴る。同僚が仕事の話で来たのだ。帽子とステッキを抱えてやって来て、それらを交互に差し出しては、こんなことを言う。

「いや、ちょっと、ちょっとだけ！　どうかそのまま、先生《コレーガ》！　ほんのふたこと！」

　われわれがまず最初にやるのは、慇懃《いんぎん》に、会えてうれしいということをお互い見せ合うことだ。私が相手に椅子を勧めると、相手は、先生の方こそお先にと譲らない。互いに相手の腰に手を添えたり、服のボタンにふれたり、見ようによっては、互いに身体をさぐり合っては、火傷《やけど》するのを恐れてでもいるかのようだ。二人は笑い合うが、別段何もおかしなことなどありはしないのだ。腰を下ろすと頭を寄せ合い、ひそひそ話をはじめる。いかに胸襟を開いた間柄とはいえ、それでも私たちはさらに、《いやはや、お説の通りです》とか、《先ほど申し上げましたように》とか、中国式の慇懃無礼に磨きをかけずにはいられないし、相手がおもしろくもない洒落を言っても笑い出さないではいられない。用件が片付くと、同僚は慌てて立ち上がり、帽子で私の仕事を指しながら辞去の挨拶をはじめる。またしても相手をさぐり合っては笑うのである。玄関まで送る。そこで外套を着るのを手伝うが、相手は畏《おそ》れ多いと盛んに恐縮する。それからエゴールが扉を開けてやると、ここでも同僚は、先生風邪をひきますよ、と心配を口にするのだが、なんの私の方は、往来まで送っていくぞという気構えだ。それでようやく自室に戻ってくるのだが、私の顔は依然ほほえんだまま、惰性で笑顔が張り付いているのだ。

しばらくすると、また呼び鈴が鳴る。玄関に人が入ってきて、ぐずぐず上着を脱ぎながら咳をしている。学生が来ましたとエゴールが取り次ぐ。通せ、と返事する。やがて、気持ちのいい容貌の若者が入ってくる。彼とはずるずると関係がつづいて一年になる。試験で彼はひどい返答をし、私は成績で《不可》を付けてやった。学生用語で言う、私が追い出したり落とした学生は、毎年六、七人になる。学業不振や病気のために試験に受からなかった学生は、たいてい我慢強く十字架に耐え、私と取引しようとはしない。取引しようと家にやって来るのは、試験で手こずったあげく食欲をなくし、定期的にオペラに通えなくなった多血質の人間、移り気な連中である。私は前者の学生は大目に見るが、後者の学生は一年かけてこってりしぼってやることにしている。

「すわりたまえ」、そう私は客に言う。「で、話は?」

「お邪魔して申し訳ありません……」つっかえながら、まともに私の顔も見ないで、学生は切り出す。「先生を煩《わずら》わせることになりましたのは、実は……。先生の試験を五回受けましたが……落ちました。先生、お願いです、なんとか《可》を頂けないでしょうか？　実は……」

怠け者の学生が口にする言い訳はいつもきまっている。ほかの科目は全部成績優秀で通ったのに、私の科目だけしくじったというのだ。しかも、私の科目はいつも熱心に勉強していて、内容もよくわかっているのだからなおのこと驚きだ、しくじったのはわけのわからぬ考え違いのせいだというのである。

「悪いが、君」と私はその客に言う。「君に及第点をつけるわけにはいかない。講義ノートを読み返して、また来たまえ。そのとき考えてみよう」

間《ま》。私は学問よりビールとオペラに目がないこの学生にちょっと意地悪をしてやりたくなって、溜息をついてこう宣告する。

「私の考えでは、君が取り得る最良の道は、いっそ医学部なんぞ辞めてしまうことだと思うがね。君ほどの能力があって試験に受からないとすれば、君には医者になる意欲も使命感もないということになる」

学生の顔があんぐりと間延びする。

「ですが先生」と相手は薄ら笑いをもらす。「ぼくから言わせれば、それはちょっと奇妙じゃないですか。五年間勉強してきて、いきなり……はい、さようなら、だなんて！」

「そこだよ、君！　あとで一生好きでもないことにかまけるより、五年を棒に振るほうがよほどましじゃありませんか」

だが、すぐさま相手がかわいそうになって、慌ててつけ足す。

「それにしても、まあ。それじゃ、もう少し勉強して来るんだね」

「いつですか？」虚ろな声で怠け者が訊ねる。

「いつでも構わん。なんなら、明日でも」

人の善さそうな相手の目に私は読み取る。《来たっていいが、どうせ、この老いぼれ、また落とすんだろう！》

「もちろん」と私はつけ加える。「君が私の試験をあと十五回受けても、学問は身につかないが、それでも根性はきたえられる。まっ、それを有り難く思うことだね」

沈黙が訪れる。私は立ち上がって、客が出て行くのを待っているが、相手は立って窓をながめ、髭《ひげ》をいじくって考えている。だんだん憂鬱になってくる。

学生の声はよく通る、気持ちのいいもので、目は利口そうで皮肉っぽく、顔はビールの飲みすぎとソファーの上にながながと寝そべっているために、少々くたびれているが、屈託がない。見たところ、オペラや恋の武勇伝や、気心の知れた友人のことなら、どっさりおもしろい話ができそうだが、残念ながら、そんな話をするわけにはいかない。よろこんで拝聴したいところだが。

「先生！　約束します、もし《可》を頂ければ、きっと……」

《約束》を持ち出されてはもうお手上げで、私は両手を振り下ろして机に向かう。

学生はしばらく考えているが、やがて力なく、

「そういうことなら、おいとまします……失礼しました」

「さようなら。まっ、元気で」

学生は煮え切らない様子で玄関に向かい、のろのろと身支度をし、通りに出ると、またぞろ長い間考えているのだろう。私に向かって《くそ親父》という言葉しか思いつかず、安レストランに出かけてビールを飲んで食事し、それから自分の家に帰って寝るのだろう。安らかに眠れ、勤勉の徒よ！

三度目の呼び鈴が鳴る。新調した黒の揃いに金縁眼鏡、それにもちろん白いネクタイという出で立ちの若い医者が入ってくる。椅子を勧めて、用向きを訊ねる。この若き学問の使徒はいささか興奮の面持ちで、今年博士候補試験に合格し、今や残るは学位論文を書き上げるばかりなのだという。できることなら、私のもとで指導を受けて勉強がしたいと思っていて、論文のテーマを与えていただければ、これに勝る仕合わせはないというのだ。

「お役に立てて光栄だが、ご同輩」と私は言う。「まずその前に、学位論文がどういうものであるか、意見を一致させておく必要がありますな。一般に、この語は自立した創作の産物、作物《さくぶつ》と了解されていると思いますが、そうじゃありませんか？　他人のテーマで他人の指導の下で書かれた作品はちがう名で呼ばれる……」

博士候補者は黙っている。私はかっとなって、椅子から立ち上がる。

「どうして君たちはみんな私のところに来るんです？　私にはわかりませんな」私は腹を立てて大声でどなる。「うちは商店かなんかですか？　私はテーマなんぞ商ってはいません！　何度言ったらわかるんだ。どうか私をそっとしておいてくれ！　ぶしつけなのはご容赦こうむる、だがもう、私はうんざりなんだ！」

博士候補者は黙っている、ただ頬骨のあたりにうっすら朱がさした。その顔は著名な私の名と学識に対する深い尊敬の念をあらわしているが、その目から私には、彼が私の顔、哀れな私の格好、苛立った身振りを軽蔑していることが、よくわかる。怒り狂った私は、さぞかし、変人に見えることだろう。

「うちは商店じゃないんだ！」と、私は怒りに震える。「まったく驚くべきことだ！ どうして君たちは独立した人間になることを厭《いと》うのだ？ どうしてそんなに自由を嫌うんだ？」

いくらまくし立てても、相手は黙りこくっている。最後には、徐々に私が鎮まって、とどのつまりが、私の方が折れる。博士候補者は、私から一文の値打ちもないテーマを受け取り、私の後見のもと誰も必要としない論文を書き、おもしろくもない審査を立派に耐え、彼にも必要もない学位を獲得するだろう。

呼び鈴は次から次へ果てしなくつづくが、ここは四つに限ることにしよう。四番目の呼び鈴がなり、聞き慣れた足音や衣ずれの音に愛らしい声が聞こえてくる……。

十八年前、私の同僚の眼科医が亡くなり、七歳になる忘れ形見の娘カーチャと六万ルーブルばかりの金を残した。遺書のなかで彼は私を後見に指名していた。十歳になるまでカーチャはわが家に暮らし、その後寄宿学校にあずけられたので、うちにいるのは夏の数カ月、夏休みだけになった。私には彼女の養育にたずさわる時間はなく、ときどき面倒をみるだけだったから、子供のころについては殆《ほとん》ど話すことがない。

いちばん最初の記憶で、その後も懐かしく思い出すのは、彼女がうちにやって来て医者にかかったときに見せた無類の信じ切った様子で、その表情は常に彼女の顔から消えることはなかった。部屋の片隅から、彼女が片方の頬に包帯をあて、じっと何かを見つめていることがよくあった。私が書き物をしたり本のページを繰っているのを見ているのか、妻が甲斐甲斐しく立ち働いているのが見えるのか、それとも台所で料理女がジャガイモの皮をむいたり、犬がじゃれているのが見えるのか、いずれにしても、その目はつねに《この世で起きていることは何もかもすばらしい、なんて素敵なの》と語っていた。彼女は好奇心が旺盛で、私と話すのが大好きだった。差し向かいのテーブルの向こうから私を見つめながら、私を質問攻めにすることがよくあった。私が何を読んでるのか、大学で何をしてるのか、死体はこわくないのか、給料は何に使っているのか、何でも知りたがるのだ。

「学生さんたちも喧嘩《けんか》するの?」と彼女がきいてくる。

「するよ」

「じゃあ、お仕置きにひざまずかせるの？」

「させるね」

学生たちが喧嘩をし、私が彼らをひざまずかせるのが彼女には滑稽で、彼女は笑い出した。これは、心のやさしい、我慢強い、よい子だった。彼女が何かを取り上げられたり、不当に罰を受けたり、知りたいのに教えてもらえない場面に何度か遭遇したことがある。そんなとき、彼女の顔にはいつもの信頼しきった表情に失望の色がまじる、でもそれだけだ。私はうまく彼女をかばってやることができなかった。ただ、悲しそうな顔を見ると、無性にこの子を抱き寄せて、年老いた乳母のような口調で《かわいそうな、かわいそうな、みなしごさん！》とあやしてやりたくなるのだ。

それにまた、彼女が着飾って香水を振りまくのが好きだったことをおぼえている。この点では私に似ていた。私もまた美しい服や上等な香水が好きだ。

惜しまれるのは、十四、五歳のころから彼女をとりこにした情熱の芽生えとその進展を追うだけの時間も関心も私にはなかったことだ。私が言うのは、芝居熱のことだ。寄宿学校から休暇で帰ってきて、うちで暮らすようになるたびに、お芝居や役者のことほど彼女がうれしそうに熱をこめて語る話はなかった。何かと言えば、芝居の話でわれわれをうんざりさせた。妻や子供たちは聞いてやらなかった。ひとり私だけがそれを拒絶する勇気がなかった。自分の感激を他人に聞いてもらいたくなると、彼女は私の書斎に入ってきて、ねだるような口調で言うのだ。

「おじさん、お願い、お芝居の話をさせて！」

私は時計を差して、

「三十分あげよう。話してごらん」

やがて彼女は何十枚もの自分が崇《あが》める男優や女優の肖像画を持ちかえるようになった。次に何度か素人の芝居に参加し、最後に、寄宿学校を修了すると、自分は女優になるために生まれたのだと宣言した。

私はカーチャのお芝居熱に共感したことは一度もない。私に言わせれば、戯曲がいいものなら、然るべき感動を得るために役者の手を煩《わずら》わせる必要はない。ただ読んでいるだけでよい。戯曲がダメなら、いくら演技がよくても、いい芝居にはならない。

若い頃は私もよく芝居に通ったが、今では年に二度ばかり家族が桟敷席を取って、気晴らしに連れて行ってくれるだけである。もちろん、これで今の演劇界を云々するのは軽率であることは言うまでもないが、思うところを二、三書いてみよう。私に言わせれば、三十年から四十年前にくらべて芝居がよくなったとは言えない。相も変わらず、劇場の廊下にもロビーにも、清潔な水の入ったコップは一つも見当たらない。相も昔同様、コートを着たまま劇場にいると、座席係がコート代と称して二十コペイカの金をふんだくる。冬場、暖かく服を着込んでいるからといって、何も咎《とが》め立てされるはずもないのにである。相も変わらず、幕間にどんな必要があってか音楽が演奏され、芝居の印象に余計なものをつけ加える。昔通りに男たちは幕間に食堂に出かけてアルコールを引っかける。些末な点で進歩が見られないとすれば、もっと大きな点で進歩を探すなど愚の骨頂だろう。頭の天辺から足先まで、演劇の因習やら偏見で凝り固まった役者が、《生きるべきか死ぬべきか》といった、変哲もない単純なセリフを言うのに、すんなりとはしゃべらず、どういうわけか必ず声を押し殺し全身をわなわな震わせてセリフを言ったり、馬鹿者どもとうつつを抜かし、愚かな女に目がないあのチャーツキー[15]は聡明な男なのだとか、『知恵の悲しみ』は決して退屈な戯曲ではない

15　グリボエードフの戯曲『知恵の悲しみ』の主人公。

と、嵩《かさ》にかかって役者が言いくるめようとするたびに、今から四十年前、雄叫びを上げ胸をドンドン叩く古典的な芝居を見せられてうんざりした紋切り型が、またぞろ舞台から私に押し寄せてくるのである。それで私は、劇場にやって来たときより遥かに保守的になって毎回劇場をあとにするのだ。

感傷的で信じやすい群衆なら、現在の形の演劇が学校なのだと言いくるめることもできよう。だが、真の意味での学校を知る者にそんな子供騙しが通じるわけがない。五十年後、百年後のことはいざ知らず、現下の状況では演劇はただの娯楽に奉仕するのみである。ただし、この娯楽はたびたび利用するには値が高すぎる。それは国家から何千人もの若くて健康な、才能ある男女を奪っている。もし演劇に走っていなければ、よき医者にも、よき農夫にも、よき教師や将校にもなり得た人材をである。それはまた、公衆から宵の時間、知的な活動や友人との語らいの貴重な時間を奪っている。金銭的な損失、不適切な殺人事件や不義密通、中傷の舞台を目にする観客が被る道徳的損失についてはもはや言うまでもない。

カーチャはまったく別の意見だった。彼女が私に言うところでは、演劇は現在ある形でも大学の講堂や本よりは上にあり、この世の何よりも上位に位置するものなのだ。

演劇はその一身にあらゆる芸術を統合する力であり、役者は伝道師なのである。いかなる芸術もいかなる学問も、個々には舞台のようには力強くかつ正確に人間の魂には作用しえない、それだから中程度の役者でも、国家においては、最良の学者や芸術家よりも人気を博しているのは、理由があってのことなのだ。そして、どのような公的活動も、舞台芸術のような歓びと満足をもたらしえないというのだ。

青天の霹靂、ある日カーチャは劇団に入り、ウファー[16]とおぼしきところに発った。多くの金といっぱいの虹色の希望と、演劇に対する気高い理想をたずさえて行ってしまった。

彼女が道中寄こした最初の数通の手紙は驚くべきものだった。私は読んで、ただただ感動した。小さな手紙の紙片は若さと清らかな心と神々しい純真さにあふれ、それに混じって、立派な男の頭が考えそうな、細々とした実利的な打算もはらまれていた。ヴォルガや、自然や、彼女が訪れた数々の町や、仲間のことやら、成功や失敗について、彼女はたんにそれらを記述するのではなく、文字通り謳いあげていた。一行一行

16 ウラル山脈南西部に位置するロシアの重工業都市。

に、彼女の顔に見慣れた信じやすさが息づいていた。それとともに、手紙にはおびただしい文法上の間違いが見られ、句読点は殆どなかった。

それから半年も経たないうちに、《私は恋をしました》という言葉ではじまる詩的で高揚した手紙を受け取った。手紙には、つば広の帽子をかぶり、格子縞のスカーフを肩に掛けた、髭のない若い男の写真が添えられていた。続く手紙もこれまで通りすばらしいものだったが、そこには句読点がちゃんと打ってあり、文法上の間違いは消え、男の手が入っていることが強く感じられた。カーチャは私に宛てた手紙に、できることならヴォルガ近辺に共同出資の大きな劇場を建てて、この事業に裕福な商人や船会社の経営者を呼び込みたいと書いて来るようになった。出費はかさみ、資金集めは膨大になるだろうが、役者たちは協同組合の形で働くことになるとも書いていた……。このこと自体はすべて結構なことなのだろうが、私にはこの種の思いつきは男の頭が考えつきそうなことにしか思えなかった。

いずれにしても一年半か二年はすべてが順調だった。カーチャは恋していたし、自分の仕事を信じ、仕合わせだった。だがやがて、その手紙に落胆の色が混じるようになった。ことの始まりは、カーチャが仲間の愚痴をこぼすようになったことである。

それは最初の不吉な兆候だった。若い学者でも文学者でも、ほかの学者や文学者の愚痴を言うようになったら、それは彼がくたびれて、仕事に合わない証拠だ。彼女はこんなことを書いてきた。仲間の役者たちが稽古にやって来ない、役の勉強もしない、馬鹿げた戯曲を上演して恬《てん》として恥じない、しかも舞台上での所作はおざなり、どこを取っても役者が観客のことなど斟酌《しんしゃく》していないことは明らかだ。目下話で持ちきりの募金を集めるために、女優が小唄を唄って客に媚《こ》び、悲劇役者ともあろう者が、寝取られ夫や不実な妻の妊娠騒動をコケにしたおふざけ小詩《クプレット》を歌っている始末だ。まあ、いずれにしても、こんな田舎の劇団が未だに生き延びているのが驚きだし、それがどんなに頼りない腐った体質で維持されていることか驚くほかない、云々。

返事に私は長い、正直言って退屈な手紙を送った。そのなかでこんなことを書いた。《私は何度か年配の役者で、私に好意を示してくれる、立派な人たちと話したことがある。彼らの話から私は、彼らの活動を司っているのは、彼らの判断や自由というより、むしろ世の中の流行、社会の気分といったものであることを理解した。彼らのうちの最もすぐれた役者でも、その昔は、悲劇もやれば、オペレッタもやり、パリ仕込みの笑劇や夢幻劇にも出たそうだ。それでいて彼らはつねに、自分たちは正しい道を進んでいるし、社会に利益をもたらしていると思っていたそうだ。つまり、悪の根源を探るとなれば、役者ではなく、もっと深いところ、芸術そのもののあり方、芸術に対する社会の姿勢に求めなければならないということだ》。私の手紙はただ彼女を苛立たせただけであったらしい。彼女はこう返事してきた。《私たちは別々の歌を歌っているようです。私が書いたのは、あなたに好意を示してくれる立派な人たちのことではなく、高潔さなど微塵も持ち合わせないごろつきどものことです。これは、ほかではどこにも雇ってもらえず、仕方なく舞台に潜り込み、ただ厚顔無恥がゆえに自分を芸人と称している野蛮な連中の群れなのです。才能のある者などひとりもいません。いるのは、才能もない飲んだくれに陰謀家、かげぐち屋ばかり。私の大好きな芸術が、私にとって憎むべき連中の手に落ちてどれだけ悔しいか、言葉にもなりません。すぐれた人たちが遠巻きに悪を見守るだけで、近くに寄ってこようともせず、味方になってくれるどころか、重々しい言葉でありきたりのことしか口にせず、誰に用もない道徳をたれるだけだなんて、悔しくてなりません》云々、とこんな調子なのである。

やがてしばらくすると、今度はこんな手紙を受け取った。《私は血も涙もなく騙されました。これ以上生きていけません。必要なら、私のお金はよいと思われるように

処分してください。あなたのことは、父のように、またたったひとりの友人のように愛していました。ごめんなさい》

カーチャの「彼」も野蛮な連中の群れのひとりだったわけだ。その後、それとない言葉から私は彼女が自殺を図ったことを察知した。カーチャは毒をあおって死のうとした。どうやら、私が受け取ったその後の手紙がヤルタから出されているところを見ると、彼女は医者の手でヤルタに送られ、危篤状態にあったらしい。私に宛てられた最後の手紙には、なるたけ早くヤルタに千ルーブルを送ってくれと書いてあり、こんな文句で終わっていた。《お手紙が暗くなって申し訳ありません。きのうわが子を埋葬しました》と。クリミアに一年ほどいて、彼女は家に帰ってきた。

彼女は四年近くさまよっていたことになるが、この間私が果たした役割は、かなり奇妙で、褒められたものではないことを認めざるをえない。以前、彼女が女優になると宣言し、その後恋をしたと伝えてきたり、定期的な浪費の虫が出てくると、しょっちゅう彼女が言うままに千、二千という金を送り、死にたいと書いてきたり、その後赤ん坊の死の知らせを受けると、その都度私はうろたえるばかりで、結局のところ、彼女の運命における私の関与は、あれこれ思い悩むばかりで、書かなくてもよい長々とした退屈な手紙を書いたということにつきる。とはいえ、私は彼女の父親代わりを務め、わが子のように彼女を愛したことに変わりはない。

今カーチャは私の家から半キロばかり離れたところに暮らしている。五部屋からなる住宅を借り、自分の好み通り、快適を旨とした住まいを作り上げていた。もし誰かがこの住まいの様子を絵に描くとすれば、その絵の基調となる気分は怠惰ということになるだろう。物ぐさな身体のための背もたれのない寝椅子やふかふかの床几《しょうぎ》、物ぐさな足に合った絨毯《じゅうたん》、物ぐさな目にやさしい、あせて、くすんだ、薄ぼんやりした色調、物ぐさな心をなごませるための、壁に貼られた安物の扇や、内容より描き方のほうが目立つミニチュアの画、多すぎる小テーブル、無用で価値もない小間物を並べ立てた棚、カーテン代わりにぞんざいに吊された布きれ……。こうした一切が、刺々しい色彩やシンメトリーや開放感への畏れとともに、精神的な怠惰に加えて、自然な趣味の退化を証していた。一日中カーチャは寝椅子に横になって、もっぱら小説のたぐいを読んでいる。家を出るのは一日に一度きりで、午後、私に会いに来るときだけである。

私は仕事をし、カーチャは私から少し離れたソファーにすわり、黙って、寒気がするようにショールにくるまっている。彼女が私のお気に入りであるせいか、彼女が子供のころからしょっちゅう訪ねてくるのに慣れっこになっているせいか、彼女がいても私は少しも気にならない。ときおり私は機械的に質問をし、彼女が二言三言返事する。あるいは一息入れようと、私は彼女のほうに向き直り、彼女が考え込んで、何か医学雑誌か新聞に目を通しているのをながめている。こんなときに私は気づくのだが、彼女の顔には昔のような信じ切った表情は見られない。今や彼女の表情は冷ややかで何の関心も示さず、汽車の到着を待ちあぐねた乗客のような、放心した顔をしている。服装は昔と同じように美しく簡素だが、無頓着である。服も髪も、日がな一日彼女が横になっている寝椅子や揺り椅子のせいでもみくちゃになっている。それにもう、昔のような好奇心がない。私を質問攻めにすることはもはやない。人生で見るべきほどのことは見つ、こと新しいことなど目にすることはないという風情なのだ。

四時近くになると、広間や客間が騒がしくなる。音楽院から娘のリーザが友達を引き連れて戻ってきたのだ。ピアノを弾いたり発声練習をしたり、どっと笑う声がする。食堂でエゴールがテーブルの準備をし、食器の音をさせる。

「そろそろおいとましますわ」とカーチャが言う。「きょうはみなさんに、ご挨拶しません。どうぞ、あしからず。時間がありませんの。うちにいらして」

玄関まで見送っていくと、彼女は頭の天辺《てっぺん》からつま先まで、こわい目で眺めまわして、腹立たしそうに、

「すっかりやつれていらっしゃるわ！　どうして診《み》ておもらいにならないの？　私、セルゲイ・フョードロヴィチさんに会って掛け合ってみます。診てもらいましょうよ」

「いいんだ、カーチャ」

「わからないわ、ご家族のみなさん、どこに目をつけているのかしら！　立派な人たちだこと、開いた口が塞がらない」

彼女はせかせかとコートを着込む、そうする間に、ぞんざいに束ねた髪から二つ三つとヘアピンが床に落ちる。髪を直すのも億劫だし時間もない。無造作に垂れた巻き毛を帽子に押し込んで彼女は出て行く。

私が食堂に入っていくと、妻が訊ねる。

「今カーチャが部屋にいたんですか？　どうしてこちらに顔を出さないのかしら？　変だわねえ……」

「ママ！」リーザがたしなめるように言う。「その気がないなら、好きにさせれば。こちらから頭を下げる必要なんてなくってよ」

「でもねえ、無視するなんて。三時間も書斎にいたのに、私たちのこと思い出さないなんて。でもまあ、好きにするがいいわ」

ワーリャとリーザのふたりはカーチャを毛嫌いしている。私にはこの憎悪じたいが理解できない。それを理解するには女にならなければならないのかもしれない。首を賭けてもいいが、私がほぼ毎日教室で顔を合わせる百五十人の若い男のうちで、また毎週のように顔を見かける数百人にものぼる年配の男性のうちで、カーチャの過去、すなわち婚姻によらない妊娠や私生児への憎悪と嫌悪に共感するような者は一人としていないだろう、同時にまた、知り合いの女性や娘のなかで、意識的にせよ本能的にせよ、これを毛嫌いしない者を一人も思いつくことができない。それはなにも、女性が男性よりも高潔であるとか純粋であるからではない。高潔さとか純粋さは、憎悪の感情から自由でなければ、悪徳と大して違わない。私はこれをたんに女性が遅れているからだと思う。不幸を目にして現代の男性が味わう陰気な同情と良心のうずきは、憎悪や嫌悪よりもはるかに多く文化的成長と道徳的成長を物語っている。現代の女性は中世の女性と同じくらいに涙もろく心がさもしい。それだから、私に言わせれば、女性も男性と同じように教育すべきだと主張するのはきわめてまっとうなのである。

妻がカーチャを嫌うのは、ほかにも理由がある。女優であること、恩知らずであること、お高くとまっていること、変わり者であること、そのほか女性なら誰しも他の女性に見つけることができる無数の欠点のせいである。

うちでは私と家族以外にも、午餐《ごさん》の席には二、三人の娘の友達、それに娘にお熱で結婚を目論《もくろ》んでいるアレクサンドル・アドリフォヴィチ・グネッケルがつく。それは若いブロンドの男で、年齢は三十歳ちかく、中背で丸々と太り、肩幅が広く、耳まで届く赤毛の頬髯を生やし、染めた口髭を蓄えているが、それがまた丸いのっぺりした顔にふざけたような趣向を添えている。服装はちんちくりんの上着にカラーのチョッキ、上が広くて下部がせばまった、大きな格子模様のズボン、踵のない黄色い短靴という出で立ちである。目はエビのような出目で、ネクタイもエビの首に似ていて、私には、この男の体全体からエビのスープの匂いが立ちのぼってくるような気さえする。この男は毎日のようにうちにやって来るが、家族の者は誰も、彼の素性も、どこで勉強したのかも、どんな資産があるのかも知らない。彼は楽器を演奏するわけでも歌をやっているわけでもないが、音楽や歌唱に関係していて、どこそこのピアノを売りさばいたり、しょっちゅう音楽院に出入りし、著名人とは誰彼となく知り合いで、コンサートを取り仕切ったりしている。音楽に関して一家言《いっかげん》を持っていて、私が見たところでは、誰もが進んで彼に同調する。

金持ちのまわりにはつねに、それを食い物にする連中がいるものだが、学問や芸術もこれと同じである。世の芸術や学問も、グネッケルのような《異分子》の闖入は避けられないものであるらしい。私は音楽家ではないから、よくは知らないグネッケルに関して判断を誤っているかもしれない。だが、この男の権威にしても、誰かが歌ったり楽器を演奏しているときに、ピアノのかたわらに立って、この男が耳を傾けている偉そうな態度にしても、私には胡散《うさん》臭いとしか思えない。

もしあなたが今の百倍も紳士で三等官であったとしても、娘という者がいれば、けっして俗世の垢《あか》を避けえるものではない。いやでも、縁組みの世話や、縁談の取りまとめ、結婚といった難儀があなたの家に、あなたの気分にずかずか入り込んで来る。たとえば私は、グネッケルがうちに来ているときに、かならず家内が顔に浮かべている悦に入《い》った表情に我慢がならない。また、彼を喜ばせるために並べられるラフィット酒や、ポートワイン、シェリー酒のボトルに我慢がならない。それもこれも、グネッケルが目にして、なるほどこの家はゆったり贅沢な生活をしているな、と確信させんがためなのだ。音楽院でおぼえたのか、リーザの引きつったような笑い声や、うちに男性がいると盛んにリーザが目を細める仕草も気に入らない。要するに、どうして私の習慣にも、学問にも、私の生活スタイルにもそぐわない、私が愛する者とは似ても似つかぬこんな男が毎日うちにやって来て、毎日私と一緒に食卓を囲むのか、それが私にはまったくもって理解できないのだ。妻や女中は陰で《あれはお婿さんだ》と噂しているが、私にはどうしても、この男がこの場にいるのか理解できない。まるでズールー人[17]と並んで食卓を囲んでいるような気分にさせられるのだ。それに、いつまでも子供だと思っていた娘がこんなネクタイやあんな目や、あのふくよかな頬を好きだなんて、これまた私には不可解だ……。

　以前私は午餐を楽しみにしていた、というかそれに対して無関心であった、が今やそれは私のなかに退屈と苛立ちしか呼び起こさない。私が閣下と呼ばれ、学部長という職に身を置くようになって以来、わが家はどういうわけか献立と食事の習慣をがらりと一新しなければならないと考えたようだ。私が学生や町医者だったときに馴染んだ簡素な料理に代わって、今や何やら白い固形物が浮いたピュレーやマデール酒に浸した腎臓が食卓に供されるようになった。将軍の官位を授かり有名になったお陰で、これまでのキャベツ・スープやうまいピロシキ、リンゴ添えのガチョウ、ウグイの粥を永久に奪われてしまった。それにあの、おしゃべり好きで笑い上戸の小間使のアガーシャも奪われ、今では女中に代わって、右手に白い手袋をした、頭の悪い横柄な小男のエゴールが給仕をしている。料理が出てくる合間は短いが、やけに長く感じられるのは、その間《ま》を埋める手立てがないためだ。かつての愉快な気分や、気の置けない会話や冗談、笑いもなければ、互いを労《いたわ》り合う思いやりも、かつて私たちが食堂に会したときに子供や妻や私を浮き立たせた歓びもない。私のような多忙な人間にとって、食事はくつろぎ、人と顔を合わせるひとときであり、妻や子供たちにとっては、時間は短くても、半時間ばかり私が学問にも学生にも邪魔されず、心ゆくまで彼らとともにあることを実感できる、華やいだうれしいお祭りのようなひとときなので ある。今やすでに一杯の酒で酔うこともできず、アガーシャはいなく、ウグイの粥も

17 十九世紀初頭、南アフリカに建国されたズールー王国の主要民族。

なく、テーブルの下でネコと犬が喧嘩したとか、カーチャの頬から包帯がスープ皿に落っこちたといっては騒ぎ立てる喧噪《けんそう》もない。

　今の食事は食べても不味《まず》いが、それを描写しても不味い。妻の顔には悦に入った表情やこれ見よがしの尊大ぶり、例によって心配事の表情が浮かんでいる。心配げにみんなの皿に目を配りながら、妻は私に、《焼き肉はお気に召さないようですわね……。それならそうと、おっしゃってくだされぱいいのに》と言う。それに対して私は、《それは取り越し苦労というものだよ、焼き肉は旨いさ》と返事しなければならない。するると彼女は、《あなたはいつも私に気を使ってくださるけれど、けっして本当のことはおっしゃらないのね。あら、グネッケルさん、食が細くていらっしゃるのね》、こんな調子が食事のあいだずっと続くのである。リーザは引きつった声を立てて笑い、しなを作って目を細めている。ふたりを見やりながら私は、このふたりの内面の変化がずいぶん前から私の視野から抜け落ちていたことを、この食事の席ではっきりと自覚する。かつて自分は本物の家族と暮らしていたが、今や本当の妻ではない家で食事し、本物でないリーザを目にしているような気がする。ふたりに大きな変化が起きていたのに、私ときたら、変化が起きた長い経緯を見過ごしていたのだ。今私が何も理解できないのもむべなるかな。なぜこうした変化が起きたのか、私にはわからない。すべての不幸は、私が授かった力を神は妻にも娘にも与えなかったためかもしれない。子供のころから、私は外部からの影響をはね返す習慣を身につけ、それに負けないだけの自己を鍛えてきた。有名になるとか、将軍並みの扱いを受けるとか、自足した生活から身の程をわきまえない生活の変化とか、上流人士との付き合いとか——そんな生活上の波乱に私は影響されず、無事無難にすごしてきたが、か弱い、また鍛えられていない妻やリーザには、これらが大きな雪崩《なだれ》のように襲いかかり、彼女たちを押し潰してしまったのだろう。

娘たちとグネッケルはフーガや対位法、歌手やピアニスト、バッハやブラームスの話に余念がないが、妻は自分の音楽的な無知を悟られまいと、感に堪えないといった面持ちで笑みを絶やさず、《それは素敵……ほんとかしら？　お訊ねしますが……》と、さかんに相槌を打っている。グネッケルはくそ真面目な顔つきで物を口にはこび、真面目な顔をして冗談をとばし、鷹揚《おうよう》に娘たちの話を聞いてやっている。ときおり彼は下手なフランス語で話したくなるらしく、そんなときにはどういう訳か、私を閣下《ヴォートル・エクセランス》とたてまつることが必要だと考えているらしい。

私はきわめて不機嫌だ。私は人に気詰まりな思いをさせ、自分もまた気詰まりにさせられる。これまで私は階級的な反感とは無縁だったが、今やそれにじりじり責めさいなまれている。私は躍起になってグネッケルの嫌な面ばかりをさぐり、それを見つけては、花婿候補に私の仲間からはほど遠い男が居すわっていることに、はらわたが煮えくりかえる。この男が同席しているだけで、私は別の面でもつむじを曲げる。ふだん私がひとりでいたり、愛する者と一緒にいるときには、私は自分の存在の大きさなど考えもしない、たとえ考えたにしても、昨日学者になったばかりのようで、自分の存在など取るに足りないものとしか思えない。ところがグネッケルのような連中といると、私の存在は雲をつく高い山のように思われ、はるか足もとに辛うじて見えるグネッケルらが蠢《うごめ》いているように思われるのだ。

食事が終わると、私は自分の書斎に行って、そこで一日でたった一回のパイプをふかす。その昔、朝から晩までタバコを吸っていた忌まわしい習慣の名残だ。パイプをふかしていると妻がやって来て、腰を下ろして私と話をはじめる。朝と同様、私にはあらかじめどんな話になるかわかっている。

「だいじなお話がありますの」と彼女は切り出す。「リーザのことです……。どうしてお気づきになりませんの?」

「と、言うと?」

「気づかない振りをなさって、よくありませんわ。暢気《のんき》に構えているわけにはいきませんのよ……。グネッケルさんはリーザのことで、その気なの……。どうお思いになって?」

「悪い奴だとは言えないが、なにしろよく知らないんでね。でも、どうにも虫が好かんとは、もう千回も言ったろう」

「そうじゃないんです……困ったわねえ……」

妻は立ち上がって、気を揉んで歩きまわる。

「そういう態度じゃ困るんです、大事な一歩なのですから……」と妻は言う。「娘が仕合わせになれるかどうかの話なのよ、個人的な好き嫌いは別にしなくては……私だって、あなたがあの方をお気に召さないことはわかっています。それはそれで結構です……。もし今、彼を拒んで、すべてをご破算にしてしまったら、一生リーザから恨まれることになるかもしれませんが、それでもいいの? 今日日お婿《び》さんはそんなにいないんですよ、こんな縁組みはないかもしれません……。あの方はとてもリーザのことを愛していらっしゃるし、どうやらリーザも満更ではなさそうですし……。たしかに、あの方には決まった職はありませんが、それは仕方がないじゃありませんか？　きっと神様の思し召しで、そのうちどこかに決まりますわ。あの方はいい家柄の出で、お金持ちですもの」

「どこからそれがわかったんだ？」

「そうおっしゃっていましたもの。お父様はハリコフに大きな家屋敷をお持ちで、ハリコフ近郊に領地をお持ちなんですって。だからね、あなた、あなたには是非ともハリコフに行っていただきたいの」

「なんのために？」

「向こうで調べていただきたいの……。あちらにお知り合いの先生方がいらっしゃるでしょ、きっと力になってくださるわ。私が行ってもいいのですが、私、女でしょ。そうはいきませんの……」

「私はハリコフなんぞには行かないぞ」私は気のない返事をする。

妻は驚いて、その顔に苦痛の色が浮かぶ。

「お願い、あなた！」妻はしゃくり上げ、私に懇願する。「お願いですから、私からこの苦しみを取り除《の》けて！　私、苦しいんです！」

　私は彼女を見ているのが辛くなる。

「わかったよ、ワーリャ」とやさしく私は声をかける。「そうしてくれと言うなら、ハリコフに行って、君の言うとおりにするよ」

　妻はハンカチを目に押し当て、自分の部屋に戻っていく。ひとしきり涙をながすのだろう。私はひとりになる。

　しばらくすると灯りが運ばれてくる。壁や床に肘掛け椅子やランプ・シェードがもう見慣れて飽きがきている影を落とし、それらの影を見ていると、もう夜になっていてまたあの忌まわしい不眠がはじまるのかと思われてくる。私はベッドに横になり、やがて起きだし部屋を歩きまわり、そうしてまた横になる……。たいてい食事が終わり、夕闇が迫るころになると、私の精神的な緊張が最高度に達する。わけもなく涙があふれてきて、私は枕の下に顔をうずめる。このとき私は誰かが入ってきやしないかと恐れ、突然死ぬのがこわくなり、自分の涙が恥ずかしくなって、何だかいたたまれない気持ちになってくる。もうこのランプも本も、床に落ちる影も見られなくなって、客間ではじける人声も聞けなくなるような気がする。目には見えない得体のしれない力が手荒にこの私を住み慣れた家から追い出そうとする。私はいきなり飛び起きると、慌ただしく服を着、家人に気づかれないよう、こっそり外にでる。どこに行くというのか？

その答えはとっくにわかっている。カーチャのところだ。

三

たいていカーチャはトルコ椅子か寝椅子の上に横になって、何か読書をしている。私を見かけると、物憂《ものう》さそうに頭を上げてすわりなおして、手を差し出す。

「いつも横になってばかりだね」と私は言う。それからしばらく黙って、一息つくと、「よくないね。仕事でもすればいいのに！」

「えっ？」

「何かしたら、と言うんだよ」

「何を？　女にできるのは、労働者になるか、女優になるくらいだわ」

「それで何がわるい？　労働者になれないなら、女優になるさ」

彼女は黙っている。

「嫁に行ったっていい」冗談めかして私は言う。

「相手がいるものですか。それに行く理由もありません」

「そんな風に生きていちゃいけない」

「結婚しないでってこと？　まあ、ご大層な！　その気になれば、男なんて、掃いて捨てるほどいますわ」

「カーチャ、それははしたないな」

「はしたないって何が？」

「何がって、今君が言ったことだよ」

私が気を悪くしたのを目にすると、気持ちを取り直させようとカーチャは言う。

「向こうに行きましょう。こちらにいらして。ほら、こっち」

彼女は私を小さな、とても居心地のよさそうな部屋に案内すると、書き物机を指して、

「どうかしら、これ……。おじさまのために用意したの。ここでお仕事なさるといいわ。毎日いらっしゃいな、お仕事持って。家だと邪魔ばかり入るでしょう。ここでお

仕事なされば？　どう？」

断って彼女を悲しませるわけにもいかないので、私は、これからここで仕事をしよう、部屋はとても気に入ったよ、と答える。それからふたりして、居心地のいい部屋に腰を下ろして話をはじめる。

暖かで、居心地のよい部屋のたたずまい、気の置けない人がそばにいるというだけで、以前ならば満ち足りた気分にひたれたものだが、今はそうではなく、泣き言を言い愚痴をこぼしたい、強い衝動にかられるばかりである。何だか、今愚痴をこぼし不満をぶちまければ、楽になるような気がするのだ。

「困ったことになったよ！」溜息まじりに私は口を切る。「実に困った……」

「何のこと？」

「実を言うとね、カーチャ。王様のもっともすぐれた、もっとも神聖な権利は何かと言えば、それは慈悲をほどこす権利だ。私はつねに自分が王様であるような気でいた。無限にこの権利を行使してきたからね。私は一度も人を責めたことはなく寛容で、誰かれとなくすすんで許してきた。ほかの人間なら抗議し憤慨するような場面でも、私は忠告し説いて聞かせるだけだった。生涯、私は自分が交わっている社会が、家族にとっても、学生にとっても、召使いたちにとっても重荷にならないように努めてきた。そういう私の姿勢は、私のまわりにいる人間をよい方向に育んできたと思う。しかし、今や私は王様ではない。私の内部で奴隷にしか相応しくないようなことが起きているのだ。私の頭のなかでは日夜悪意がうずまき、心のなかでは、これまで私が知らなかったような感情が勝手に巣を作っているのだ。私は憎み、さげすみ、憤慨し、そして恐れている。私は度を越して厳格になり、口やかましくなり、苛立ち、無愛想になり、疑り深くなった。以前ならちょっとした冗談を言い、鷹揚《おうよう》に笑い飛ばしていたようなことですら、今や重苦しい気分しか生み出さない。ものの道理も私のなかで変わってしまった。以前は金を軽蔑していただけだが、今や金ではなく、裕福な人間に敵意をいだくようになった。まるで彼らに非があるみたいにだ。以前は暴力と横暴を許せなかったが、今では暴力をふるう人間が許せないのだ。まるで悪いのは、お互いを高め合うことができない私たち自身ではなく、彼らの方だと言わんばかりにね。いったいこれは何を意味するのか？　もし新しい思想や感情が自分の信念の変化によって引き起こされたとするなら、その信念の変化自体は何に由来するのか？　世界の方が悪くなり私がよくなったためなのか、それとも以前の私はものが見えず無関心であったということなのか？　もしこの変化が、総じて身体的ないし知的能力の低下に由来するのなら——もちろん、私は病気で日々体重が落ちてきているから、そうも言えるだろうが——、私の立場は哀れむべきものだということになる。つまり、私の新しい思想は変態的で不健康ということになり、私はそれを恥じ、それらを何の意味もないと考えなければならない……」

「病気はここには何の関係もありません」とカーチャは話の腰を折る。「ただおじさまの目が開《あ》いただけ、それだけのことよ。以前見たくないと思っていたものが見えるようになっただけなの。私に言わせれば、おじさまに必要なのは、きっぱりと家族と縁を切って、ここから出て行くことだわ」

「また埒もないことを」

「もうあの人たちのことなんか、愛してらっしゃらないでしょう、どうして心を偽るの？　あれが家族なものですか。ろくでもない人たちよ！　あの人たちが今日死んだって、明日になれば誰も、あの人たちがいないことなんか気づくものですか」

　カーチャは妻と娘が彼女のことを嫌っているのと同じくらい、ふたりのことを軽蔑している。はたして今の時代に人には互いに軽蔑する権利があると言っても、何の意味もないと思うのだが。もしカーチャの立場に立って、互いに軽蔑し合うのも人間にとって本質的だと認めるなら、妻やリーザがカーチャを毛嫌いするように、カーチャにも彼らを軽蔑する権利があるわけだ。

「ろくでもない人たちよ！」カーチャはもう一度言う。「今日お食事なさった？　あの人たち、食堂におじさまを呼ぶのを忘れなかった？　おじさまの存在をまだ忘れてないわけ？」

「カーチャ」私は厳しい口調でたしなめる。「少しは口を慎みなさい」

「こんなことを言って私がよろこんででもいるとお考えかしら？　あんな人たちのことなんか、忘れられたらどれだけすっきりするか。ねえ、私の言うことをお聞きになって、お願い。何もかも捨てて出ていっておしまいになることよ。外国にいらっしゃいな。早いにこしたことはないわ」

「たわけたことを！　大学はどうする？」

「大学だって同じよ。大学に何の意味があって？　意味なんてありませんよ。三十年間講義なさってるけど、その教え子たちはどこにいます？　たくさん、有名な学者がいらっしゃる？　数えてごらんになってみて！　他人の無知につけこんで何十万もの金を貯め込むお医者さんを生み出すだけなら、才能あるすぐれた人間である必要はありません。おじさまは余計者よ」

「いやはや手厳しいなあ！」私はたじたじとなる。「なんて辛辣《しんらつ》なんだ！　口を慎みなさい、でないと私は帰るぞ！　そうずけずけと言われては、歯が立たん！」

小間使が入ってきて、お茶の準備ができましたと告げる。有り難いことに、サモワールを囲むと話題が変わる。先ほどさんざん泣き言を言ったので今度は、もうひとつの老人の弱点、思い出話に花を咲かせたくなる。私はカーチャに自分の昔話を話して聞かせるのだが、驚いたことに、まだ自分の記憶に残っていたのかと思われるような細かなことまで話してやるのだ。彼女は息をひそめ、うっとり、頼もしそうに私の話を聞いている。とりわけ私は好んで、私が神学校に学んでいたころのことや、どんなに大学に入りたいと願っていたかという話を語って聞かせる。

「神学校の庭を散歩していると……」と私は話す。「よく、風がどこか遠くの居酒屋のアコーディオンのむせび泣きや歌を運んできたり、神学校の塀のわきを小鈴を鳴らしながら三頭立ての馬車が駆け抜けていったものだよ。その音を聞いているだけで、幸福の予感で胸がふさがり、手や足や腹までいっぱいになった……。アコーディオンの音や遠ざかる鈴の音を聞いていると、ひとりでに想像は自分が医者になっている姿を描き、次から次へと情景が広がって行くのだ。それで、ほら、こんな風に、私は夢を実現させた。自分が夢に見ていた以上のものを手に入れたわけさ。三十年ものあいだ愛される教授であり、すばらしい同僚を有し、栄《は》えある令名にも浴した。恋をし、熱烈な恋愛結婚もし、子供も授かった。ひとことで言って、昔を振り返ると、私の人生はうまく編まれた美しい楽曲であるように思える。今私に残されているのは、そのフィナーレを損なわないようにするだけだ。そのためには、人間として立派な最期を遂げることが必要だ。もし死が本当に人を誤らせるものなら、教師として、学者として、またキリスト教国家の市民として恥ずかしくない死を迎えなければならない。つまり敢然と穏やかな気持ちで死を迎える必要がある。ところが私は晩節をけがそうとしている。もがき苦しんで、君のところに逃げてきて、助けを求めている。ところが君は、せいぜい足掻《あが》くがいい、それは身から出たさびだと言うんだ」

するとと玄関の呼び鈴の音がする。すぐさまカーチャも私もそれが誰だかわかる。

「きっとミハイル・フョードロヴィチだ」

実際しばらくすると、私の同僚で文学者のミハイル・フョードロヴィチが入ってくる。黒い眉に、ふさふさの白髪頭、髭はたくわえていない五十がらみの、背が高く、スタイルがよい男だ。温厚な、またとない同僚だ。彼はわが国の文学界、教育界にめざましい功績をはたした、かなり幸運で才能豊かな、古い貴族の家系の出である。自身も聡明で才能があり、たいへんな教養の持ち主であるのだが、いささか変人の難はまぬかれない。われわれは誰しもある程度変わった人間であるのだが、彼の変人ぶりはいささか度を越し、知り合いにすら害を及ぼしかねないところがある。被害を受けた知り合いのなかには、彼の変人ぶりに呆れるあまり、数多い彼の長所まで見えなくなってしまった人が何人もいる。

部屋に入ってくると、彼はおもむろに手袋をぬぎ、やわらかな低音でのたまう。

「ごきげんよう。お茶ですか？　結構ですな。なにしろ、外は地獄の寒さだ」

ついでテーブルの前に腰を下ろすと、お茶のコップを引き寄せ、すぐさま話に取りかかる。その話し方に特徴的なのは、つねに諧謔《かいぎゃく》調が抜けないことだ。シェイクスピアの墓掘りのように、哲学と道化が入り交じっているのだ。彼はいつも深刻な話をするが、けっして深刻ぶっては話さない。彼が下す評価はつねづね辛辣で罵倒に等しいが、穏やかで淀みない、冗談めかした口調のせいで、その辛辣な罵倒が耳障りにはひびかず、やがてしっくり耳慣れてしまうのである。毎晩彼は大学生活の逸話を五つ六つ持ってやって来ては、テーブルに着くなり、その開陳におよぶ。

「いやはや」彼はひとつ息をつくと、滑稽にその黒い眉をひくひく動かしながら、「世の中にはたいした道化がいるものですな！」

「誰のこと？」とカーチャが身を乗りだす。

「今日、講義の帰りにね、階段のところで、あの耄碌したおバカさん、われらがＮＮ氏に会ったのです……。例によって馬みたいに顎を前に突き出して、誰に自分の偏頭痛とか、自分の細君とか、彼の講義に出てこない学生たちのことで愚痴をこぼしてやろうか、虎視眈々と狙っている。ここで見つかったら百年目、ひとたまりもない、一巻の終わりだ、と私は考えた……」

その後も、ざっとこんな調子なのである。そうかと思えば、またこんな風に切り出す。

「昨日、われらがＺＺ氏の公開講義がありましてね。思い出すのも恐ろしいが、あろうことか、わが母校《アルマ・マーテル》が、ＺＺ氏のような表六玉《ひょうろくだま》、お墨付きの抜け作を人目にさらそうと言うのだから驚きです。なにしろ、これはヨーロッパ規模の間抜けとくる！

ヨーロッパじゅう鉦《かね》や太鼓で探したって、こういうのは見つかりやしない！　講義をやらせると、これがまた、まるで口のなかであめ玉をしゃぶってるようで、シューシューシューシュー、聞かれたもんじゃない……。それにやっこさん、怖じ気づいて、ろくたま自分の原稿すら読めない。話はノロノロ、ダラダラ、まるで自転車を漕いでる修道院長みたいなもんだ。それに困ったことに、いったい何が言いたいのか、さっぱり要領をえない。退屈で退屈で、ハエもくたばるほどだ。その退屈さときたら、うちの大学で卒業式のときに読まれるお決まりの挨拶にも比すべきものですな。閉口するほかありません」

ここでいきなり話が変わり、

「三年ぐらい前のことだがね、このニコライ・ステパノヴィチもおぼえておいでだ、私もこの挨拶というのをやらされた。暑くて、ムンムンするし、礼服の脇のところがきつくて、死ぬ思いさ！　読みましたよ、挨拶の原稿を、三十分、一時間、一時間半、二時間……。《やれやれ、余すは、あと十枚》、それに原稿の最後の四枚はまったく読まないでもいい内容、そこで私はそれを飛ばすことにした。しめしめ、残るはあと六枚読めばいいわけだ、と私は考えた。ところが、よせばいいのに、私はひょいと前を見た。最前列に、勲章をつけたどこかの将軍と僧正さまが並んで座っていらっしゃる。かわいそうに、退屈でコチコチになりながら、眠気を払うために目をむきだし、それでいながら顔には、私の講話はよくわかるし気に入ったという表情を必死に作ろうとしている。ほほう、と私は考えた、そんなにお気に召したのなら、これでも喰らえ！ってわけで、残りの四枚も全部読んでやりました」

茶目っ気のある人間がたいていそうであるように、彼が話していても笑っているのはその目と眉だけだ。こういうときに、彼の目には、憎悪や悪意はなく、あるのは目敏い人が辛うじて見分けることができる、機知と一種独特なキツネのずる賢さである。そう言えば、私はもうひとつ、彼の特異な点に気づいたことがある。それは、彼がカーチャからお茶のグラスを受け取ったり、彼女の寸評を聞いたり、あるいは彼女が何かの用でちょっと部屋を出て行く姿を見送るときに彼が見せる表情なのだが、彼の目には何だかこう柔和な、おずおずと懇願する気配がただよっているのだ。

小間使がサモワールを片付け、テーブルに大きなチーズの塊や果物や、カーチャがクリミアに暮らしていたころ好きだった、クリミア・ワインのボトルやかなり胡散臭そうなビールの罎《びん》を並べる。ミハイル・フョードロヴィチは棚から二組のカードを取り出し、ひとり占い《ペーシェンス》を広げる。彼がかたく信じて疑わないところによれば、ペーシェンスはかなりの判断力と注意力を必要とするのだが、そんなことにはお構いなく、カードを広げながら、彼はおもしろそうに話をやめない。カーチャは注意深く彼のカードさばきを目で追いながら、言葉よりも身振り手振りで彼に加勢する。彼女はワインは、一晩でグラス二杯以上飲むことはない。私はコップに四分の一程度、残りはミハイル・フョードロヴィチにまわるが、この男、いくら飲んでもけっして酔うことがない。

私たちはペーシェンスでいろんなことを占ってみるのだが、もっぱら知的な事柄、われわれの最大の関心事である科学の行方についてである。

「有り難いことに、科学も時代を終えましたな」ミハイル・フョードロヴィチが一語一語はっきりと口にする。「命脈が尽きたわけです。そう、人類はそれを別のものに取り替える必要を感じている。科学は偏見の土壌に生育し、偏見を食い尽くし、今や、命脈のつきた錬金術や形而上学や哲学といった婆さん同様、偏見の粋《すい》を呈するばかりです。それに実際、科学は人類に何をもたらしたのか？　ヨーロッパの学者と、自国に科学など有しなかった中国の学者のあいだの差なんて実に些細なもので、たんに形式上のことにすぎない。たしかに中国人たちは科学を知らなかったが、だからと言って、いったい彼らが何かを失いましたか？」

「ハエだって科学は知らんが」と私は言う。「だからと言って、どうなるのかね？」

「まあ、ニコライ・ステパノヴィチ、そんなに目くじら立てないで。私は、ここだけの話として言ったまでで……。私はあなたが思っているより慎重ですよ、公の場でそんなことは言いませんよ、滅相もない！　大衆には科学や芸術は農業や商売より上で、職人の仕事より高尚だという偏見が根強い。われわれの稼業はこの偏見でメシを食っていて、私やあなたの力では打ち破れるものじゃない、滅相もない！」

ペーシェンスが終わると、今度は若い世代がやり玉にあがる。

「この国の公衆も小粒になったもんだねえ。世間も世知辛くなりました」とミハイル・フョードロヴィチは嘆息する。「理想のたぐいは言わずもがな、せめて仕事をしたり考えたりすることぐらいは、まともにできなくては！　文字どおり、《われ悲しい目をもて、わが世代を眺めやる》[18]というわけです」

18　詩人レールモントフの詩『想い』の冒頭。

「ほんとにそう、恐ろしいくらい小粒になったわ」とカーチャが同意した。「どうかしら、ここ五年、十年で、ずば抜けた人っていました？」

「ほかの教授のことは知らんがね、私のところには、そういうのはいないね」

「私、昔から学生も、若い学者も、役者たちもさんざん見てきましたが……何というのか、英雄とか才能ある人はおろか、興味深い人にすら出会ったこともありませんわ。なんだかくすんで才能もない、腹にいちもつの人ばっかり……」

　こういう、人間が小粒になったという話を聞いていると、私はなんだか自分の娘に対して言われた陰口を意図せず聞いてしまったような気になる。こうした非難は根拠がなく、やれ人間が小粒になっただの、やれ理想を欠いているだの、やれ昔はよかっただの、言い古された陳腐な言葉、つまり脅し文句の上に組み立てられていることに腹が立つ。すべからく非難というものは、たとえ女同士の会話で口に出されたものでも、可能なかぎり明確な言葉で言われなければならない。そうでなければ、それは非難ではなく、ただの陰口であり、礼儀正しい人間にそぐわないものである。

　私は老人で、勤めて三十年になるが、人間が小粒になったとも、理想を欠いているとも思わないし、今が昔より悪いとも考えてはいない。うちの守衛のニコライはこの点で一家言を持っているのだが、今の学生は昔とくらべて悪くなったとも良くなったとも言わない。

もし現在の学生のどこに不満があるかと問われても、今の私にはすぐさま答える用意もなければ、多くを語る準備もないが、十分明確に答えるだろう。彼らの欠点ならよくわかっているので、私には漠然と曖昧な言い方で言葉をにごす必要はない。まず私は、彼らがタバコを吸い、アルコールをたしなみ、結婚がおそいことが気に入らない。彼らが太平楽をきめこみ、しばしば無関心のあまり、まわりに飢えている者がいることにも気づかず、学生援助会の借金を返済しないことも気に入らない。彼らは近代語を知らないし、ロシア語の使い方も怪しい。つい昨日のことだが、私の同僚の衛生学の教授が、以前より二倍の講義をしなければならないとこぼしていた。学生が物理学をよく知らず、気象学に至っては何も知らないからだという。学生たちは、たいした作家でなくても、最新の作家にはころりと参る。そのくせシェイクスピアやマルクス・アウレリウス、エピクテトス、パスカルといった古典作家にはまったく関心を示さない。このように、大事なものとそれほどでもないものを区別できないところに、現実に対する彼らの底の浅さがよくあらわれている。多かれ少なかれ社会的性質をおびた厄介な問題（たとえば移民問題）[19]に逢着すると、彼らは、科学的な研究と実験こそ彼らの本領であり、学生の本分に沿っているのに、人気投票のような方法でそれを解決しようと図る。学生たちは喜んで病院の研修医や、助手、実験助手、実習生になり、また四十まで、そんな地位にとどまっている覚悟だ。しかしながら、独立の気概と自由の感覚、個人の発意こそ、芸術や商業に劣らず学問においても必須なものだ。私には学生や聴講生はいるが、私の右腕となる者や継承者はいない。だから私は学生を愛し感心もするが、誇りには思わない。云々云々……。

こういう欠点は、いくら数が多くても、せいぜい心配性の人や臆病な人を厭世的な気分にさせたり、好戦的な気にさせるにすぎない。いずれも一時的で過渡的なもので、生活の条件でいかようにも変わりうる。十年もすれば消えてしまうか、ほかの新たな欠点に取って代わられるだろう。そうしたことは避けることをえず、新たな欠点がまた心配性の人間の怖気《おぞけ》をふるわせるだけなのである。学生の罪はしばしば私を落胆させるが、その落胆はこの三十年、学生相手に話をするにつけ、講義をするにつけ、彼らの関係に目をこらし、大学の外の人間と彼らを比較するにつけ、私が味わってきた歓びに比べれば何ほどのものでもない。

相変わらずミハイル・フョードロヴィチは毒づき、カーチャはそれを聞いていて、この二人は、身近な人間をあげつらうという、一見罪もない愉しみがいかに深淵に二人を引き込んでいるのか気づいていない。いかに他愛もない会話が次第に愚弄と化し、嘲笑に発展し、自分たちが誹謗中傷を全開させていることに気づいていない。

「傑作なやつに出くわしましたよ」とミハイル・フョードロヴィチが言う。「昨日われわれ共通の友達であるエゴール・ペトローヴィチのところに行ったのですが、そこで学生に会ったんです。あなたの学部の医学生です。たしか、三回生だったかな。そいつの顔というのが……ドブロリューボフ[20]まがいでしてね、額のところに深い思索が刻まれている。話をしました。《その問題はだね、と私は言ってやるんです。私は読んだことがあるがね、どこかのドイツ人だっかな、名前は忘れたがね、人間の脳から新しいアルカロイドを抽出したんだ、オタンコナスチンとかいう》するとどうです？

19　農民が大挙してシベリアに移住した問題を指す。この問題は、特に一八八〇年代後半に顕在化した。

20　ニコライ・アレクサンドロヴィチ・ドブロリューボフ（一八三六―六一）。十九世紀中葉を代表するロシアの文芸批評家、過激な批評でロシアの思想を牽引した。

やっこさん、真に受けたばかりか、顔に尊敬の色まで浮かべましてね、どうだ、すごいだろうってわけです。ところで先だって劇場に出かけたのですが、ちょうど前にどこかの二人連れが座っている。ひとりはうちの学生のドイツ人、どうやら法科の学生らしく、もうひとりはモジャモジャ頭の医学生。医学生は、いわゆる靴屋のようなと称されるのんだくれ。舞台のことなどお構いなし。平気でガーガー高いびき。ところが役者がいきなり大声で独白をしゃべり出すか、ただ声を張り上げただけで、この医学生、ぎくりと身震いし、隣の男の脇腹をつついて、《いま何と言ったんだ？　高尚なことかい？》と訊ねる。《ああ、高尚なことだよ》とドイツ人が答えてやる。《ブラボー！》医学生が雄叫びを上げる。《高尚だぞ！　ブラボー！》どうやら、この飲んだくれのバカが劇場に足を運んできたのは、芸術のためではなく高尚を求めてのことらしい。やつには高尚であることが必要なのです」

カーチャは話を聞きながら笑っている。だがその笑い声はなんだか変だ。吸う息と吐く息が慌ただしく、計ったように交替し、まるでアコーディオンでも奏でているようなのだ。しかも顔で笑っているのは、その鼻孔だけなのである。私は興ざめして、何を話していいのかわからない。思わずかっとなって、椅子から立ち上がると、こんなことを叫んでいる。

「いい加減にしたまえ！　君たちは二匹のヒキガエルみたいに、ここに座りこんで、自分の吐く息で空気を汚してるんだ。もうたくさんだ！」

　ふたりの毒舌がやむのも待たず、私は帰り支度をはじめる。たしかにもう帰る時間だ。十時を過ぎている。

「私はもう少し残ります」とミハイル・フョードロヴィチが言う。「構いませんか、カーチャさん？」

「どうぞ」とカーチャが答える。

「ありがたい《ベーネ》。それじゃ、もう一本いただけますか」

　ふたりはロウソクを持って玄関まで私を送りにでてきて、私がコートを羽織るあいだ、ミハイル・フョードロヴィチが話している。

「最近やけに痩せられて、お年を召されましたね。お加減でも悪いのですか？　何かご病気でも？」

「ええ、少し具合がよくありません」

「それでも診てもらおうとしないんです」と、沈んだ声でカーチャが口をはさむ。

「どうして診てもらわないんです？　それじゃいけません。神はみずから助くるものを助く、ですよ。どうぞ、ご家族の方によろしく、お目にかかれず申し訳ないとお伝えください。二、三日したら、外国に出かける前に、ご挨拶に伺います。必ず！　来週には出かけます」

私は自分の病気が話題にされたことに面くらい、イライラしながらカーチャの家をあとにする。実際、一度誰かに診てもらったほうがいいのだろうか。とたんに私を診る同僚の顔が思い浮かぶ。同僚は黙って窓辺に寄って、しばらく考えてから、私のほうに向き直ると、その顔から真実を気取られないように努めながら、気のない調子でこんなことを言うだろう。《今のところ、変わった点は認められません、が、先生、授業はもうおやめになったほうがいいのではないでしょうか》……。これで私は最後の希望を絶たれる。

希望を持たない人などいるだろうか？　今私は自分の診断を立て、ときに私の無知が診断を誤らせているのではないかと希望をかけている。私が自分の体に認めた蛋白や糖分についても、朝方もう二度にわたって目にした浮腫についても、自分が見立て違いをしているのではと淡い期待を寄せているのだ。ヒポコンデリア患者特有の執念深さで治療学の教科書を読みあさり、毎日薬を変えながら、私は気休めになるものを見つけようと躍起になっている。なんともさもしい話である。

　空が雨雲におおわれているときも、月が出て星が瞬いているときも、毎回私は帰る道すがら、空を見上げて、間もなく自分は死ぬのだと考える。このとき私の考えは、この空のように深く明澄で、澄んでいるような気がする……。いや、そうじゃない！　私が考えるのは自分自身のことであり、妻やリーザやグネッケルのことであり、学生たち、総じて他人のことだ。考えると言っても、いい風には考えない、粗探しをし、姑息なことしか考えず、自分に対しても嘘をつく。このときの私の世界観は、かのアラクチェーエフ[21]が内輪の手紙でもらした言葉で表現できよう。曰く、《この世に悪を含まぬ善はなく、つねに悪は善よりも多し》つまり、何もかもが忌まわしく、生きるあてもないのである。だから、私が生きた六十二年という歳月は意味がなかったと考えざるをえない。こんな考えに囚われている自分を省みて、私は自分を言いくるめよ

21　アレクセイ・アンドレーヴィッチ・アラクチェーエフ伯爵（一七六九―一八三四）。アレクサンドル一世に重用され、ロシアの保守化に権勢をふるった。

うとする。こうした考えはたまたま浮かんだ一時的なもので、それは私に深く根ざしているわけではないと見なそうとするのだが、すぐさま、またこうも考える。

《もしそうなら、どうして毎晩あの二匹のヒキガエルに引き寄せられるのか？》

私は、もう二度とカーチャのところに行くまいと誓いを立てる。明日になったら、また懲りずに彼女のところに出かけるのがわかっていながらそうするのである。

家の扉の呼び鈴を引き、階段を二階に上がっていきながら、私にはすでに家庭はなく、またそれを取り戻したい気もないことを感じる。明らかに、新たに抱いたアラクチェーエフ流の考えは偶然、一時的なものではなく、私の全存在を支配しているようだ。良心の疼きを覚えながら、うち沈んで怠惰になった私は、ほうほうの体《てい》で四肢を動かし、数千キロも体が重くなったように、どさりとベッドに横になると、あっという間に眠りに落ちる。

が、やがて不眠がはじまる……。

四

夏が来ると、生活が一変する。

ある朝部屋にリーザがやって来て、おどけた口調でこうのたまう。

「参りましょう、閣下。準備がととのいました」

閣下は通りに連れ出され、辻馬車に乗せられ運ばれていく。馬車に揺られながら、私は退屈まぎれに、看板の文字を逆さに読んでいく。居酒屋《トラクチール》は《リットカルト》になり、これは男爵家の名字にぴったりだ、リットカルト男爵夫人。やがて野原に出て、墓地のわきを抜ける。間もなく私が横たわることになるその墓地も、今の私には何の感慨も呼ばない。それから森と野原を抜ける。おもしろいことなど何もない。二時間ばかり馬車に揺られて、閣下は別荘の階下に運ばれ、水色の壁紙のとてもおもしろい小部屋に収められる。

夜眠れないのは相変わらずだが、朝になっても元気になって妻の愚痴を聞くでもなく、ただ寝床に横たわっている。かと言って眠っているわけではなく、夢見心地というのか、眠っていないのに夢を見ているような、半醒半睡の状態である。お昼になると、私は起きだして、昔のままに机に向かうが、仕事をするでもなく、カーチャが送ってくれた黄色い表紙のフランス本を読んで気を紛らす。もちろんロシアの作家を読む方が愛国的なのだろうが、正直言って、私はことさらロシアの作家を読みたいとは思わない。二、三の老作家をのぞいて、今の文学は私には文学とは思えない。いくら読んでみろと勧められても、読む気にはなれない、一種の民芸品にすぎない。いくらよくできたものでも、そんなものは傑出したものとは呼びえず、ほめるにしても「だが」と但し書きを付けなくてはいけない。同じことはここ十年から十五年のあいだに私が読んだ新作についても言える。一本の傑作もなく、しかも「しかし」と但し書きが付かないものはない。知的で品があるが、しかし才気がない。才気走って品があるが、しかし知的ではない。はては、才気走って知的だが、しかし品がない。

私は、フランスの本が才気走って知的で品があると言うつもりはない。フランスの本でも私の気に入らないものはある。しかし、ロシアもののように退屈さはないし、重要な創作上の要素である個人の自由の感覚にお目に掛かるのも珍しいことではない。翻ってロシアの新作を思い返せば、最初のページから作者がいろんな約束事やおのれの良心で自分を雁字搦《がんじがら》めに縛りつけていないような新作は思いつかない。ある者は裸体について語るのを恐れ、またある者は心理分析で自分の手足を縛っているし、またある者は《人間に対する温かな関係》が欠かせぬものであるし、また作家によっては、思想傾向で揚げ足をとられないよう、わざわざ何ページにもわたって自然描写で埋め尽くしている者すらある……。ある作家はその作品でつねに町人であろうとし、別の作家はつねに貴族であろうとする、等々。隠れた意図や用心深さ、腹に一物はあるが、書きたいように書く自由もなければ、その勇気もない、ということは創作もないということだ。

これらはすべて、いわゆる文学について言えることだ。

では本格的な評論、たとえば社会学であるとか芸術、その他諸々の評論についてはどうかと言うと、私はただただ気後れがして、それらを読まない。子供の頃にも若いときも、どういうわけか私は守衛とか劇場の座席係を恐れていて、今に至るもその恐怖は尾をひいている。私は今も彼らが怖い。怖いのは理解できないものだと人は言う。たしかに、どうして守衛や座席係はああも偉そうで、尊大で、威張りくさって愛想がないのか、理解に苦しむ。本格的な評論を読んでいても、私はこれと同じ、形にならない恐怖をおぼえる。尋常ならざる尊大さ、剽軽な将軍のような口調、外国の著者に対する馴れ馴れしさ、勿体ぶった顔つきで空のコップから空のコップへ何かを移しかえるお手並み――これらはどれも私には不可解で気味が悪い。どれも私が読み親しんだわが国の医者や自然学者の謙虚さや、紳士的なおだやかな口調とは似て非なるものである。評論だけではなく、私はロシアの真面目な人士によってなされた翻訳ですら読むのがつらい。尊大で寛容な序文の調子、読む上で集中を妨げるだけの翻訳者による夥しい注、惜しみなく訳者が論文や本の随所にちりばめた疑問符や括弧でくくられた「ママ」の文字など、それらは私には、書き手の個性と読み手である私の自主性への冒瀆《ぼうとく》であるとしか思えない。

一度私は鑑定人として地方裁判所に呼ばれたことがある。裁判の合間に同僚のひとりの鑑定人が、知識人階級に属すふたりの女性を含む、被告に対する検事の粗暴な態度に私の注意をうながした。私は同僚に、検事の態度は本格的な評論の書き手のあいだにあるお互いの態度に比べても粗野ではないと答えたが、そこには誇張はないと思う。実際、評論家たちの態度は不作法きわまりなく、その話をはじめると気が重くなる。互いの関係においても、また自分が槍玉にあげている作家に対しても、評論家の態度はやけにへりくだって下手《したて》に出るか、あるいは逆に、まったく無視してかかる。

私はこの手記や心の中で未来の婿のグネッケルにずいぶん冷たく当たっているが、そんなのはまだ生やさしいほうだ。火のないところに煙を立て、動機が不純だと言ってはこき下ろし、何かと言ってはこれは犯罪だと騒ぎ立てる——こうした難癖が本格的な評論界を跋扈《ばっこ》しているのである。こうなってはもう、若い医者連中が論文で好んで使う最後の議論《ウルチマ・ラチオ》[22]と同じではないか！　こうした姿勢は当然のことながら、物を書く若い世代の気質にも影響する。それだから私は、ここ十年から十五年のあいだにわが国の文学で評判を呼んだ新しい作品のなかで男の主人公がやたらウォッカをあおり、女性の主人公がしばしば身を持ち崩すのを目にしても、いささかも驚かない。

私はフランス本を読みながら、ときおり開けはなした窓に目をやる。庭先のぎざぎざの柵やひょろひょろした二、三本の木が見える。前庭の先には道と野原がつづき、その先には広い針葉樹の森が広がっている。私はしばしば、ともに亜麻色の髪をして、粗末なボロをまとった、どこかの小さな男の子と女の子が庭先の柵によじ登り、私の禿げ頭を目にしては笑い転げているのを飽かず眺める。きらきら光るふたりの目には

22　議論を打ち切り、実力行使に移ることを宣する外交文書、「最後通牒」のこと。

《見て見て、禿げ頭よ！》と書いてある。彼らは私がどんなに名が知れた人間であろうが、どんなに高い官位の持ち主であろうが、そんなことには一切お構いなしの唯一の存在ではなかろうか。

　今では来客が毎日あるわけではない。ここではニコライとピョートル・イグナーチエヴィチの来訪だけに話を限ろう。ニコライはたいてい休日ごとにやって来る。用事があるような顔つきだが、ただ私の顔を見たいだけである。冬場はけっしてそんなことはないが、来るときには結構酩酊状態である。

「何の用かね？」玄関口に出て行きながら、私は訊ねる。

「閣下！」片手を心臓に押し当て、恋する男のような目で私を見つめながら、彼は言う。「閣下！　神に罰されるがいいや！　この場で雷に打たれて死ねばいい！　われら、若い間に楽しまん《ガウデアムス・イギトゥル・ユヴェネストゥス》[23]！」

　こう言うと、ニコライは私の肩と言わず、袖と言わず、ボタンにも貪るように口づけする。

「大学のほうは、変わりないか？」

「閣下！　それはもう、神かけて……」

彼は何の必要もないのに神様を引き合いに出しては、私を鬱陶《うっとう》しくさせるので、私は早々にこの男を台所にやって食事をさせる。もうひとりのピョートル・イグナーチエヴィチも同じように休日にやって来るが、こちらは何らかの案件を抱えて来て、私の意見を求めるためだ。この男はたいてい、足を組むとも机に肘をつくとも決めかねている様子で、端然と考え深そうに、おとなしく机の前に座っている。そして始終、抑揚のない坦々とした静かな声で、自分が本や雑誌で読んだ種々雑多な、この男に言わせれば興味深くセンセーショナルなニュースを淀みなくしかつめらしく語るのである。そのニュースはどれもこれも似たり寄ったりで、まあ言ってみれば、あるフランス人の誰某が何かを発見する、すると別のドイツ人があらわれて、実はその発見はすでに一八七〇年にアメリカ人の誰某によってなされていると証明して先のフランス人の発見を否定する。するとまたしても第三の人物が登場し、これまたドイツ人なのだが、先のふたりは共に、顕微鏡で見た気泡を黒の色素と取り違える間違いを犯してい

23 学生たちの愛唱歌《Gaudeamus igitur Juvenes dum sumus!》の一節。多少歌詞が変更されている。

ると言い出して、また先のふたりを否定するという話に落ち着くのである。ピョートル・イグナーチエヴィチは私をおもしろがらせるときでも、だらだらと微に入り細をうがつ話しぶりで、まるで論文審査の弁明みたいなのである。彼が用いた文献を事細かに列挙し、しかも雑誌の発行の年月日や号数、名前の表記に誤謬がないよう力を入れ、たとえば医者の名前でも単にプティではなく必ずジャン・ジャック・プティ[24]と書かないではすまない。ときによると、食事時まで彼が居残ることがあるが、そうなると食事のあいだ、彼の言うおもしろおかしい話をしては、食卓を囲む全員を憂鬱に追い込む。グネッケルやリーザがフーガだとか対位法、ブラームスやバッハの話を切り出そうものなら、彼はしおらしく目を伏せ困惑してしまう。私や彼のような人物を前にしてこんな低俗な話題が出ることが恥ずかしいのである。

今のような気分にいる私をうんざりさせるにはものの五分とかからない。この男を前にしているだけで、私はなんだか永遠に彼の話を聞かされているような気になってくる。私はこの哀れな男が嫌いだ。その抑揚のない小さな声や、現実離れした堅苦しい言葉使いを耳にしているだけで気持ちがなえてしまうし、話を聞いていると頭の方がぼける……。彼は私に対して最大限の好意を持っていて、ただ私を喜ばせたい一念で私に話しかけてくるのだが、私ときたら食い入るように彼を見つめ、催眠術にかけるように、《さっさと出て行け》としきりに念じているのだ……。ところが相手は私の念力には屈せず、ひたすら座りつづける……。

こうして彼が居すわっているのを目にしていると、なんだか《私が死んだら、この男が後釜に座るのだ》という思いが拭えなく、かわいそうな私の教室が干上がったオアシスみたいに思われ、私はピョートル・イグナーチエヴィチを相手にぶすっと黙り込み、こんな考えが浮かんでくるのも、元はといえば、私ではなく、こいつのせいだと思えてくるのである。いつものように彼がドイツ人の学者をほめだしても、もう私は以前のようにニコニコしながらからかうことはできず、不機嫌につぶやくのだ。

「君のいうドイツ野郎はロバだね……」

これは今は亡きニキータ・クルィロフ[25]教授がピロゴーフとレヴェリ[26]の川で水浴びし

24 表記に該当する歴史上の人物は見当たらない。
25 ニキータ・イワノヴィチ・クルィロフ（一八〇七－七九）。モスクワ大学のローマ法の教授。
26 バルト海沿岸の都市、現タリンの古名。

ていた際、冷たい水に腹を立て、《ドイツ人の悪党どもめ》と悪態をついたのと似ている。私はピョートル・イグナーチエヴィチが相手だと不機嫌な態度をとり、彼が帰っていって、窓越しに彼の灰色の帽子が前庭の柵の向こうに消えてゆくのを目にしてはじめて、《許してくれ、私が悪かった！》と彼に声を掛けたくなるのだ。

ここでの食事は冬場より退屈だ。今では私が憎み軽蔑しているグネッケルが毎日のようにやって来て、うちで食事をする。以前はこの男がいることを私は黙って耐えていたが、今や面と向かって彼に嫌みを言っては、妻とリーザを困らせている。悪意に駆られて私はしばしば意味のないことを口にし、自分でもなぜそんなことを言うのかがわからない。一度こんなことがあった。私はずっと軽蔑の目で彼を見つめていたが、突然、これと言った理由もないのに、いきなり雷を落とした。

鷲はときにニワトリより低く降りてくることがあるが、
ニワトリはけっして雲の高みにのぼれない。[27]

なかでも腹が立つのは、ニワトリ風情のグネッケルが教授の鷲よりはるかに頭がいいことだ。妻と娘が自分の味方だとわかっているグネッケルはこんな作戦に出る。いくら私に嫌みを言われても鷹揚に構えて何も言わない（変な爺さんに話したって何になる？）、それがだめなら、やんわりと私をからかい返すのだ。驚くべきことに、人間はどこまでも卑屈になれるものらしい！　私は食事のあいだ、グネッケルが馬脚をあらわしてペテン師であることが露見し、ようやくリーザと妻が自分たちの過ちに気づき、それから私がふたりにお説教してやるという図を思い描いている。片足を棺桶に突っ込んでいる人間がこんな愚かな想像をたくましくしているのだ！

これまでは耳で聞きかじって知るだけにすぎなかったが、今ではこんな誤解が生じるのもめずらしくない。私にとっては恥ずかしいことだが、先の食事から数日後に起きたことの顚末をここに記しておこう。

私は自分の部屋でパイプをくゆらせていた。いつものように妻がやって来て、座って話しはじめる。今がいいのじゃないですか、気候は暖かだし時間はあるし、ハリコ

27　ロシアの劇作家・寓話作者イワン・クルィロフ（一七六九―一八四四）の寓話『鷲と鶏』の一節。

フに行って、向こうでグネッケルさんのことを調べるには、というのだ。

「わかった、行って来よう……」と私は同意した。

妻は私の返事に満足して立ち上がって、ドアに向かったが、そこですぐさま振り返るとこう言う。

「ついでに、もうひとつお願いがありますの。あなたがお怒りになるのはわかっていますが、妻の務めとして、あなたにご注意申し上げておかなくてはなりません……。ごめんなさい、あなた、でもまわりの人がみんな、知り合いもご近所の方も言うものですから。あなたしょっちゅうカーチャのところにいらっしゃるでしょう。もちろん、あの子は頭もよくて教養もあって、一緒にいれば楽しい人ですわ、私は何もそのことをとやかく言いやしません。でも、あなたのお年で、社会的な立場もおありなのに、あんな人とお付き合いになるなんて、ちょっと変じゃありませんか？　それにあの子の評判も評判ですし……」

一気に私の脳髄から血がさっと引き、目から火花が飛び、私は飛び上がると、頭を抱えて、地団駄を踏み、叫んだが、自分らしからぬ声しか出ない。

「ほっといてくれ！　ほっといてくれ！　私に構うな！」

恐らく、私はもの凄《すご》い形相で、声もいつもの私の声ではなかったのだろう、妻が真っ青になって只ならぬ絶望の悲鳴を上げた。われわれの叫喚を聞きつけリーザ、グネッケル、ついでエゴールが駆けつけた……。

「ほっといてくれ！」私はなおも叫ぶ、「出てけ！　構うな！」

足の力がぬけ、足がなくなってしまったようだ。私は倒れ込んで誰かしらの腕に支えられたような気がする。ついで、しばらく人の泣く声がしたかと思うと、私は人事《じんじ》不省《ふせい》におちいり、それが二時間か三時間つづいた。

さて次にカーチャのこと。彼女は毎日夕方前にやって来る。これだって、隣人や知り合いの人目を引くに十分だろう。彼女は馬車でちょっと立ち寄って、私を遠出に連れ出す。彼女には自前の馬とこの夏買ったばかりの真新しい一頭立ての馬車があるのだ。彼女はなかなか結構な暮らしぶりだ。大きな庭のある高価な別荘の一軒家を借り受け、そこに都会暮らしの調度をそっくり運び入れ、二人の小間使と一人の御者を雇っていた……。

私は何度か訊いてみる。

「カーチャ、お父さんの財産を食いつぶしたら、どう生活するつもりなんだ？」

「その時はその時よ」と彼女は答える。

「あのお金はもっと大事にするべきだな。立派な人間が汗水たらして得た金だからね」

「その話は何度もお聞きしましたわ。わかってます」

最初私たちは野原をぬけ、次いで私の部屋の窓からみえる針葉樹の森をぬける。自然は相変わらずすばらしい。だが、悪魔がそっと私の耳元でこんなことをささやく。この松ももみの木も、鳥たちも、空に浮かぶ白い雲も、二、三カ月後に私が死んでも、きっと私がいないことなど気にも止めないにちがいない。カーチャは馬を走らせるのが好きで、今は天気もよく、隣に私が座っているので上機嫌だ。機嫌がいいのできついことも言わない。

「おじさまって、ほんとにすばらしい人だわ」と彼女は言う、「おじさまのような人は滅多にいませんわ。おじさまを演じられるような役者はいなくてよ。私や、ミハイル・フョードロヴィチなら、下手な役者でも演じられるけど、おじさまを演じられる役者はいないわ。だから、私、おじさまが羨《うらや》ましいの、羨ましくて仕方ないの！いったい私ってどんな女かしら？　何者かしら？」

彼女はしばらく考えてから訊ねる。

「おじさま、私って困った存在なんでしょ？　そうでしょう？」

「そうだよ」と私は答える。

「そうなのね……。私どうすればいいの？」

さて、どう答えたものか？《働け》とか、《貧しい者に財産を分け与えよ》とか、《汝自身を知れ》というのは簡単だ。だが、そう言うのは簡単なだけに、私にはどう答えていいのかわからないのだ。

私の同僚の内科医たちは治療法を教える際に、《個々のケースを別個に扱え》と奨《すす》めている。これは傾聴に価する忠告で、教科書のなかで最善と推奨されている方法がまったく個々のケースでは通用しないことがある。精神的な病の場合も同じだ。

だが、何か答えなければならない、それで私はこんなことを言う。

「君の場合は暇がありすぎるんだ。何か打ち込めるものがあるといい。実際、それが天職なら、どうしてまた役者の道に飛び込まないのかな？」

「できません」

「その口ぶりや態度は、いかにも自分は犠牲者だという様子だね。悪いが、そういうのは、私は好かないね。悪いのは君自身なんだよ。思い出してもごらん、まず最初に人々や社会に腹を立て嚙みついたのは君のほうなんだよ、でも君は、人々や社会がよくなるようなことは、何もしなかった。君は悪と闘わずして疲弊した。だが君は闘って倒れた犠牲者じゃない、自分の無力に倒れた犠牲者だ。そりゃあたしかに、あの頃君は若かった、世間慣れしていなかった。ところが今はちがう、今度はうまくいくかもしれない。やってみることだね！　働いてみることだ、そして神聖な芸術に仕えてみることだ……」

「はぐらかさないで、おじさま」カーチャが私を制して口をはさむ。「こうしましょう、お約束して。役者や女優や作者のことは何を言っても構いません、でも芸術のことは口にしないで。おじさまはまれに見るすばらしい人よ、でも芸術を神聖呼ばわりするなんて、芸術をよくご存じないのよ。芸術を味わう嗅覚も耳もお持ちじゃないの。生涯お忙しくて、その感覚を養う時間がなかったのよ。それにしても……私もう、芸術をとやかく言うのがいやなの！」彼女は苛立った口調でつづける。「いやなの！　よくもここまで愚弄して、感謝感激だわ！」

「誰が愚弄したんだ？」

「酔っ払って愚弄した人もいれば、新聞のように馴れ馴れしい態度で愚弄したものもいたし、頭のいい人たちは哲学を持ち出して愚弄したのよ」

「哲学はここには関係ない」

「おおありだわ。哲学を持ち出すなんて、わかっていない証拠よ」

減らず口が度を過ぎる前に、私は急いで話題を変え、それからしばらく口をつぐんでいた。そして馬車が森を出てカーチャの別荘に向かうころになって、私ははじめて先の話題に戻って、こう訊ねた。

「君はどうして女優になろうとしないのか、まだ答えてないね？」

「おじさま、それは意地悪というものよ！」彼女は声を荒らげ、顔を赤くする。「私に声に出して、本当のことを言わせたいわけ？　わかりました、そこまで……おっしゃるのなら、わかりました！　私には才能がないの！　才能がないの、なのに……自惚《うぬぼ》ればかりが強いの！　それだけ！」

それだけの告白をすると、彼女は私から顔をそむけ、震える手を隠そうと、引き綱を思いっきり引いた。

馬車が別荘に近づくと、遠くからミハイル・フョードロヴィチの姿が認められた。

門の前をうろうろしながら、私たちの帰りを待ちわびている様子だ。

「またあのミハイル・フョードロヴィチだ！」さも嫌そうにカーチャが言う。「もういい加減に私の前から消えてほしいわ！　うんざりだわ、しょぼくれて……。ああ、やだ、やだ！」

ミハイル・フョードロヴィチはもうずっと前に外国に出かけていなければならないのに、毎週毎週それを引き延ばしている。最近彼には何かと変化が起きた。ひどく痩せたし、以前にはなかったことだが、めっきり酒に弱くなり、黒い眉毛に白い物がまじりはじめた。馬車が門の前に停まると、彼はうれしさと自分の待ちわびた気持ちを隠しきれない。甲斐甲斐しくカーチャと私を座らせると矢継ぎ早に質問を浴びせ、笑ったり、もみ手をし、以前には目にだけ認められた柔和で祈るような、清らかなものが、今や彼の顔いっぱいに広がっている。彼はうれしいのに、同時にそのうれしさが恥ずかしく、カーチャのもとを毎晩訪ねてやって来る習慣も恥ずかしく思うらしく、いちいち自分の来訪を理由づけしないではいられないのだが、その理由というのが、《たまたま近くを通りかかりましてね、ひとつ寄ってみるか》といったような、見え透いた言い訳なのだ。

私たち三人は部屋に向かう。まずはじめにお茶を頂いていると、やがてそのうちテーブルには私には馴染みの二組のカードに、大きなチーズの塊、果物、クリミア産のシャンペンのボトルがあらわれる。談話の話題といっても新しいものは何もなく、冬場の話とかわらない。大学のことや、学生のこと、それに文学や演劇のこと。悪意のために部屋の空気は一段と濃密に息苦しいものになっている。そして今やその空気を自分の吐息で毒々しくしているのは冬場のときの二匹のヒキガエルではなく、三匹のカエルなのだ。ビロードのようなバリトンの笑い声と、アコーディオンに似た哄《こう》笑《しょう》に加えて、私たちに給仕している小間使は、ヴォードヴィルに登場する将軍が笑う、へっへっへっという不愉快な騒々しい笑いを耳にするようになった……。

五

雷鳴がとどろき稲妻が光り、雨と風をともなう、俗に「雀の夜」と言われる恐ろしい夜がある。ちょうどこれと同じような雀の夜が私の生涯にもあった……。

夜中すぎに私は目をさまし、いきなりベッドから飛び起きる。どういうわけか、今にも突然自分が死ぬような気がする。どうして《気がする》のか？　身体にはすぐにも私が死にそうな感覚はひとつもないのだが、何だかつい今しがた馬鹿でかい不吉な空焼けを見たような恐怖が胸を締めつけるのだ。

私はあわててロウソクの灯りをともし、水差しからじかに水を飲み、開け放した窓に駆けよる。外の天気は上々である。干し草が匂い、さらに何だかとても香《かぐわ》しい匂いが鼻をつく。私には前庭のぎざぎざの柵や窓辺の眠たげな、ひょろひょろと伸びた木々、道、黒々と広がる森の帯が見える。空には穏やかな、皓々《こうこう》と光る月が昇っていて、雲はひとつも見えない。静かで、木々の葉一枚もそよいでいない。私には、これらすべてが私を見ていて、死につつある私の様子にじっと耳を傾けているような気がする。

気味が悪い。私は窓を閉じてベッドに走る。自分の脈をさぐってみるが、手首の脈はみつからない、それでこめかみを探り、次にのど元を、そしてまた手首を探る。どこもかしこも冷たくなっていて、汗ですべる。息はますます速くなり、身体はふるえ、内臓という内臓が動き回り、顔にも禿《は》げた頭部にもクモの巣が張りついているような感じがする。

どうしよう？　家族の者を呼ぶか？　いや、必要ない。妻やリーザが部屋に来たら、何をしでかすかわからない。

私は頭を枕の下に押し込み、目を閉じて、ひたすら待つ……。背中が寒い、まるで背中が内にめり込んでいくような感じだ。私は死というものが、必ず背後からこっそり忍び寄ってくるような気がしてならない……。

「キウィー、キウィー！」突然夜の静けさを破って、けたたましい鳴き声がする。それがどこから聞こえるのか、私にはわからない。私の胸なのか、通りから聞こえるのか？

「キウィー、キウィー！」

ああ、恐ろしい！　もう一杯水を飲んでみようか、だが目を開けるのが恐ろしい、頭を上げるのが怖い。私の恐怖は得体のしれない動物的なもので、どうして恐ろしいのか、それが理解できない。まだ生きていたいと思うから恐ろしいのか、まだ見知らぬ痛みが待ち構えていると思うから怖いのか？

天井の上で誰かが呻《うめ》くでもなく笑うでもない声を立てている……。耳を澄ます。しばらくすると、階段で足音がする。誰かがあわてて下りて来たかと思うと、また上がっていく。やがて、階下でまた足音がする。誰かが私の部屋の前で立ち止まり、聞き耳をたてている。

「誰だ、そこにいるのは？」

ドアが開く、意を決して目を開くと、妻が立っている。顔が青ざめ、泣きはらした目をしている。

「まだお休みじゃありませんの？」

「何の用だ？」

「お願いですから、リーザのところに行って、診てやってくださいません？　何だか様子がおかしいんです……」

「わかった……診てみよう……」そうつぶやきながら、私は自分ひとりだけではないことに、ほっと胸をなでおろす。「よろしい……今行く」

妻のあとをついて行きながら、妻の話を聞いているが、神経が高ぶっているせいか何も理解できない。階段のステップには妻がかざすランプの火影が躍り、われわれの長い影がゆらゆらと揺れ、私の足は部屋着の裾にもつれ、私はあえぐように息をしながら、何者かがうしろから追いかけてきて、私の背中をつかまえようとしているような気がする。《今にここで死ぬんだ、この階段で》私はそんなことを考える。《今ここで……》しかし、やがて階段を過ぎ、イタリア風の窓のついた暗い廊下を通り過ぎて、リーザの部屋にたどり着く。リーザはシュミーズ一枚の格好でベッドに座り、足を垂らして呻いている。

「ああ神様……ああ神様!」ロウソクの灯りに目をすぼめて、彼女はつぶやいている。「もうだめ、もうだめ……」

「リーザ、さあいい子だ」と私は言う。「どうしたんだ?」

私に気づくと、彼女は声を上げて私の首にすがりつく。

「やさしい私のパパ……」と彼女は泣きじゃくる。「やさしいパパ……。大好きな、大好きなパパ……。私、どうなってしまったのか、わからない……。苦しいの!」

彼女は私にかじりつき、キスし、彼女がまだ子供の頃によく口にした、甘えた言葉で訴える。

「さあ、安心おし、いい子だ、神様がついていてくださるからね」と私は言う。「泣くことはない。お父さんだって、苦しいんだよ」

私は夜具で彼女をくるんでやろうとし、妻は水を飲ませようとして、私たちふたりはベッドの前であたふたと動き回る。私は肩で妻の肩を押しのけながら、そう言えば、かつてこうして一緒に子供たちを水浴びさせたことがあったことを思い出す。「この子を助けてやって!」妻が私に懇願する。「何とかしてやって!」そう言われても、私に何ができよう? 何もできない。娘は何かに苦しんでいるが、私は何も理解できず、どうしていいかもわからず、ただこうつぶやくだけだ。「なに、大丈夫だ……。そのうち治るさ……。さあ、お休み……」

まるで申し合わせたように、わが家の庭で犬が吠えはじめる。最初はおずおずと小さな声だが、やがて二匹が声を合わせて吠える。私は犬が吠えるとかフクロウが鳴くとか、そんな現象にいかなる意義も認めていないが、今や心臓がぎゅっと締めつけられ、私はあわてて自分なりの解釈を下すのだ。

《些細なことだ……》と私は考える。《ひとつの有機体が他の有機体に影響をおよぼしただけだ。私の極度の神経的緊張が妻に波及し、リーザに波及し、犬にも波及しただけのことだ……。予感も予見も、この波及によるのだ……》

しばらくして、リーザの処方箋を書くために自室に戻ったときには、私はすでに、自分がやがて死ぬなどとは考えず、ただ気持ちがふさいで憂鬱で、自分がいきなり死ねなかったことが残念でならない。私は長い間身じろぎもせず部屋の真ん中に立って、リーザの処方に何を書こうかと考えるが、そのうち階上の呻き声も鎮まってきたので、処方箋を書くのをあきらめ、それでもまだ立ちつくしている……。

あたりは死の静寂につつまれている。ある作家が耳元でじりじりと音が聞こえるといった静けさだ。時間が緩慢に流れ、窓敷居を照らす月明かりは凍りついたように動かない……。まだ夜は明けそうにない。

前庭の木戸がきしみ、人影が忍び込んでくる。細い木の枝を折って、そっと私の窓を叩く。

「おじさま！」と囁くような声がする。「おじさま！」

私は窓を開けてみるが、何だか夢でも見ているような気がする。窓の下には壁に身を寄せ、黒い服を着た女性が立っていて、月明かりに照らされて、大きな目で私を見つめている。その顔は大理石のように青白く毅然とし、月明かりのせいで幻想的で、顎がかすかに震えている。

「私です……」と声がする。「カーチャです！」

月明かりの下では、すべての女性の目は普段よりは大きく見え、人も背丈が大きく、いだろう。

普段より青白い顔をして見える。とっさにカーチャだとわからなかったのも、そのせ

「どうした?」

「ごめんなさい」と彼女は言う。「私、何だか急につらくなって……。こらえきれずに、ここに来てしまったの……。おじさまの窓に明かりが見えて……窓を叩いてみようと思ったの……。ごめんなさい……。ああ、どんなに苦しいか、わかっていただければ! おじさま、今何をしてらっしゃるの?」

「何もあるものか……。不眠症だよ」

「私、何だか虫の知らせのようなものがあって。でも、こんなこと、つまらないことよね」

眉を上げるとその目は涙に光り、顔じゅうが光を当てられたように、懐かしい、長く見ることがなかった信頼しきった表情に輝いている。

「おじさま!」両手を差し伸べて、彼女は祈るような口調で言う。「大切なおじさま、お願いです……後生です……。もしかつての私たちの友情やおじさまをうやまう私の気持ちを汲んでくださるなら、どうか私の願いを聞いて!」

「なんのことだね？」

「私のお金を受け取っていただきたいの！」

「やれやれ、また何を言い出すんだ！　何で君の金が私に要るんだ？」

「治療に出かけられるでしょう……おじさまには治療が必要ですもの。受け取ってくださる？　いいわね？　ねえ、いいでしょう？」

　彼女はむさぼるように私の顔をのぞきこんでは繰り返す。

「いいわね？　受け取ってくださるわね？」

「いや、気持ちはありがたいが、受け取れないね……」と私は言う。「ありがとう」

　彼女は私に背を向けて肩を落とす。どうやら私は今後一切金の話は許さぬといった調子ではねつけたらしい。

「さあ、家に帰ってお休み」と私は言う。「あすまた会おう」

「つまり、私はもうお友達じゃないのね？」淋しそうに彼女は訊ねる。

「そんなことは言ってやしないさ。でも、君の金は今の私には意味ないんだ」

「ごめんなさい……」彼女は声を低める。「わかりました……。私のような人間からお金を借りるのは、女優あがりの人間の世話になるのは……でもいいの、さようならら……」

そう言うと彼女はそそくさと立ち去り、私にさよならを言ういとまも与えない。

六

私はハリコフにいる。

今の自分の気分と闘っても意味がないし、闘うなど私の力にあまるので、私はせめて自分の最後の日々は形の上だけでも非のないものにしようと決めた。自分でも重々承知していることだが、家族との関係で間違ったところがあるのなら、家族が望むとおりに私はしようと思う。ハリコフに行けというなら、ハリコフに行きもしよう。それに最近私は何事につけ無関心になっていて、ハリコフであろうがパリであろうが、はたまたベルジーチェフ[28]であろうが、どうでもいいのである。

私はここに昼の十二時ごろに到着し、大聖堂近くのホテルに投宿した。汽車に揺られ、すきま風にさらされた挙げ句、今やこうしてベッドに座り込み、頭をかかえて顔面神経痛《チック》が起きるのを待っている。今日のうちに知り合いの教授に会いに出かけなければならないのだが、その気にもなれず、そんな気力もない。

年取ったホテルのボーイがやって来て、ベッドのシーツはあるかと訊ねる。私は五分ばかり彼を引き止めて、私がここにやって来た目的であるグネッケルについてあれこれ訊いてみる。ボーイはハリコフの生まれでこの町のことなら五本の指のように知っているというのだが、グネッケルという名は聞いたことがないという。領地のことを訊いても、答えは同じだ。

廊下の時計が一時を打ち、二時を打ち、やがて三時を打つ……。私が死を意識するようになったのはここ数カ月のことだが、この数カ月の方がこれまで生きてきた生涯より遥かに長いような気がする。今ほど緩慢な時の流れに耐えたことは一度もない。以前なら、駅で汽車を待っていたり、試験会場にいた頃にはたったの十五分が永遠のように長く感じられたが、今では一晩中ベッドに座って、あすもあさっても、今日と同じような精彩欠いた長い夜が待ち受けていると思ってもいっこうに苦にならな

28　ウクライナの町。チェーホフの作品では、「バルザック、ベルジーチェフで死す」という形で何度か登場する。

い……。

　廊下で時計が五時を打ち、六時を打ち、やがて七時を打つ……。あたりが暗くなってくる。

　頬ににぶい痛みが走る――チックのはじまりだ。気を紛らわせるために、私は自分が無関心でなかったころの観点に立って、自分にこう問うてみる。どうして世に知られた人間で三等官でもあるこの私が、今こんな小さな部屋で見知らぬ灰色の毛布の置かれたベッドに座っていなければならないのか？　どうしてこの安物のブリキの洗面器を前にして、廊下で古ぼけた時計が告げる時の音を聞いていなければならないのか？　はたしてこれが私の名声にふさわしいことだろうか、社会的に地位のある私の立場にふさわしいことだろうか？　こうした問いに私は自嘲するほかない。若い頃に自分が有名であることを過大に評価し、著名な人間が享受するであろう特権的な立場を大袈裟に考えていた自分のナイーブさが今となっては滑稽だ。たしかに私は有名だ、私の名は尊敬をこめて口にされ、私の肖像が週刊誌の「ニーワ」[29]や「世界画報」[30]に掲載されたことがあるし、自分の評伝をドイツ語の雑誌で読んだこともある――だが、それが何だというのだ？　見知らぬ町の見知らぬベッドでひとり孤独をかこち、チックの頬を手でさすっているだけではないか……。家庭のいざこざ、血も涙もない債権者の取り立て、鉄道職員のぞんざいな態度、旅券制度の不便さ、食堂車の値がはるばかりで不健康な食事、どこにもはびこる無知と粗野な態度――まだまだあげればきりがない、その他諸々も含めて、こうした一切がそこいらの横町でしか名を知られていない町人同様、有名なこの私にも容赦なく襲いかかってくるのである。例外的な私の立場のいったいどこが例外であるというのか？　たとえば、私が今より千倍も有名であるとしよう、祖国が誇る英雄であるとしよう。そうなれば逐一新聞に私の病状が報道され、同僚や学生や一般の人々から病気見舞いの手紙が続々と届くだろう。だがそうだとしても、やはり私は見知らぬベッドで、まったくの孤独のうちに、鬱々として死んでいくことに変わりはない……。もちろん、これは誰が悪いわけでもない。だが罪深い私は、やはり有名な私の名前が好きにはなれない。何だか名前に一杯食わされた気がしてならない。

29　当時絶大な売り上げを誇った週刊の絵入り雑誌。
30　ペテルブルグで発行されていた週刊誌。

十時ごろ私は眠りに落ち、チックにもかかわらず、ぐっすり眠る。起こされることがなかったら、さらに眠っていたことだろう。一時を過ぎたころ、いきなりドアを叩く音がする。

「何だ？」

「電報です！」

「あすでもいいのに」ボーイから電報を受け取りながら、私は機嫌を悪くする。「もう眠れないかもしれないじゃないか」

「申し訳ありません。灯りがついていましたから、まだお休みじゃないのかと思いまして」

私は電報を開けて、まず差出人の名前を見る。妻からだ。何の用だろう？

《サクジツ　グネッケル　ヒミツリニ　キョシキ。キタク　マツ》

電報を読んで私はしばしおどろく。驚かされたのはリーザとグネッケルの所業のためではない、ふたりの結婚の知らせを受けたときの私の無関心にである。哲学者や真の賢人は何事につけ無関心であると言う。それはちがう、無関心は魂の麻痺、時ならず早く訪れた死なのだ。

私はもう一度寝床に横になって、どんな考えで気を紛らわせばいいのか、考えはじめる。何を考えればいいのか？　もうすべて考えつくして、今さら自分の考えを新たにするきっかけは何もないような気がする。

夜が明けはじめても私は両手で膝をかかえてベッドに座り、仕方なく自分が何者であるか突きとめようとする。《汝自身を知れ》はまことにすばらしい、有益な助言だが、残念なことに古代の賢者はこの助言をどう用いればよいのか、その方法を示す知恵はなかったようだ。

以前私が他人や自分自身を突きとめたいと思ったとき、すべてが相対的になりかねない行為ではなく、願望を判断の基準にした。汝の欲するところを語れ、さすれば汝が何者であるかを告げん、である。

そこで今私は自分に問うてみる、いったい私は何を望んでいるのか？

世の子女や友人たちや学生たちに私の名前や名声やレッテルではなく、私のなかの当たり前の人間を愛してほしいと願う。そのほかには？　私の右腕になってくれるような者や私の後を継いでくれる者がほしい。ほかには？　百年後に目をさまして、一目でいいから科学がどうなっているかを見てみたい。できれば、あと十年長生きがしたい……。そのほかには？

それ以上は何もない。いくら考えても、思いつかない。どんなに考えても、どんなに考えの幅を広げても、明らかなのは、私の願望には何か重要なもの、芯になるものがないのである。今こうして見知らぬベッドに座っていることにも、生きたいという願望にも、今こうして見知らぬベッドに座っていることにも、おのれを知ろうとする志向にも、私を形作る思想や感情や概念に通底する何物かが欠けている。すべてをひとつに結び合わせる何かがないのだ。私のなかで感情や思想はそれぞれ別個に生きていて、科学や演劇や文学や学生について私が下す判断にも、私の想像力が描き出すあらゆる想念にも、いかな練達の分析家といえど、そこに共通した理念とか生きた人間の神を見出すことはできまい。

そして、それがないとすれば、つまりは何もないわけだ。

こんなにまずしい状態では、深刻な病気や死の恐怖、環境や人の影響で、これまで私が自分の世界観であると考えてきたもの、自分の人生の意味も歓びもここにあると思ってきたものなど、容易にひっくり返って、飛び散ってしまう。それだから、自分の生涯の最後の月々を奴隷や野蛮人にふさわしい思想や感情で暗く塗りつぶしてしまっても、今私が無関心になって夜明けに気づかなくてもまったく不思議はないのだ。

人間のなかに外面的な影響より高邁《こうまい》で強いものがなければ、鼻風邪ひとつで、人は平衡を失い、どんな鳥を見てもフクロウと取り違え、どんな音にも不吉な犬の吠え声を聞き取るようになるのである。こうなると、彼のペシミズムであれオプティミズムであれ、そういうものは、大小さまざまな思想もろとも、単なる病気の兆候になりさがってしまうのである。

私は敗北した。そうだとすれば、もうこれ以上考えることは何もないし、話すこともない。ただ座って、これから何が起きるか黙って待つだけなのである。

朝になってボーイがお茶と地元の新聞を運んでくる。私は機械的に第一面の公告や社説、新聞雑誌の抜粋記事、日報欄に目を通す……。ちなみに日報欄に私は次のような記事を見つける。《昨日、わが国の著名な学者で名誉教授のニコライ・ステパノヴィチ・某が急行列車でハリコフに到着し、某ホテルに投宿した》

どうやら高名な名前というものは、その名前の持ち主を離れて別個の生を生きるものであるらしい。今や私の名はハリコフの町を悠然と逍遥《しょうよう》しているのである。そしてものの三カ月も経てば、その名は墓石に金文字で書き込まれ、太陽のように燦然と輝くことになるのだろう。一方、私と言えばその頃には苔むしていることになるのだ……。

ドアを遠慮がちに叩く音がする。私に何の用事だろう。

「どなた？　どうぞ！」

ドアが開く、驚いた私は一歩後ずさりし、慌てて部屋着の前をかき合わせる。目の前に立っているのはカーチャだ。

「こんにちは」階段を上がってきたため息を切らして、彼女は言う。「思いがけなかったでしょう？　私もそう……私もここに来てしまったの」

彼女は腰を下ろすと、私を見もしないで、言葉につかえながら続ける。

「ご挨拶もしてくださらないのね？　私も来ましたの……きょう……。おじさまがこのホテルにいらっしゃるとわかって、伺ったの」

「会えてうれしいよ」肩をすぼめて私は言う。「でも、いささか驚かされた……。やぶから棒だからね。またどうしてここに？」

「私？　ただ……ふと思い立って、来たの」

沈黙。と、突然彼女はさっと立ち上がると私に歩み寄って、

「おじさま！」血の気の失せた顔をして、両手を胸に押しあてて彼女は言う。「おじ

さま！　私、このままじゃ生きていけないの！　無理なの！　どうかお願い、教えて、今すぐ、私どうすればいいの？　おっしゃって、私、どうすればいいの？」

「私に何が言えよう？」私は当惑する。「何も言ってあげられないんだ」

「おっしゃって、お願い！」全身をふるわせ、苦しそうに息をしながら、彼女はなおもつづける。「本当なの、もうこのままじゃ生きていけないの！　力がないの！」

彼女は崩れるように椅子に座り込むと、泣きじゃくる。頭をのけぞらせ、両手を揉みしだき、地団駄を踏む。頭から帽子が落ちてきて、ゴムに引っかかって揺れ、髪がほつれる。

「助けて！　お願い！」彼女は懇願する。「私、もう生きていけない！」

彼女は旅行用の手提げ袋からハンカチを取り出そうとして、何通かの手紙も一緒に引き出してしまい、その手紙が彼女の膝から床に落ちる。私はそれを床から拾ってやりながら、なかの一通にミハイル・フョードロヴィチの筆跡をみとめ、図らずも《恋い焦がれ……》という文字を目にする。

「私は何も言えないんだよ、カーチャ」と私は言う。

「助けてください！」彼女は私の手を取って口づけしながら、むせび泣いている。

「だっておじさまは、私のお父様じゃありませんか、たったひとりのお友達じゃありませんか！　聡明で教育があって、長く生きていらしたじゃありませんか！　先生だったじゃありませんか！　だから、おっしゃって、私、どうすればいいの？」

「本当に、カーチャ、私にはわからないんだ……」

私は当惑し、混乱し、涙にうろたえ、辛うじて立っている。

「さあ、カーチャ、朝食にしよう」わざとらしく笑みを浮かべて私は言う。「泣くのはたくさんだ！」

そしてすぐさま、声を低めてつけ加える。

「私はもう長くないんだ、カーチャ……」

「せめてひと言、せめてひと言でいいの！」私に両手を差し伸べて、彼女は泣いている。「私、どうすればいいの？」

「こまった子だね、本当に……」私は口ごもる。「こまったもんだ！　こんなにお利口さんなのに、いきなり泣き出したりして……」

沈黙が訪れる。カーチャは髪を直し帽子をかぶると、手紙をまるめて手提げに押し込んでいる。黙々とゆっくり、そうした動作を行っている。彼女の顔も胸も手袋も涙に濡れているが、表情はすでに乾いて、険しい……。私は彼女を見つめながら、自分が彼女より仕合わせなことに恥ずかしくなる。同僚の哲学の先生たちが言う大きな理念がないことに私が気づいたのは、死の間際、生涯の落日を迎えた時だったが、かわいそうにこの哀れな魂は、安らぎを知らず、これからもずっとそれを知らずに過ごさなければならないのだ、これからもずっと！

「さあ、カーチャ、朝食にしよう」私は言ってみる。

「いいの、ありがとう」彼女は冷たく答える。沈黙のうちにさらに一分が過ぎる。

「どうもハリコフは、好きになれないな」と私は言う。「灰色すぎるんだ。何というか、灰色の町だね」

「そうね……きれいじゃないわね……。私はここには長くはいません……。通りがかりなの。今日、発《た》つつもりです」

「どこへ？」

「クリミア……つまり、コーカサスへ」

「そうか。長いのかい？」

「わかりません」

カーチャは立ち上がって、冷たい笑みを浮かべると、私の顔も見ないで手を差し出す。

《それじゃ、私の葬儀には来れないんだね?》そう、私は訊ねようとするが、彼女は私の方を見もしない。差し出したその手は他人の手のように冷たい。私は黙ってドアまで送っていく……。彼女は部屋を出ると、振り返りもせず、長い廊下を歩いていく。彼女は私が見送っていることをわかっているから、きっと角で振り返るだろう。

いや、彼女は振り返らなかった。最後に黒い服がちらりと目をかすめると、やがて足音が遠のいていった……。さようなら、私の宝!

グーセフ

Гусев
1890

一

あたりはすっかり暗くなって、もうじき夜だ。

兵役を終えた無期帰休兵[1]のグーセフはハンモックのなかで上体を起こし、声をひそめて言う。

「ねえ、パーヴェル・イワーヌイチ、聞いてます？　スチャン[2]である兵隊から聞いたんですが、彼らが海を渡っていると、船がでっかい魚に乗り上げて、底がボロボロになったんですって」

グーセフから呼びかけられた素姓の知れない男は、船内の病院ではみんなからパー

1　兵役を無期限免除された者。
2　ロシア沿海地方の都市。船舶用石炭の採掘で発展した。現パルチザンスク。

ヴェル・イワーヌイチと呼ばれている男だが、聞こえないのか、黙っていた。

そして再び静寂が訪れる……。風が索具のあいだを抜けて吹きすさび、スクリューがうなりを上げ、波が押し寄せ、ハンモックが悲鳴を上げるが、そんなことにはとっくに耳は慣れ、今やまわりはすべて眠りに就いて、言葉もなく静まりかえっている。やるせない。一日中カードに打ち興じていた三人の病人——二人の兵士と一人の水兵も今は眠って寝息をたてている。

揺れがはじまったようだ。グーセフのハンモックがまるで呼吸しているかのように、上にあがっては下にさがる——いーち、にー、さーん……。何かが床に当たって、ガチャンと音がした。水飲み用のコップが落ちたのだろう。

「風のやつ、鎖を引っちぎって飛び出したぞ」聞き耳を立てながらグーセフが言う。

パーヴェル・イワーヌイチは今度は咳《せき》払いをし、苛立った様子で返事をした。

「お前に言わせりゃ、船が魚に乗り上げたり、風が鎖を引きちぎったり……。鎖を引きちぎるって、風はケダモノか何かかい？」

「正教徒の連中がそう言ってますよ」

「連中はお前さん同様、無学のやからさ……。あることないこと、いけしゃあしゃあと。ちゃんと肩の上に頭ってものを持って、ものを考えなくちゃいかん。わけのわからん男だなあ」

　パーヴェル・イワーヌイチは船に弱い。船が揺れるとたいてい彼は怒りっぽくなり、些細なことにもいらいらする。だが、グーセフに言わせれば、怒るようなことは何もない。大きな魚だとか、鎖を引きちぎる風にしたって、別段変なところも感心するところもないのではないか？　山のように大きな魚や、チョウザメのような硬い背中をした魚がいたっていいじゃないか。それに、この世の果てに分厚い石の壁がそびえ立っていて、その壁に風が縛りつけられていてもいいじゃないか……。もし風が鎖を断ち切って自由になるのでなければ、どうして風が狂ったように海の上を駆けめぐり、犬のように襲いかかってくるのか？　鎖につないでおくのでなければ、凪《な》いでいるときには風はどこに身を隠しているのか？

　グーセフは長い間、山のように大きな魚のことや錆びた太い鎖のことを考えていたが、やがてそれにあきて、極東での五年間の兵役を終えて今帰って行く故郷のことを考えはじめた。雪に埋もれた大きな池が見えてくる……。池の片側には高い煙突からもくもくと黒い煙を上げているレンガ色の陶器工場が見え、反対側には村が見える……。端から数えて五つ目の屋敷から兄貴のアレクセイが橇《そり》に乗って出てくる。その後ろには大きなフェルトの長靴をはいた甥のワーニカとこれまたフェルトの長靴姿の姪のアクーリカのふたりが乗っている。アレクセイは一杯機嫌で、ワーニカは笑っていて、アクーリカの顔はフードにおおわれて見えない。

「おいおい、それじゃ子供たちが凍えちまうぞ」とグーセフは心配になる。「ちゃんと知恵と分別を授かって、ふた親をうやまい、ふた親をコケにすることなどありませんように……」と彼はつぶやく。

「そいつぁー、靴底を張り替えなけりゃなるめい」病人の水兵がうわごとを言う。

「そうさ、あたりきよ!」

グーセフの妄想はそこでぷつりと途絶え、池にかわっていきなり目のない大きな牛の頭があらわれる、もう馬も橇も走っていなくて、黒い煙のなかでぐるぐる回っている。彼はそれでも身内の者を目にすることができてうれしい。うれしさのあまり息が詰まり、身体に鳥肌が走り、指先が震える。

「会えたのは神様のおぼしめしだ!」彼はうわごとのようにそう言ったが、すぐさま目を開けて、暗闇のなかで水を探した。

グーセフは水を飲み横になる、するとまた橇が走り、次いでまたしても目のない牛の頭が、煙が、黒煙があらわれてくる……。そうして、これが朝まで続くのだ。

二

暗がりのなかで、まず青い円がぼうっと見えてくる。船倉の丸窓だ。やがてグーセフの目に隣のハンモックにいるパーヴェル・イワーヌイチの顔が見分けられる。男は座ったまま眠っている。横になると息が詰まるのだ。その顔は灰色で、鼻はとんがり、痩せて目だけが異様に大きい。こめかみは落ち、鬚《ひげ》はまばらで、頭の髪は伸び放題に伸びている……。その顔を見ても、旦那と呼ばれる身分なのか商人なのか、あるいはただの百姓なのか、正体が知れない。顔つきやその長い髪から推すと、修道院の苦行僧みたいだが、その言い草を聞いていると、とても坊主とは思えない。咳やこの暑さ、病みついた身体のためにすっかりくたびれ、苦しそうに息をし、からからになった唇をふるわせている。グーセフが見つめているのに気づくと、男はグーセフの方に顔を向けて、こう言う。

「だんだんわかってきたぞ……そうだ……もうすっかりお見通しだ」

「なんのことです、パーヴェル・イワーヌイチ」

「つまりだ。……変だ変だと思っていたんだ。お前たちのような重病人が安静にしているどころか、こんなにむさ苦しい、暑くてたまらん、船揺れまでする、言ってみれば地獄の一丁目のような船に押し込められているのがさ。今じゃすっかりわかったぞ……。そうとも……。軍医どもがお前たちをこの船に押し込めたのは、厄介払いするためさ。お前たちのような虫けらどもの相手にうんざりしたんだ。だいいちお前たちは一銭も払わない、その上文句はたれる、それでいて死なれようものなら報告書に傷がつく。お前たちは虫っけらってわけさ。厄介払いするにはなんの雑作《ぞうさ》もいらない……。まず良心だとか博愛の精神など持たなけりゃいい、お次に船の役人をだませばいいわけだ。第一の条件についてはなんの問題もない。この道にかけちゃおれたちは達人だからな。二番目についてもちゃんと手はある。四百人もの威勢のいい兵隊や水兵のなかに五人やそこらの病人をもぐりこませたって、目に立つもんじゃない。お前さんたちを乗船させ、威勢のいいのにまぜてしまい、そそくさと点呼をすませる、大急ぎですませてしまえば何もわかるもんか。ところがいざ船が岸を離れると、甲板には足腰の立たねえやつだとか、死にかけた肺病やみがうじゃうじゃいるって寸法さ……」

グーセフにはパーヴェル・イワーヌイチの言う理屈が理解できない。それで自分が叱られているような気になって、弁解するようにこう言うのだ。

「私が甲板に横になっていたのは、力が出なかったからですよ。艀《はしけ》から汽船に移されたときに、ひどい寒気がしたんです」

「しゃらくせえ！」パーヴェル・イワーヌイチは続けた。「問題は、お前さんたちがこの長い航海に耐えられないってことがわかっていながら、連中はお前さんたちを船に乗せたことだ！　まあ、仮にインド洋まで行けたとしよう、だがその先はどうなる？　考えるだに恐ろしいね……。それに、これが忠実に瑕疵《かし》なく勤め上げたご褒美だというんだからな！」

パーヴェル・イワーヌイチは目を怒《いか》らせ、けがらわしそうに顔をしかめ、ゼーゼー息をしながら言う。

「ああいう連中は新聞でこっぴどく叩かなくちゃならん！」

病人の二人の兵士と水兵は起き出して、もうカードを打っている。水兵はハンモックに半身を起こした状態で、兵士は座りづらそうな格好で、そばの甲板にじかに座っている。兵隊のひとりは包帯で右腕を吊し、手首から先は包帯がぐるぐる巻きになっている。そのためカードは右の脇か曲げた肘で挟んで持っていて、カードの出し入れは左手で行う。ひどく船が揺れる。立ち上がることも、お茶を飲むことも、薬を飲むこともできない。

「お前は従卒[3]だったのか？」パーヴェル・イワーヌイチはグーセフに訊いた。

「その通りでさ！」

「やれやれ、かわいそうに！」そう言うと、パーヴェル・イワーヌイチは悲しそうにかぶりを振った。「人を生まれ故郷の古巣から引っぺがし、一万五千キロも引きずり回したあげく、肺病に追い込むんだ……いったいこれは何のためだ？　たかだかコペイキン大尉[4]か、ドゥイルカ[5]という海軍少尉の従卒に取り立てるだけの話じゃないか。お世話様なこった！」

「仕事は楽なもんですよ、パーヴェル・イワーヌイチ。朝起きて靴を磨いて、サモワールを沸かして部屋を片付けりゃ、あとは何もありゃしません。中尉は一日中図面描きに忙しいから、あとは何でもござれ、やりたきゃお祈りをあげてもいいし、本を読んでもいいし、通りに繰り出してもいいんです。誰にでもこんな生活、恵んでやりたいほどですよ」

「そりゃあ、大いに結構だね！　中尉は図面を引いてて、お前は一日中台所に座って故郷を思ってめそめそしているわけだ……。図面ねえ……。問題は図面じゃない、人間的な生活だ！　人生は一度っきりだ、せいぜい大切にしなくちゃならん」

「そりゃあ、もちろんでさ、パーヴェル・イワーヌイチ。ろくでもない人間にゃどこにも容赦なんかあるもんですか、家にいたってお勤めについていたって。ところが、まっとうに生活を送って、聞き分けもよくしていれば、誰も難癖つけないんじゃないですか？　ご主人たちは教養がある人だから、ちゃんとわかってくれますよ……。五年勤めましたが、一度も営倉送りになったことはありません、そう言や、殴られたことはありますがね、たったの一回こっきり……」

3　将校に専属して、身の回りの世話をする兵卒。
4　ゴーゴリの『死せる魂』で言及される一八一二年のナポレオン戦争で右手右足をなくした軍人。
5　ゴーゴリの喜劇『結婚』で名前だけ登場する人物。名前の意味は「孔」。

「なんでまた?」

「喧嘩です。あっしは手が早いんです、パーヴェル・イワーヌイチ。庭に中国人の人夫が四人ばかり入ってきたんです。薪かなんか運んで来たんだったかな、よく憶えちゃいませんが。あっしはいきなり、ムシャクシャしたので連中をぶん殴ってやった。なかの一人が鼻から血を流しやがった……。小窓から見ていた中尉は真っ赤になって、あっしの耳をガツンとやったわけです」

「馬鹿で愚かな人間だ、お前は……」パーヴェル・イワーヌイチはつぶやいた。「ものの道理が皆目わかっちゃいない」

パーヴェル・イワーヌイチは激しい揺れにすっかり疲弊して、目をつむった。頭がのけぞったかとおもうと、がくりと前にたれる。何度か横になろうとしてみるが、どうにもうまくいかない。息が苦しく邪魔をするのだ。

「それにしても、どうして四人の中国人を殴ったんだ?」しばらくしてから彼は訊ねた。

「いや、別になにも。庭に入ってきやがったんで、殴ったんです」

ふたたび静かになる……。カードを打っている連中は、ガヤガヤ夢中になって二時間ばかりカードに興じているが、やがて連中も船の揺れに降参する。カードを投げ出し、ごろりと身を横たえる。すると、またしてもグーセフの眼前に大きな池や工場や村のようすが開けてくる。……またしても橇が繰り出し、ワーニカがまたゲラゲラと笑っている、おばかさんのアクーリカは毛皮コートの前をはだけ、両足を前に突き出している。見て見て、みんな、あたしの雪靴はワーニカのとはちがって、こんな新品なの。

「数えで六つになるというのに、分別のない子だ！」とグーセフはうわごとを言う。「足なんか見せびらかしてないで、この兵隊のおじさんに水を持って来てくれないかな。そしたら、おみやげをやるぞ」

するとアンドロンが火縄銃を肩に担いで、仕留めたウサギを持って歩いて行く。その後ろからよぼよぼのユダヤ人のイサイチクがついて歩いて、そのウサギを石鹸と交換しないかと持ちかけている。するとまた、物置小屋の真っ黒な子牛、かと思うと、ドムナがシャツを縫い、何を思ってか泣いている。するとまたしても、目のない牛の頭、もくもくと上がる黒煙……。

上で誰かが大声を上げ、数人の水兵が駆け抜けていった。甲板の上をずしりと重い何かを引きずっているらしい。それとも何かがぶつかったのか。また、何人かが駆け抜けていく……。何か不幸が起きたのか？　グーセフが顔を上げて、聞き耳を立てていると、二人の兵士と一人の水兵がカードを闘わせているのが目に入る。パーヴェル・イワーヌイチは座って、唇をわななかせている。息苦しい、息ができない、喉がかわくが、水はなまぬるくて、飲む気がしない……。船の揺れは一向に収まらない。

いきなりカードを打っている兵士が変調をきたした……。彼はトランプのハートをダイヤと呼び、計算を間違え、カードを取り落とし、それから驚いた目をして放心のていでほほえみ、全員を見回した。

「悪いなあ、おいら、ちょっくら……」そう言うと、兵士はごろりと床に横になった。

誰もが面食らった。声を掛けてみるが、兵士は返事をしない。

「ステパン、具合が悪いんじゃないのか？　大丈夫か？」包帯で腕を吊したもう一人の兵士が訊いた。「坊さんを呼んでやろうか？　どうする？」

「おい、ステパン、さあ、水を飲め……」水兵が言う、「さあ、兄弟、飲めったら」

「なんてざまだ、がちがちコップが歯に当たってるじゃないか？」グーセフが腹を立てて言う。「わかんないのか、このオタンコナス？」

「何だとお？」

「何だとお？」グーセフは相手を混ぜっかえした。「そいつは、もう息してねえじゃないか、おっ死《ち》んでるよ！　それを、何だとお、とはしゃらくせえ！　馬鹿は死ななきゃわかんねえか、やれやれ、お目出度い連中だ！……」

三

揺れはなく、パーヴェル・イワーヌイチはご機嫌だ。もう当たり散らすことはない。その顔は自信満々で、嚙みつきそうで、人を小馬鹿にした表情だ。まるで、「さあ、今から腹の皮がよじれそうな話をしてやるぞ」とでも言わんばかりの顔つきである。丸い小窓は開け放たれ、おだやかな風がまともにパーヴェル・イワーヌイチに吹き付けている。人声や水に当たる櫂の音が聞こえる……。小窓の下ではいやな甲高い、吠えるような声が聞こえる。中国人が歌っているのだろう。

「今われわれは停泊しているが」とパーヴェル・イワーヌイチが小馬鹿にした笑みをたたえて、話している。「ところが一カ月もしてみろ、もうロシアだ。そうだ、がさつな兵士諸君。オデッサに着いたら、その足でおれはまっすぐハリコフに向かう。ハリコフに行きゃあ、そこに物書きの友人がいる。やつの所に行って、おれはこう言ってやる。なあ、兄弟、女どもの色恋沙汰や自然の美だのといったへたれた話は脇に置いて、けがらわしい二足獣の醜態を暴いてやれ……。それが君たちの書くべきテーマだ……」

そしてしばらく考えて、彼はこう言う。

「なあ、グーセフ、おれがやつらをどんな風に騙《だま》してやったか、知ってるか？」

「やつらって誰のことです、パーヴェル・イワーヌイチ？」

「ここの連中のことさ……。いいか、この汽船には一等と三等席しかなくて、三等に乗れるのは百姓、つまり賤しい連中だけだ。もしお前が背広でも着ていたり、遠目に旦那かブルジョアに見えてみろ、どうぞ一等席へということになる。いくら足掻《あが》いたって、五百ルーブル出せということになる。おれは言うんだ、どうしてそんな規則になっているんですかって？　これでロシア・インテリの威信を高めようってわけじゃあるまいなって？『いえ、全然。あなたをそこにお通しできないのは、三等室が品位ある方にはふさわしくないからです。そこはあまりにも小汚く、乱雑だからです』というわけだ。本当ですかい？　そんなに品位のある方のことをおもんぱかっていただいて、ありがとうございます。でも、いずれにしても、小汚かろうが快適だろうが、手前は五百ルーブルという金がございません。なにしろ、こちとら、公金を横領したこともございませんし、他国の輩《やから》を搾取したこともございません、密輸に手を染めたことも、他人を死ぬほどぶちのめしたこともございません。でありますから、どうかご判断ください。この私めに一等の客室にふんぞり返っている権利がありましょうか？　ましていわんや、わが身をロシア・インテリの一員に数えることができましょうや？　ところが連中は論理で押してもどうにもならん……。それで、いかさまに訴えることになる。商人みたいにだぶだぶの長い上着を着込み、でかい長靴を履き、下卑た酒飲みのご面相を作って、船会社に出向き、『お世話様です、切符を一枚……』ってやるわけだ」

「そう言うあなたの身分は何ですか？」水兵が訊ねる。

「坊主だよ。親父は真っ正直な坊主だった。世のお偉いさんにも面と向かって真実をぶちまけて、それで辛酸《しんさん》をなめたものだ」

　パーヴェル・イワーヌイチは話し疲れて、ゼーゼー肩で息をしていたが、それでも話し続ける。

「そうさ、おれはいつも面と向かって真実をぶちまけてやる……。誰も何物もおそれない。この点では、おれとお前たちは月とスッポンだ。お前さんたちは無知で、盲目で、打ちひしがれ、何も見えない、見えたって、それが理解できない……。お前さんたちは、風が鎖を引きちぎって飛び出てくると言われれば、そうだと信じる。お前たちは犬畜生だ、ペチェネーグ人[6]だと言われれば、またそう信じる。首根っこをどやしつけられたって、相手のお手にキスをする。アライグマの毛皮外套《がいとう》を着たどこかのケダモノがお前たちからすっかり巻き上げて、そのあとでチップに五コペイカ玉をめぐんでもらっただけで、お前たちは、『旦那、どうぞお手を』とこびるのだ。お前さんたちは賤民《パリヤ》だ、哀れな人間さ……。そこにくると、おれはちがう。おれは意識的に生きている。地上を舞う鷲や鷹のように何もかもお見通しだし、何でも理解している。おれは抗議する権化だ。間尺に合わないことを目にすると抗議してやる。猫っかぶりや偽善者を目にすると抗議してやる。思い上がった豚野郎を目にすれば、抗議してやる。おれを押さえつけることはできない。いかなスペインの異端審問でもおれを黙らせることはできない。そうだとも……。舌を切られたら、身振り手振りで抗議してやる、穴蔵に閉じ込められても、そこから一キロ四方にとどく大声で叫んでやる。さもなくば、やつらの黒い良心をさらに重くしてやるために、食を絶って死んでやる。殺されたら、幽霊になって出てやる。知り合いはこぞっておれに、『君はまれにみる強情な男だなあ、パーヴェル・イワーヌイチ！』と言うが、そんな評判が立つことをおれは誇りに思う。極東で三年勤めあげたが、おれは百年分の記憶を残してやった。誰彼となくいがみ合った。ロシアからは友人たちが『帰ってくるな』と書いてよこすが、それこそおれはこれ見よがしに帰ってやるんだ……。そうとも……。これが人生だとおれは理解している。これだって人生なのさ」

グーセフは聞いていなくて、小窓を眺めている。澄んだトルコ石色の水のおもてを、まぶしく熱い日の光を浴びたボートがたゆたっている。ボートのなかでは、裸の中国人たちが立って、カナリアの入った鳥かごを差し上げて、声をからしている。

「歌うよ！　歌うよ！」

ボートに別のボートがぶつかり、蒸気船の小艇《ランチ》が過ぎてゆく。するとまた一艘の

6　トルコ系の遊牧民族。粗野な民族としてしばしばチェーホフの作品に登場する。

ボートが漂ってくる。中では太った中国人が座って、箸を使って米を食っている。水面《みなも》が物憂げに揺れ、その上空を白いカモメが物憂げに舞っている。

「あの太っちょの首根っこを、思いっきり殴ってやりたいな……」太った中国人を眺め、生あくびをかみ殺しながら、グーセフは考えている。

グーセフはうとうとしはじめる。やがて、自然自体がまどろんでいるような気がしてくる。時がどんどん過ぎてゆく。気づかぬうちに昼間が終わり、気づかぬうちに夕闇が迫ってくる。船はもう元の場所にはなく、どこかさらに先を進んでいく。

四

二日が過ぎる。パーヴェル・イワーヌイチはもはや座ってはいられず横になっている。目は閉じ、鼻は一段ととがっているようだ。

「パーヴェル・イワーヌイチ！」グーセフが声を掛ける。「ねえ、パーヴェル・イワーヌイチ！」

パーヴェル・イワーヌイチは目をあけ、唇をふるわせる。

「具合がわるいんですか？」

「いや、大丈夫だ……」パーヴェル・イワーヌイチは喘《あえ》ぎながら答える。「大丈夫、むしろ前よりいいくらいだ……。こうして横になってられるからな……楽になった……」

「それはよかった、パーヴェル・イワーヌイチ」

「おれに比べたら、お前の方がかわいそうだよ……かわいそうに。おれの肺は丈夫なんだ、この咳は胃から来るんだ……。地獄だって耐えてみせるさ、紅海なんてちょろいもんだ！　それにおれは自分の病気や薬にも批判的に対処している。そこに来ると、お前たちときたら……無学だからな。かわいそうなもんだ、不憫《ふびん》でならん！」

　揺れは収まり静かだが、その分風呂場にいるみたいに、暑くて息苦しい。話すのはおろか、聞いているのすら大儀だ。グーセフは膝を抱えて、故郷《ふるさと》のことを考えている。やれやれ、うだる暑さのなか雪や寒さについて考えるのはなんと愉しいことだろう！　橇で走っていると、突如馬が何かにおどろき、いきなり疾走しはじめる……。道や溝や谷もお構いなしに、狂ったように村を駆け抜け、池を越え、工場のわきを抜け、野原を駆け抜ける……。《馬を押さえろ！》工場の連中や出会い頭の人々ががなり立てる。《押さえろ！》へん、何が押さえろだ！　なに、冷たく痛い風が顔に吹きつけ手を咬んだってかまうものか、蹄《ひづめ》に巻き上げられた雪が帽子といわず襟や首元、胸元に飛び込んで来るのだって上等だ、さあ、橇の滑り木は悲鳴を上げろ、引き綱は切れなば切れよ、馬車の副木《そえぎ》も折れなば折れよ、なんだってござれだ！　橇がもんどり打ってひっくり返り、思いっきり雪だまりに飛び込んで、顔から雪に突っ込み、口髭《くちひげ》につららをたらして全身雪まみれになって起き上がるのも痛快そのもの。帽子はどこに飛んだか、手袋もない、帯はほどけ……。人は大笑いし、犬まで吠えたてる……。

パーヴェル・イワーヌイチは片目を半分開け、グーセフを見やって小声で訊ねる。

「グーセフ、貴様の司令官は盗みを働いたかい？」

「そんなこたあ、誰も知りませんよ、パーヴェル・イワーヌイチ！　あっしらの耳には届きませんから」

それからかなりの時間が沈黙のうちに過ぎ、グーセフは考え事をしてはうわごとを言い、しょっちゅう水ばかり飲んでいる。彼には話すのも聞くのもつらいが、誰からも声を掛けられなくなるのがこわい。一時間が過ぎ、二時間が過ぎ、三時間が過ぎる。夕方になり、夜が訪れるが、彼はそれにも気づかず、相変わらず座ったままの格好で、冬の寒さのことを考えている。

病室に誰かが入ってきたような気配がして、人声がしたが、五分も経つと、すべてが鳴りをひそめる。

「天国に安らわせたまえ、永久《とわ》のやすらぎを」腕を包帯で吊した兵士が言う。「騒がしい御仁だった！」

「どうした？」グーセフは訊ねる。「誰のことだ？」

「死んだのさ。いま上に担がれて行った」

「そりゃ、仕方あるめえ」あくびをしながらグーセフは口ごもる。「天国に安らわせたまえ」

「なあ、グーセフ、お前どう思う？」しばらく黙ったあとで包帯の兵士が訊ねる。「あいつ、天国に行けるかな？」

「誰のことだ？」

「パーヴェル・イワーヌイチのことさ」

「行けるんじゃねえか……。長く苦しんだんだから。それに、実家は坊さんだ、坊さんには身内が多い。みんなでお祈りを上げてくれるだろうさ」

包帯の兵士はグーセフのそばのハンモックに腰を下ろして、声をひそめて言う。

「なあ、グーセフ、お前、死人みたいな顔つきしてるぜ。ロシアまでもつまいな」

「医者か代診がそんなこと言ったのか？」グーセフは訊ねる。

「誰が言ってたわけじゃないが、見てるとね……。死にそうな人間は、それとわかる。お前は食わないし、水も飲まないし、痩せてくばっかしだ——見ているだけで恐ろしい。要するに、肺病だよ。何もお前をこわがらせようとして言うんじゃない、ひょっとして聖餐《せいさん》を受けて塗油《とゆ》を望んでいるかもしれないと思うからだ。もし金を持ってるんなら、上級将校に渡しておくんだな」

「故郷《くに》には何も知らせてないんだ」グーセフは溜息をついた。「おれが死んだって、きっとわかるまいな」

「わかるよ」病人の水兵が低い声で言う。「死んだら航海日誌に記入されて、オデッサに着くとそこの軍司令官に報告され、彼が郷なり郡に伝えることになってる……」

そんな話にグーセフは不安になり、なんだか焦燥《しょうそう》にかられる。水を飲んでみるが、これではない。丸い小窓に近寄って、湿った暑い空気を吸い込んでみるが、これでもない。努めて、故郷《ふるさと》のことや、冬の寒さのことを考えてみようとするが、これもちがう……。このままあと一分もこの病室にいたら息が詰まってしまう、そんな気がする。「苦しいんだ、兄弟」と、彼は口にする。「上にあがりたいんだ。頼むから、上に連れて行ってくれ！」

「いいとも」包帯の兵士が承知する。「そんな身じゃとても行けまい。おれが運んでやるから。首につかまりな」

グーセフは兵士の首につかまり、兵士は丈夫な方の腕にグーセフを抱えて上に運んでいく。甲板には無期帰休兵や水兵たちが雑然と寝そべっていて、あまりの数の多さに通り抜けることもむずかしい。

「立ってみな」包帯の兵士が小声で言う。「ゆっくりついてきな、おれのシャツにつかまってな……」

暗い。甲板にもマストにも、まわりの海上にも灯りはひとつもない。船の舳先《へさき》に見張りがひとり、じっと動かず立っている。どうやら眠っているらしい。船はその意思にゆだねられ、自由航行しているようにしかみえない。

「この海にパーヴェル・イワーヌイチが放り込まれるんだ」と包帯の兵士が言う。

「袋に入れられて水のなかにザブンだ」

「そうだな、そういうきまりだからな」

「故郷の土のなかの方がいいな。母親がやって来て、涙を流してくれるものな」

「知れたことよ」

　堆肥と干し草がプンと匂ってくる。船のへりに首をうなだれて牛が佇んでいる。一頭、二頭、三頭……八頭はいる！　小さな馬も一頭いる。グーセフが撫でてやろうと手を伸ばすと、頭をめぐらせて、歯を剝《む》き、グーセフの袖を嚙《か》もうとする。

「忌々《いまいま》しいやつめ……」グーセフが腹を立てる。

　グーセフと兵士の二人はそろりそろりと舳先に向かって進み、やがて船縁《ふなべり》に立って、黙ったまま上や下を眺めやる。上空には深々とした空に明るい星、平安と静寂が広がっている。まるで故郷の村とそっくりだ。一方、足下には暗闇と無秩序があるばかり。どうして高波が押し寄せてざわめいているのかわからない。どの波もほかの波を押さえつけ蹴散らし、我勝ちに高く舞い上がろうと競い合っている。轟音を立て、白い波頭を振り乱しながら、次から次へと猛《たけ》り狂い、狂乱した波が押し寄せてくる。

　海には意味も容赦もない。船がもっと小さく、厚い鋼鉄でできていなかったなら、この波の前に船は微塵《みじん》に砕け、乗員はひとたまりもなく、聖人も罪人も見境なく波間に消えてしまうことだろう。船もまた無意味で残忍な表情をしていることにかわりはない。この鼻先を突き出した怪物は前へ前へと押し進み、立ちふさがる何万という波を引き裂いて突き進む。この怪物は暗がりも風も、途方もない空間も孤独も恐れない。この船は何物ものともしない。もしこの大海に人間がいたとしても、この怪物は聖人も罪人も見境なく押し潰してしまうにちがいない。

「今はどのあたりかな?」とグーセフは訊ねる。

「さあな。大洋だろうな」

「陸地が見えないな」

「当たり前だ。陸がおがめるのは七日先という話だ」

二人の兵士は燐光《りんこう》に光る海面の白い泡を見つめ、押し黙って考え事をしている。グーセフが先に沈黙を破る。

「こわいことは何もないが」と彼は言う。「暗い森のなかにいるみたいで心細くてな。だが、もし今ボートが下ろされて、将校から百キロ先の魚を捕まえてこいと言われたら、おれは行くよ。それとも、いま正教徒が海に落ちたら、おれは助けにいくよ。ドイツ人や中国人なら助けてやらんかもしれんが、正教徒なら助けるな」

「死ぬのはこわいかい？」

「こわいさ。おれは家のことが心配でね。兄貴というのがだらしがなくて。酒呑みで、やたら女房を殴るし、両親のこともうやまわない。おれがいないと食いっぱぐれて、親父とお袋は乞食になりかねない。それはそうと、兄弟、おれはもう立っていられそうもない。それにここは蒸す……。寝に行こう」

五

グーセフは病室に戻って、ハンモックに横になる。先と同じように得体の知れない焦燥にさいなまれるが、いったい自分でも何がしたいのかがわからない。胸が苦しく頭のなかはガンガンし、口のなかがからからで舌を動かすのもむずかしい。彼はまどろんではうわごとを言い、悪夢と咳と蒸し暑さに苦しめられ、朝方になってようやく深い眠りに落ちる。彼は夢を見る。今しがた兵舎の暖炉から焼けたパンが取り出されたばかりで、彼はその暖炉によじのぼって、白樺の枝箒《えだぼうき》を振るって蒸気を立てる。

彼は二日ぶっ通しで眠り続け、三日目の昼になって二人の水兵が降りてきて、病室から彼を運び出す。

彼は帆布に封じ込められ、重くなるように二つの鉄の重しが入れられる。帆布に閉じ込められた彼の格好はニンジンか大根のようで、頭の部分が大きく、足もとがすぼまっている……。日が沈む前に彼は甲板に引き出され、板の上に寝かされる。板の一方の端は船縁に置かれ、もう一方は床几《しょうぎ》の上に置かれた木箱の上に載っかっている。まわりに、帽子を取った無期帰休兵や乗組員が立っている。

「わが神は幸いなり」と司祭がはじめる。「太初にも、今も、とこしなえに」

「アーメン！」と三人の水兵が唱和する。

無期帰休兵と乗組員たちは十字を切って、波間に目を走らせる。人が帆布に包まれて、今にも波間に消えてしまうのは、いかにも奇妙だ。これが誰しも見舞われることなのだろうか？

司祭がグーセフに土くれを撒いてお辞儀をする。《永遠《とわ》の記憶》が歌われる。

当直の乗組員が板の端を持ち上げると、グーセフは頭から板を滑り落ち、次いで空中で何度か回転して、水のなかにドボン！　水の泡が彼をおおい、一瞬まるでレースに被われた格好に見えるが、それも一瞬、やがて波にのまれて消えてゆく。

ぐんぐん彼は底へと沈んでいく。行き着けるだろうか？　底までは、四千メートルもあるという。二十メートルばかり沈んでゆくと、その速度はみるみるおそくなり、まるで考えあぐねてでもいるかのように、ゆらりゆらりとたゆたい、やがて潮の流れに巻き込まれて、沈むというより横にぐんぐん流されていく。

やがて魚の群に出会う。水先案内《パイロットフィッシュ》とよばれる魚だ。黒い物体を見つけると、その群は釘付けになったように動きを止め、一斉に回れ右をして消えてゆく。と、また矢のようにグーセフめがけて押し寄せ、彼のまわりの水を縦横無尽に泳ぎはじめる。

そのあとからまた別の黒い物があらわれる。鮫だ。鮫はもったいぶって、まるでグーセフなど気にとめぬふうに、その下にもぐりこむ。グーセフの身体が鮫の背に落ちてくる。鮫は腹を上にして、暖かく透明な水にその体をゆだねながら、鋭い歯の並んだ口をあんぐりと開ける。パイロットフィッシュたちは驚喜する。動きを止めて、固唾をのんでなりゆきを見守る。鮫はしばらく体でグーセフをもてあそんでいるが、さもいやそうに下から口を寄せ、用心深く歯をあてる。グーセフをくるんだ帆布が頭から足の先まで、さっとばかりに引き裂ける。重しの鉄の棒が一本抜け落ちる。驚いたパイロットフィッシュたちは鮫の横腹にぶつかり、あわてて水底に沈んでゆく。

そのころ上では、日が沈む空に雲が群がっている。ある雲は凱旋門に似て、また別の雲はライオンを思わせ、またある雲は鋏《はさみ》の形をしている……。それらの雲のかげから、緑色をした一条の広い光が差して、大空のなかほどまでに伸びている。やがて、緑の光に並んで紫色の光が、そして黄金の光がそれに寄り添い、やがてバラ色の光が加わる……。空がやさしいライラック色に染まっていく。この絢爛豪華な魅惑的な空を目の当たりにして、最初海は顔をしかめるが、やがてみずからも、人間の言葉では喩《たと》えようもない、やさしい、歓びにみちた、情熱の色に染まってゆく。

流刑地にて

В ссылке
1892

通称《訳知り》と呼ばれる老人のセミョーンと誰もその名を知らない若いタタール人が岸辺の焚き火を囲んで座っていた。他の渡し守の三人は小屋にいた。セミョーンは年の頃なら六十くらいの、痩せた歯無しの老人だが、肩幅が広く、見るからにまだ元気そうで、酔っていた。もうとっくに寝てもいい時間なのに、ポケットに半瓶ばかりウオッカが残っていて、小屋の若い連中からそれをせびられるのを恐れていた。タタール人は病身で憔悴して、自分のボロにくるまって、故郷のシンビルスク[1]がどんなにいい所か、故郷にどんなに美人で聡明な妻を残してきたかを話していた。彼はどう見ても二十五を越えているようには見えないが、今焚き火の明かりに照らされて、青白い顔に、病気持ちの悲しそうな目をしていて、子供のようにしか見えない。

1 モスクワから東へ八九三キロ、ヨーロッパ・ロシア東部、ヴォルガ河畔の商業都市。十九世紀には穀物・漁業の集散地として栄えた。

「もちろん、ここは天国じゃないさ」と《訳知り》は話していた。「見てのとおりだ。水に剝き出しの岸、あたり一面は粘土ばかり、それ以外には何もない……。復活祭は過ぎたっていうのに、川にはまだ氷が浮いているし、今朝なんぞは雪まで降る始末だ」

「ひどい所だ、ひどい所だ」タタール人はそう言って、恐ろしそうにあたりを見渡した。

十歩ばかり離れたところを川が流れている。ゴボゴボ音を立てながら、抉られた粘土質の岸を洗い、足早に遥か彼方の海へと流れていた。岸には渡し守たちが《カルバス》と呼ぶ大きな艀《はしけ》が黒々とまっている。向こう岸の彼方では、消え入りそうになったり、もつれ合いながら蛇のように火がのたうっている。去年《こぞ》の草を焼いているのだ。蛇のような火の先はまた暗闇だ。小さな氷が艀にゴトゴトと当たる音が聞こえる。じめじめと寒い……。

タタール人は空を見上げる。故郷の空と同じように満天の星に漆黒の闇。だが、何かが足りない。故郷のシンビルスクに瞬いていたのはこんな星ではないし、空もちがう。

「ひどい所だ、ひどい所だ！」とタタール人は繰り返す。

「そのうち慣れるってことよ！」《訳知り》はそう言って笑い出す。「お前はまだ若くって、乳臭さが消えないから、自分より不幸なやつはいねえと思っているんだ。だが時間が経ってみろ、お前だって、どうか誰もがこんな生活を送れますようにって、言い出すにちがいないんだ。おれを見てみるがいい。一週間もすれば水は引き、ここの艀を出して、お前たちはみんな、シベリアに繰り出していく。だが、おれはここに残ったまま、岸から岸を行き来する。もう二十二年もそんな暮らしだ。夜も昼もな。カマスやマスは水んなかだが、おれは水の上だ。おれは何もいらねえ。誰もがこんな生活を送れればいいのにと思うよ」

タタール人は焚き火に枯れ枝をくべると、火のそばに横になって口を切った。

「うちには病気の父親がいる。親父が死んだら、母親と妻がここに来ることになっている。そういう約束なんだ」

「なんだっておふくろや奥さんを呼び寄せる必要がある？」と《訳知り》は訊いた。

「てんでわかっちゃいねえな。お前は悪魔にたぶらかされているんだ。あかんべえしてやれ。そんなやつの言うこと聞くんじゃねえ。やつの言うなりになるんじゃねえ。

悪魔のやつが女どものことでどんなにほざこうが、きっぱり、必要ねえと言ってやれ。何もいらねえと言ってやれ。自由になりたいだろうと言ってきたって、強情張って、いらねえ、何にもいらねえと言ってやれ。親だって、かかあだって、自由だって、家だって土地だって、何にもいらねえ、と毒づいてやれ！」

そう言うと《訳知り》はぐっと酒をあおって、話をついだ。

「いいか、おれはそんじょそこらの百姓とはわけが違う。ただの下衆とはわけが違うんだ。輔祭[2]のせがれさ。自由の身でクールスクに暮らしていたときには、フロックコートを着て歩きまわっていたものさ。今じゃ裸で地べたに寝そべって、草を食らうまで落ちぶれたがね。誰にもこんな生活を送らせてやりたいものだ。おれには何もいらないし、誰も怖かない。それだから、おれほど豊かで自由なやつはいないって思っている。ロシアからここに送り込まれた最初の日から、おれは何もいらねえと我を張った。我を張り通したおかげで、ご覧の通り、結構な暮らしで愚痴もない。悪魔を甘やかして、その言うなりになっているようなやつには救いはないね。頭の天辺まで沼地にはまり込んで、もうはい上がれねえ。何も頭のわるい百姓ばかりじゃないぜ、立派な教養ある人間だって、そうなるんだ。十五年ほど昔のこと、ロシアから一人の旦那がここに送られてきた。兄弟と何かを分けあわず、遺言状に細工をしたらしい。公爵か男爵の出という話だったが、いや、ただの官吏だったかもしれん、そんなこと、誰が知るもんか。その旦那はここへやって来るなり、まず手始めに、このムホチンスコエに家と土地を買った。しっかり自分で働いて、額に汗して生活するんだと言っていた。《何しろ自分はもうひとかどの人間じゃなく、新参の入植者だからな》と言うんだ。いや、それは結構な心がけで、それだけ立派なお心づもりなら、神様のご加護がありますよ、とおれも言ったものだ。当時はこの男も若くて、面倒見のいい、よく気のつく男だった。自分で鎌を担いで刈り入れをし、魚を捕まえ、馬を飛ばして六十キロ先まで出かけていた。ところが何の魔が差したのか、ここに来た年からグイリノにある郵便局に通い出した。これが悲劇のはじまりだ。よくおれの艀に乗っては、嘆息して《弱ったよ、セミョーン、故郷《くに》から金を送って寄こさないんだ》と言う。なに、ワシーリー・セルゲーイチ、金なんて必要ありませんよ、とおれは言ってやる。何の役に立ちます？　昔の生活は全部振り捨てたんでしょ。昔の生活なんて、はなからな

2　正教会で司祭の助手をつとめる最下級の聖職者。

かった、ただ夢を見ていただけだとお思いなさい。それで新規蒔き直し一から生活を始めるんですよ。悪魔の言うことなんか、聞いちゃだめだ。不幸を招くだけだ。今は金がないとこぼしているが、やがて別のものが欲しくなる。あとはそれからそれへと切りがない。もし本当の仕合わせが欲しいなら、何も望まないことです。もし運命が私や旦那に酷い仕打ちをかけてきたって、何もお慈悲を願ったり、運命にひれ伏す必要なんかありません。そんなのは歯牙にも掛けず、笑い飛ばしてやるんです。でないと、運命から笑われますよ。そんな風に言ったんだがねえ……。それから二年ほど経って、また旦那をこっちの岸まで送ってやったことがある。旦那は揉み手をしてはニコニコしていた。《家内を迎えにグイリノに行くんだ》と言うんだ。《ぼくのことを哀れんで来てくれたんだ。心根のやさしい、素晴らしい女性でね》そう言って嬉しさにむせ返っている。翌日にはその奥さんと連れ立ってやって来た。まだうら若いきれいな女性で、帽子を被って、両手にまだ赤ん坊の女の子を抱えていた。それに荷物がしこたま、数え切れないほど多かった。ワシーリー・セルゲーイチときたら、奥さんのわきで小躍りせんばかり、うっとり見つめては、やたら褒めそやしている。《なあ、セミョーン、シベリアだって結構生きていけるもんだなあ》そりゃあ結構なことで、でも浮かれすぎは禁物ですぜ、とおれは思ったね。それからというもの、旦那は毎週のようにグイリノに足を運ぶようになった。ロシアから金が届いてないかが気になるのさ。なにしろ、金がしこたま要るからな。《家内のやつはね》と言うんだ。《ぼくのために、このシベリアくんだりまでやって来て、あたら若さと美貌を犠牲にして、このぼくの辛い人生を分かち合ってくれているんだから、彼女の希望をなんとしても叶えてやらないといけない》ってわけだ。奥さんが少しでも愉しくなれるように、彼は役人とも、ろくでもない連中とも付き合うようになった。こういう人付き合いには、知れたこと、飲んだり食わせたりしなくちゃならない。それにピアノだって要るだろう、長椅子の上には毛足の長い犬も必要だろう。それもこれも、みんな奥さんのためだ……。早い話が、贅沢三昧、甘やかし放題ってわけだ。奥さんとの生活は長続きしなかった。奥さんにしてみれば、居場所がない。粘土に水に、寒いばかりだ。野菜もなければ果物もない。まわりと言えば、学問もない連中で、それに酔っ払いばかり。ちやほやしてくれる連中なんて、いやしない。ところが奥さんときたら、甘やかされ放題の都会の女さ……。そりゃあ、淋しくもなるわさ。それにご主人は旦那と呼ばれる裕福な身分ではない、ただの入植者さ。昔の身分とは違うわさ。それから三年ばかり経った、聖母昇天祭[3]の前の日の夜のことだ、向こう岸から盛んに呼ぶ声がする。艀で行ってみると、すっぽり身を包んだ奥さんと若い男、官吏のひとりじゃないか。三頭立ての馬車でのお出ましだ……で、こちらに渡してやって、ひょいと見ると、もういねえ。かき消すように雲隠れってわけだ。明け方になると、ワシーリー・セルゲーイチが二頭立ての馬車をすっ飛ばしてきた。《セミョーン、家内が眼鏡を掛けた男とここに来なかったか?》と言うのさ。《いらっしゃいましたがね、今から追いかけたって、雲をつかむような話ですよ》やつはすわと飛び出し、五日五晩追いかけたって話だ。それから何度もやつを渡してやったが、やっこさん、艀に乗り込むなり、板子に頭をガンガンぶつけて、喚いているんだ。言わんこっちゃねえ。《シベリアだって結構生きていける》がこのざまだ。するとやっこさん、一層激しく頭をぶちつける。……そうこうするうちに、やっこさん、今度は自由の身分が欲しくなった。奥さんはロシアに逃げてった。するとやつの方でも、なんとかロシアに行って、奥さんに会い、男から奥さんを取り返したくなったわけだ。それでやつは毎日のように、やれ郵便局だ、やれ町のお偉いさんだと日参をはじめた。やたら嘆願書を送りまくり、なんとか特赦を受けて故郷に帰してもらえないかと手を打った。やつの話によれば、そのために打った電報代だけでも二百ルーブル[4]は飛んで行ったという話さ。土地は売り払い、家はユダヤ人の抵当に入れた。髪は白くなり、背中は曲がり、まるで肺病やみのように顔色は黄色くなった。話をしていたって、はあはあ言うばかりで、目には涙を溜めている。八年ばかり嘆願書で精根枯らしたあげく、今では生き返ったように元気になっているよ。新しい愉しみの種を見つけたんだな。娘が大きくなったのさ。娘を眺めては、目に入れても痛くない風情だ。たしかに可愛い子だ。黒い眉をしたはしこい子さ。毎週日曜日になると彼はその子を連れてグイリノの教会に通っていた。二人で艀に並んで立って、娘はニコニコと笑顔を崩さず、男の方はそんな娘をあかず眺めていたものさ。《なあ、セミョーン、シベリアだって結構生きていけるな。シベリアだって仕合わせはあるよ。まあ、あの子を見てごらん、千キロ探したってあんな娘

3　ロシア暦、八月十五日、聖母マリヤ入寂の祭。

4　ルーブルはロシアの通貨単位。一ルーブルは一〇〇コペイカ。『六号室』では、十九世紀末、月に六、七〇ルーブルあれば、ペテルブルグでの生活に困らないとの記述がある。『かもめ』に登場する教師メドヴェジェンコは、月二十三ルーブルの俸給を少ないとこぼしている。

は見つからないよ》女の子はたしかにいい子だ……。だが、そうは言うものの、おれはこうも考えていた。《だが待てよ……、あの娘は若い。若い血潮がたぎっている。そのうち他の生活を夢見るようになる。だが、ここにどんな生活がある》やがてその娘は憂鬱に沈むようになった。やつれて衰弱し、病気がちになって、動くこともままならなくなった。肺病さ。これがシベリアの仕合わせの成れの果てだ。シベリアだって結構生きていけるの結末さ……。やっこさんは医者の噂を聞きつけては、迎えに走って家に連れてきた。二百キロか三百キロ先に医者やまじない師がいると聞けば、それを迎えに走った。どれだけの金をそのためにはたいたろう。おれに言わせりゃ、そんな金があるんなら、その金で飲んじゃえばいいのにさ……。どうせおっ死ぬんだ。あの娘だって必ず死ぬ。そうなったが最後、やっこさんだっておしまいさ。やりきれなくなって首を括るかロシアに逃げ出すか、二つに一つだ。逃亡すれば、引っ捕まる。それから、やれ裁判だ、徒刑だ、やれ鞭打ちだ……」

「いいんだ、それでいいんだ」寒気に身を縮こめながら、タタール人はひとりブツブツ言っている。

「何がいいんだ?」と《訳知り》は訊ねる。

「奥さんもいたし、娘もいた……。徒刑が何だ、やり切れなくてもいい。それでもあの男は奥さんにも会えたし、娘にも会えた……。あんたは何もいらねえと言う。でも何もいらないというのは、よくない！　奥さんは三年一緒に暮らしてくれた。それは神様のお恵みだよ。何もいらないというのはよくない。三年はいいことだ。どうしてそれがわからないのか」

身体《からだ》を打ち震わせ、僅かに知っているロシア語を必死にまさぐりながら、タタール人はたどたどしい言葉で、神様は決して他所の国で病気になるようにはお望みにならないし、死んで赤茶けた冷たい大地に埋められるようなことはお許しにならない、そして、もし妻が一日でも一時間でも彼を訪ねてくれるようなことがあったなら、自分はどんな苦痛も受け入れ、神に感謝するだろう、たった一日の仕合わせでも、何もないよりましだ、と言うのだった。

それからタタール人はまた、自分が故郷にどんなに美しく、頭のよい妻を残してきたのかと語り、両手で頭を抱えて泣き出し、自分は罪を犯したわけではない、これは濡れ衣なんだとセミョーンに訴えた。

彼の二人の兄弟と伯父が百姓の馬を盗み、老人の百姓を殴って半死半生の目に遭わせたが、組合はろくに詮議もせずに、判決を下し、それで兄弟三人はシベリア送りになり、金持ちの伯父はそのまま故郷に居残ることになったのだという。

「今に慣れるさ」とセミョーンは言った。

タタール人は黙ったまま、泣きはらした目でじっと火を見つめていた。その顔は、自分がシンビルスク県ではなく、どうして暗いじめじめしたこの場所で、よそ者に囲まれているのか、解せないで驚いている様子だった。《訳知り》は篝火のそばに横になって、何かにほくそ笑むと、小声で歌い始めた。

「あんな親父といたって、娘はおもしろくもねえだろう?」しばらくするとセミョーンは口を開いた。「そりゃあ、親父にしてみれば、娘のことが好きだし、慰みにはなるだろう。そりゃそうだ。だがなあ、兄弟、うかうかしていちゃなんねえぞ。年寄りってのは、うるさいもんだ、そりゃ容赦がねえ。ところが、若い娘に必要なのは厳しさじゃねえ……。ちやほやしてくれる甘い言葉に紅さしだ。そうだよ……難儀なもんだ！」セミョーンは溜息をついて、どっこいしょと立ち上がった。「ウオッカもなくなった、そろそろ寝るとするか？　おれは寝るよ。じゃあな……」

ひとりになると、タタール人は焚き火に枯れ枝をくべて、横になり、故郷の村や妻のことを考え始めた。ひと月でも一日でも来てくれるだけでいい。それでいやになったら、帰ればいい！　何もないよりは、ひと月でもいい、一日でもいい、来てくれるだけで、どんなに気が晴れることか。それにしても、もし妻が約束を守ってやって来たとして、何を食わせるんだ？　どこに寝泊まりさせるんだ？

「食うものがなくて、どうして生きていけるだろう？」タタール人は声に出して自分に訊ねた。

まる一日櫂を漕いで働いても、十コペイカしか貰えない。たしかに客が茶代や酒代を弾んでくれることもあるが、渡し守の連中は仲間内で分け合うだけでタタール人にはびた一文くれず、彼のことを小馬鹿にしてあざ笑っているだけだ。金が無いので腹はすくし、寒いし、恐ろしい……。今や、身体じゅうがズキズキ痛み、ガタガタ震えている。小屋に入って横になったほうがいいのだろうが、小屋にはくるまるものもないし、岸にいるより寒い。ここでも身をくるむものはないが、それでも火はおこせる……。

一週間もすればすっかり水が引いて、艀は片付けられ、セミョーンを除く渡しの連中は全員お払い箱になり、タタール人は村から村へ、物乞いや、賃仕事を求めて家々を門付けして回ることになるだろう。タタール人の妻はまだ十七歳になったばかりで、美人で甘やかされ放題に育った内気な娘だ。本当にあの娘が顔をさらして、物乞いをして村を回れるだろうか？　考えるだに恐ろしい……。

すでにあたりは明るくなって、艀の姿や、水辺に突き出たサルヤナギの灌木がくっきり見える。後ろを振り返ると、粘土質の断崖がそびえ立ち、赤茶けた藁で覆った小屋があり、その上手には木造の小屋がいくつか貼り付いている。村ではすでに一番鶏が鳴いている。

赤茶けた粘土の断崖に艀、川、よそよそしい、たちの悪い人々、飢えに寒さ、病の数々、ひょっとすると、これらはすべて夢、まぼろしかもしれない。たんに夢を見ているだけかもしれないとタタール人は思った。そう言えば、タタール人は、自分が眠っていて、自分の鼾を耳にしたような気もする……。もちろん、自分がいるのは故郷のシンビルスクだ。妻の名前を呼べば、すぐにも返事が返ってくるだろう。隣の部屋にはおふくろが寝ている……。それにしても、なんと薄気味悪い夢だろう！　何のお告げだろう？　タタール人はにっこり微笑んで目をあけた。目の前にあるのはどこの川だろう？　ヴォルガだろうか？

雪が降っている。

「おーい！」と向こう岸から誰かが叫んでいる。「早く、艀《カルバス》を出せよお！」

タタール人は目をさまして、向こう岸に船を渡すために、仲間を起こしに出かけた。渡し守たちが歩きながらボロの外套を着込み、寝ぼけた嗄れ声で悪態をつき、寒さに身を縮こめながら、ぞろぞろ岸に出てきた。肌を刺す寒さを吹き付ける川は、眠ったあとでは、ぞっとするほどおぞましいものに思われるらしい……。のろのろと彼らはカルバスに跳び乗る……。タタール人と三人の渡し守は、暗がりにカニの鋏のように見える、幅が広い櫂の付いた長いオールをつかむと、セミョーンはその長い把手に腹ばいによじ登った。向こう岸では相変わらず声がけを止めず、二度までピストルの空砲を鳴らした。どうやら渡し守たちが眠っているか、村の酒場に出かけたと思いこんでいるらしい。

「わかったよ、急ぎなさんなって！」《訳知り》が、この世に急ぎの用なんてあるものかといった口ぶりでたしなめた。「どの道一緒さ、なるようにしか、ならねえよ」

重たい不格好な艀が岸を離れ、サルヤナギの間を漂いはじめた。サルヤナギの木がゆっくり後ろに退いていくので、艀が止まっているのではなく動いているのがわかる。

渡し守たちが調子を取って、一斉に櫂を振り上げる。《訳知り》が舵に腹ばいになって、右舷から左舷へ、左舷から右舷へと空中に弧を描く。暗がりのなかで見ると、さながら人間が、長い四肢を持ったノア以前の怪物に跨って、悪夢に出てくるような、あの寒々とした国に乗り出していくかのようだ。

サルヤナギの木を過ぎて、広々とした川に出る。対岸では、すでに櫂がぎしり、調子よく水を叩く音が聞こえたのか、《急げ、急げ！》と囃し立てている。十分ほどもすると、艀は桟橋にドンとぶつかった。

「それにしても、よく降りやがる！　よく降りやがる！」顔にかかった雪を拭いながら、《訳知り》は愚痴をこぼした。「どこにこれだけ貯め込んでいやがんだ！　やれやれ」

対岸には狐皮の半外套に羊皮の帽子をかぶった痩せぎす中背の老人が待っていた。彼は馬から離れて、じっと動かず立っていた。何かを必死で思い出そうとして、自分のあやふやな記憶に腹を立てているような、陰気で思いつめた表情をしていた。セミョーンが近づいて、笑みを浮かべながら帽子を取ると、老人は言った。

「アナスタシエフカに急いでいるんだ。娘がまた具合が悪いんだ、アナスタシエフカに新しい医者が赴任してきたという話だ」

旅行馬車《タランタス》[5]を運び入れると、艀はまた対岸に戻った。セミョーンがワシーリー・セルゲーイチと呼んだ男は、航行中じっと動かず立ったまま、厚い唇を固く閉じて、あらぬ一点を見つめていた。御者がここで煙草を吸ってもいいかと訊ねても、聞こえないか、返事をしなかった。セミョーンは舵に腹ばいになって、小馬鹿にしたように老人を見つめ、軽口を叩いた。

「シベリアだって結構生きていけますさあ！　生きていけますさあ！」

《訳知り》の顔には、自分が何かを証明してみせたような、自分の見立てが的中したことを喜んでいるような、勝ち誇った表情が浮かんでいた。狐皮の半外套を着て、哀れな打ちひしがれた男の様子は、どうやら、彼に大きな喜びを与えているらしい。

「今、馬を走らせるのは泥のなかを行くようなもんですぜ。二週間ばかりお待ちなさい。そのうち道も乾きます。それでなければ、いっそ行くのはおよしなさい……。馬を走らせたってろくなことはありませんや。きょうび、人は夜も昼もなく、あくせく

5　四輪の旅行用馬車。

馬を走らせてますが、何の意味もねえ。まったく！」

ワシーリー・セルゲーイチは黙って酒代を渡すと、先を急いだ。

「ああして医者を探して駆け回るだ！」寒さに身を屈めながらセミョーンは言った。「せいぜい本物の医者を探すことだな、広野で風を摑まえ、悪魔の尻尾を摑むようなもんだ。しゃらくせい！　おかしな連中だよ、やれやれ！」

タタール人は《訳知り》に歩み寄ると、憎悪と嫌悪の目を向けて、わなわなと身体を震わせながら、自分の破格なロシア語にタタール語をはさみながら、こう言った。

「あの人はいい人だ……。いい人だ。だがお前はよくない！　お前は悪いやつだ！

あの旦那は心がきれいですばらしいが、お前はけだものだ、悪いやつだ！　あの旦那は生きているが、お前はくたばってる……。神様は生きた人間をお作りになった。歓びも淋しさも悲しみもあるようにお作りになったのに、お前は何もほしくないと言う。お前は生きてない、石だ粘土だ。石は何もいらないし、お前も何もいらない……。お前は石だ――だから神様はお前を愛していない、あの旦那は愛してくださる！」

みんなは笑い出した。タタール人は汚らわしそうに眉をひそめて、腕を振り下ろすと、ボロにくるまりながら、焚き火に向かった。渡し守とセミョーンはのろのろと小屋に歩いていった。

「寒いなあ！」じとじとする粘土質の床に敷いた藁の上に横になりながら一人の渡し守が嗄れ声をだした。

「暖かじゃねえな！」ともう一人が相槌を打った。「流刑の身だからな！……」

全員が身を横たえた。扉が風で開いて、雪が舞い込んできた。起き上がって扉を締める気は誰にも起こらなかった。寒いし面倒だ。

「おれには天国だぜ！」眠りに落ちながらセミョーンが吐き捨てるように言った。

「誰にもこんな生活を願うよ」

「そりゃあ、お前が外道だからよ。悪魔だって食わねえ」

そとから犬の吠え声のような音が聞こえる。

「何だ、あれは？　誰かいるのか？」

「タタールの男が泣いてるんだ」

「やれやれ……。酔狂なやつだ！」

「今に慣れるさ！」セミョーンが言って、すぐさま眠りに落ちた。

やがて残りの連中も眠りに落ちた。扉はそのまま開いたままだった。

六号室

Палата № 6
1892

第一章

病院の敷地に、ヤマゴボウやイラクサや野生の大麻に囲まれた小さな離れが建っている。屋根は赤く錆《さ》び、煙突はなかば崩れ落ち、昇降口の階段は腐って一面の草におおわれ、漆喰《しっくい》は剝《は》がれ、もはや名残しかとどめていない。離れの正面は病院に面し、背面は野原に臨んでいて、そのあいだを釘を立てた病院特有の灰色の塀が隔てている。尖頭を空に向けた釘や塀やこの離れ自体、この国の病院や監獄特有の、陰気で呪われた佇まいをみせている。イラクサの棘《とげ》が気にならないなら、離れに通じる細い小道をぬけて、内部の様子をのぞいてみよう。最初の扉を開けて玄関の間に入る。壁際や暖炉のまわりには病院のガラクタが堆《うずたか》く積み上げられている。マットレスやずたずたに裂かれた古い患者服、ズボン、青い縞模様の上着、もう使い物にならない履きつぶした靴。こうしたボロが山とつまれ、もみくちゃになって絡み合い、腐敗し鼻をつく異臭を放っている。

このボロの上に、いつもパイプをくわえた守衛のニキータが横になっている。黄ばんだ記章をつけた退役軍人である。飲んだくれのすさんだ顔に牧羊犬を思わせる垂れた眉、赤い鼻をしている。背丈は低く、見た目はやせぎすで筋張っているが、容貌は威圧的で、拳《こぶし》はがっしりしている。彼は単純で頑固一徹、直情径行《ちょくじょうけいこう》型の鈍重な人種に属し、この世では秩序が一番と心得ていて、それがため人は殴るものだと決めてかかっている。この男は顔でも胸でも背中でも、ところ構わず殴りつけ、これなくしてはここの秩序は保たれないと信じて疑わないのである。

さらに進むと、玄関を別にすれば、この離れ全体を占めるだだっ広い大きな部屋に入る。壁は汚い青いペンキがぬられ、天井は煙出しのない百姓屋のようにススで真っ黒になっている。冬場にはここで暖炉が煙を上げ、炭気が充満することがわかる。窓という窓には内側から無粋な鉄格子が打ち付けてある。床は灰色で、カンナがけが不十分なためささくれ立っている。酢漬けキャベツの匂いや、ランプの芯の燃えかすや、南京虫にアンモニアの匂いがぷーんと鼻をつく。この匂いのために、一瞬、野獣の檻にでも迷い込んだのかと錯覚する。

部屋には、ネジで床に固定されたベッドがいくつかならんでいる。そこに青い患者服を着て、昔ながらの室内帽をかぶった連中が座ったり、横になったりしている。これが狂人たちである。

彼らは全部で五人いる。なかの一人だけが貴族の出身で、残りは全員町人である。ドアから数えて最初の住人は背の高いやせこけた町人で、てかてか光る赤毛の口髭《くちひげ》をたくわえ、泣きはらした目をしている。彼は頭をささえて、座ったまま、ただ一点を見つめている。昼も夜もふさぎ込んでいて、頭を振っては深い溜息をつき、辛そうな笑いを浮かべている。この男は会話にはめったに加わらず、なにか質問されても大抵返事もしない。飲み食いも、出されれば機械的にするだけである。苦しそうに激しく咳き込む様子や、そのやつれ具合、頬にさす赤みから判断して、結核の初期段階にあるにちがいない。

次にいるのは、とがった顎鬚《あごひげ》に黒人のような黒い縮れ毛をした、小柄で元気で、なかなかはしっこい老人である。昼間、この男は病室のなかを窓から窓へと歩き回っているか、さもなければトルコ風にあぐらをかいて、ベッドの上に座り、鷽《うそ》の鳥のように、ひっきりなしに口笛を吹き、小声で歌を口ずさみ、忍び笑いをしている。子供のような陽気さや快活な性格を発揮するのは夜中のことで、彼は起き上がってお祈りをあげるのだが、要するに、両の拳で自分の胸をドンドンと叩き、指でドアをガリガリひっかくのである。これはユダヤ人のモイセイカで、二十年ほど前、自分の帽子作りの仕事場が焼けて気が狂った痴《し》れ者である。

六号室の住人のなかで、この離れから、いや、当の病院の敷地からおもてに出るのを許されているのは、この男だけである。彼がこの特権を享受するようになったのは、ずいぶん昔の話で、おそらく彼が病院の最古参で、害のないおとなしい痴れ者であるためだろう。これは町の道化で、町の連中は町なかで犬や悪ガキどもに囲まれているこの男の姿を見かけるのに慣れっこになっている。彼は患者服に滑稽な帽子、スリッパ姿という出で立ちで、ときには裸足、ズボンすらはかず、通りを歩き回り、門口や店の前に立って、小銭をねだるのだ。クワス[1]を出してくれる所もあれば、パンをくれる所も、小銭を恵んでくれる所もあったので、帰ってくるときには大抵、腹はくち、物持ちになっていた。彼が持ち帰ったものは、ニキータが取り上げ、ちゃっかり自分のものにする。この兵隊上がりのニキータのやり口は手荒で、ポケットを裏返して改め、もう二度とこのユダヤ人は外に出してやらない、自分にとっては無秩序ほど世の中に悪いことはない、と神様を証人に立てて誓うのである。

モイセイカは世話好きだ。仲間に水を持ってきてやったり、眠っていると毛布を掛けてやったり、仲間の誰彼にこんど外出したときには、みんなに一コペイカずつ持って帰ってきてやるとか、それぞれに帽子を新調してやるとか約束するのだ。彼はまた、左隣の麻痺のある男に匙で物を食べさせてやる。彼がそうするのは、別段同情とか人道的な考えがあってのことではなく、右側の隣人グローモフを真似し、無意識にそれに倣っているにすぎない。

イワン・ドミートリチ・グローモフは、年の頃なら三十二、三歳、貴族出の男で、元裁判所の執達吏や県書記[2]をつとめ、裁判恐怖症に取り憑《つ》かれた男である。彼は身を丸めて寝台の上に横になっているか、さもなくば、まるで歩行訓練のように、部屋の中を隅から隅へと歩き回っている。じっと座っていることなど滅多にない。つねに曖《あい》

1 ロシアの伝統的な清涼飲料水。
2 帝政時代のロシアでは官吏の等級は十四の位に分けられていて、県書記は十二番目の文官に当たる。

昧《まい》で漠然とした予感に身構え興奮し、神経を張り詰めている。玄関口でがさごそ、ちょっとした音がしたり、外で怒鳴りちらす声がするだけで、彼は顔を上げ聞き耳を立てる。彼を捕まえに来たのではないか？　自分を捜し回っているのではないかと思うためだ。そうした時の彼の顔は極度の不安と嫌悪をあらわしている。

私は頬骨の高い彼の幅広い顔がすきだ。それは、いつも青白く、憂いに満ち、闘争と打ち続く恐怖に疲弊した心を鏡のように映し出している。彼のしかめた顔は奇妙で病的だが、深い真の苦悩が彼の顔に刻みつけた繊細な顔立ちは聡明で知的である。その目には温かで健全な光がほの見える。私は彼の人柄自体が好きだ。礼儀正しく、人に親切で、ニキータをのぞいて誰にたいしても、並外れた細やかな心遣いを発揮する。誰かがボタンや匙を落とすと、素早く駆け寄り拾ってやる。朝はみんなにおはようと挨拶し、寝るときにはおやすみと声をかける。

絶え間ない緊張としかめっつらのほかに、彼の狂気の兆候はこんなところにもあらわれる。時に夕方になると、彼は自分の患者服の前をかき合わせ、全身をふるわせ、歯の根をがちがち言わせながら、部屋のなかを隅から隅へ、ベッドのあいだを足早に歩きはじめる。なんだか強い悪寒に襲われたように見える。いきなり立ち止まって仲間の目を覗《のぞ》き込む様子から、彼が何かとても大切なことを話したがっていることがわかる。だが、どうせ聞いてはもらえない、理解されないと思うのだろうか、じれったそうに頭を振ると、また行き来を続けるのである。しかし、やがてどうしても話したいという願いが気後れを制し、彼は意を決して、一心に熱っぽく語りはじめる。その話は支離滅裂で、うわ言のように取りとめがなく断片的で、必ずしも理解できるものではないが、その話しぶりや言葉や声の調子には、なんだかとても気持ちのいいものが感じられる。その話を聞いていると、彼のなかに狂人とともにまともな人間がいることが感じられる。錯乱したその話を紙に書き写すことはむずかしい。彼が語るのは、人間の卑劣さについてであり、真実を踏みにじる暴力についてであり、やがてこの地上に訪れるであろう、すばらしい生活についてであり、暴力をふるう者の鈍感さと残忍さを片時も忘れさせない窓にはめられた鉄格子についてである。そこに聞き取れるのは、歌い古された、しかしまだ歌いきられていない、支離滅裂な取りとめのない歌の一節である。

第二章

今から十二年か十五年ほど前、町の目抜き通りの持ち家に、堅実で裕福なグローモフという官吏が住んでいた。その男にはセルゲイとイワンという二人の息子がいた。当時大学の四年生であった長男のセルゲイは、奔馬性《ほんばせい》結核を発症して死亡し、この死がグローモフ家を襲った一連の悲劇の引き金となった。セルゲイの葬儀の一週間後、年老いた父親は文書改竄《かいざん》と公金横領の咎《とが》で裁判所送りになり、それからほどなくしてチフスに罹《かか》って監獄の病院で亡くなった。家と資産は競売で売却され、イワン・ドミートリチと母親は文無しの身になった。

以前、父親が健在だったときには、イワン・ドミートリチは通っている大学があるペテルブルグで、月々六、七十ルーブルの仕送りをうけ、金の苦労はいっさい知らなかったが、今や自分の生活を一新させなければならなくなった。朝から晩まではした金にしかならない家庭教師に駆け回り、書類の浄書に精をだしたが、それでも稼いだ金は母親への仕送りに消えてしまい、自分はすきっ腹をかかえていなければならなかった。そんな生活はイワン・ドミートリチには耐えかねた。彼はすっかり気落ちして痩せ細り、大学をなげうって田舎に逃げかえった。この町で、つてをたよって郡の小学校に教師の職を得たが、同僚と反《そ》りが合わず、生徒からは毛嫌いされ、早々にこの職も投げ出した。母親が死んだ。半年ばかり、パンと水だけで飢えをしのぎ、定職にもつかずうろうろしていたが、やがて裁判所の執達吏の職にありついた。彼は病気でそこを解雇されるまで、この職を続けた。

若い学生時代から、彼が健康な印象をあたえたことは一度もなかった。いつも青白くて痩せて、すぐに風邪をひき、食が細く寝つきがわるかった。たった一杯のワインで目をまわし、ヒステリーを起こした。人付き合いをしたいという気持ちはやまやまなのだが、生来の怒りっぽい性格や疑《うたぐ》り深さがわざわいして、誰とも打ちとけることができず、友達はいなかった。町の住人に関して彼は、連中は無知蒙昧のやからで、そのうつけた犬畜生にも劣る生活は汚らわしくて吐き気がすると言って、常々蔑んだ言辞を弄していた。その話しぶりは甲高い大声で熱っぽく、悲憤慷慨《こうがい》の口調か、さもなくば賛嘆おくあたわずといった口調で、つねに真剣そのものだった。話題が何に及ぼうが、決まって彼は話をひとところに帰着させる。要するに、この町では生きていくのは息が詰まりそうで退屈だ、人々には高邁《こうまい》な関心はないし、漫然と無意味な生活を送っていて、ときに暴力や粗野な堕落や偽善がそれに色をそえているだけだ。卑劣漢が腹いっぱい食って、いい身なりをしているのに、正直者は飢えている。必要なのは学校や、誠実な志をもった地元の新聞であり、劇場であり、公開講義であり、知識人の団結である。社会がおのれを自覚し恐怖することが必要である。人々を判断するにあたって、彼は白黒はっきりした色分けをし、微妙なニュアンスのちがいを一切認めなかった。人間には正直者か卑劣漢がいるだけで、中間は存在しなかった。女性や愛については、熱く感激して語ったが、一度も恋をしたことはなかった。

その歯に衣を着せない物言いや神経質な性格にもかかわらず、町で彼は愛され、陰でやさしくワーニャと呼ばれていた。持って生まれた繊細さ、人にたいする気配り、礼儀正しさ、高潔な人格、くたびれた彼のフロックコート、病的な面立ち、家庭の不幸、それらがすべて、温かくて好ましい同情をかきたてた。しかも、彼は立派な教養人で大の読書家であり、町の人々の噂では、なんでも知らないことはなく、町では生き字引のような存在であった。

たしかに彼は大変な読書家であった。社交の場であるクラブに陣取って、顎ひげをしごきながら本や雑誌のページを繰っている姿がよく見受けられた。その顔つきから察するに、それは読んでいるというより、ろくに噛《か》みもせずガツガツ呑み込んでいるという風だった。いわば読書は彼の病的な習慣のひとつであったと言えるかもしれない。というのも、彼は手に入るものなら何でも読んだ。去年の新聞でもカレンダーでもお構いなしに飛びつくのである。自宅ではかならず横になって読書した。

第三章

ある秋の日の朝、イワン・ドミートリチはコートの襟をたて、路地や裏庭のぬかるみをペタペタ音をたてながら、執達書の課金徴収のためある町人の家に向かっていた。朝方はいつものことだが、気分はすぐれなかった。ある路地で彼は、足を鎖でつながれた二人の囚人と銃をたずさえた四人の護衛に出くわした。以前にもしばしば囚人に出会うことがあって、その都度同情と気詰まりを感じたものだが、今回、この出会いは何やらひときわ奇妙な印象をひきおこした。自分もいつなんどき鎖につながれて泥道のなかを監獄に引っ立てられるかもしれない、なぜだかいきなりそんな気がした。町人の家でしばらく時間をつぶして、家に帰って行ったが、その途中で殆《ほとん》ど馴染《なじ》みと言っていい警察官と顔を合わせた。相手は挨拶の言葉をかけてきて、しばらく通りを一緒に歩いていたが、これも彼には変に思えた。家に帰っても一日中、囚人や銃を持った兵士のことが頭を離れず、得体の知れぬ精神的な不安が、読書や集中を妨げた。夜になっても彼は灯りもともさず、夜中になってもまんじりともせず、自分だって逮捕され、鎖につながれ、監獄に収容されるかもしれないということばかり考えていた。彼はどんな罪も犯したことはないし、将来にわたっても殺人や放火や盗みを働くことはないと断言できた。だが、果たして、思いがけず不本意に犯罪をおかすことがないと言えるだろうか、また誹謗中傷がないとも言えないし、誤審だってあるかもしれない。長年にわたる民衆の経験は、乞食と監獄は避けて通れないと教えているのではないか。現今の訴訟手続きのもとでは誤審は大いにあり得るし、またあって不思議はないのである。他人の苦痛にたいして職務上、事務上の関係を有する人間、すなわち裁判官であるとか警官、医者といった連中は、時間の経過とともに、すっかり慣れっこになって、相手にたいして形式的にしか関われない鈍磨な存在に成りはててしまっている。この面では彼らは、裏庭で羊や子牛を屠《ほふ》っていながら、流れる血など一顧だにせぬ百姓となんら選ぶところはない。個に対する血も涙もない、たんに形式だけの関係においては、無実の人からその資産を奪い徒刑地に送るなんぞ、裁判官には屁でもない。ただ一つ、時間があればいいだけだ。形式的な手続きを踏む手間をちょいとかければ、彼はそれで報酬を得ているのだが、その手間をかければ、一丁上がりなのだ。後になって、鉄道から二百キロも離れたこのちっぽけな小汚い町で、公正さと法の擁護を求めるなんて笑止千万！　それに第一、公正さに思いを致すなぞ、これまた愚の骨頂ではないのか？　社会がどんな暴力も理にかなった合目的的な必要なものと見なしている以上、たとえば無罪判決のような慈悲の行為はことごとく不満と反感しか呼び起こさないのではないか？

翌朝、イワン・ドミートリチは恐怖にかられて額にべっとり冷たい汗をかいて、寝床から起きあがった。彼は、もはや、いつなんどき逮捕されてもおかしくないと確信していた。もし昨日のやりきれない考えが、こんなに長く彼に取り憑いて離れないとすれば、と彼は考えた。真理の一端はあるわけだ。なんの理由もなく頭に思い浮かぶはずがない。

窓の外を警官がゆっくりと通り過ぎた。これもおかしい。やがて、二人の男が家の前に立ち止まって、黙っている。どうして二人は黙っているのか？

こうしてイワン・ドミートリチにとって耐えがたい日々がはじまった。窓辺を通り過ぎたり、屋敷に入り込んでくる連中の誰もがスパイか刑事に思われた。正午には大抵郡警察署長が二頭立ての馬車で通りを走っていく。これは署長が町外れの領地から警察署に向かうだけのことなのだが、毎度イワン・ドミートリチには署長がやけに急いでいるとか、何か曰くありげな顔つきをしている気がしてならない。明らかに、急いでいるのは、この町に重大きわまりない犯罪者が乗りこんできたことを急遽報告するためにちがいない。イワン・ドミートリチはどんな些細な物音にも門を叩く音にも震え上がり、女主人《おかみ》さんのところで見知らぬ人をみかけるたびに憔悴《しょうすい》した。警官や護衛兵に出くわすと、さも平静を装って、にこにこと顔をくずして、口笛を吹いた。彼は逮捕をおそれて幾晩も眠れぬ夜をすごした。なのに、さも寝ているように、高鼾《たかいびき》をかき、大きな寝息をたてた。女主人《おかみ》さんに眠っていないことを気取《けど》られないためだ。眠っていないとすれば、それはきっと良心が苛《さいな》まれているためで、これは紛れもなく立派な証拠になる！　事実と常識的な論理は、こうした恐怖はどれもたわごとで異常心理にすぎず、それにもう少し広く物事を考えてみれば、逮捕にも監獄にも、本質的に恐ろしいことなぞ何もなく、良心がうずくことはないと教えているのだが。

しかし、より賢明に論理的に考えれば考えるほど、余計に精神的な不安はつのり、苦しくなってくる。これは、隠者が自分の居場所を確保しようと、未開の森の一角を切り開こうとするのに似ている。熱心に斧を振るえば振るうほど、森はより鬱蒼と力強く繁茂していくのである。イワン・ドミートリチはおのれの格闘が無益であることがわかると、あれこれ考えることを放棄し、絶望と恐怖にすっかり身をゆだねた。

彼は自分の殻に閉じこもり、人を避けはじめた。職務は以前から嫌気がさしていたが、今やそれは彼にとって耐えがたいものとなった。彼は自分が罠《わな》にかけられるのではないかと恐れた。彼が知らないうちにポケットに賄賂《わいろ》をねじ込まれ、あとからそれを摘発されるとか、彼がうっかり公文書に誤記したのが改竄と受け取られるとか、彼が他人の金を紛失するとか。奇妙なのは、彼の考えることが今ほど変幻自在で独創に富んでいたことはなかったことだ。ところが今では彼は日に日に何千という理由を考え出す。それで自分の自由と尊厳が危うくなるとまじめに心配しているのである。しかし、その一方で外部の世界に対する関心は著しくおとろえ、記憶が極度にあやふやになっていった。

春になって雪が消えると、谷間にある墓地の近くで二体の半腐乱の死体が発見された。明らかに他殺とおぼしき老婆と少年の死体である。町ではこれらの死体と謎の殺害者の話で持ちきりになった。イワン・ドミートリチは自分が犯人だと思われないよう通りを歩いては笑みをたやさなかったが、知り合いに会うと、青くなったり赤くなったりして、無防備な弱者の殺害ほど卑劣な犯行はないと力説しはじめた。しかし、この嘘にもやがて彼は疲弊し、しばらく思い悩んだ末に、彼の立場で最善策はこの家の地下蔵に身をかくすことだと考えた。彼はこの地下蔵で、日中、そして夜、翌日の昼間とこもっていたが、身体がすっかり冷え切り、日が暮れるのを待って、泥棒のようにこっそり自分の部屋に戻った。夜が明けるまで彼は部屋の中ほどに立ちつくしたまま、こそりとも動かず、聞き耳を立てた。早朝、太陽が昇る前、女主人《おかみ》さんのもとを暖炉職人が訪れた。イワン・ドミートリチは彼らが台所の暖炉修理にやって来たことはよくわかっていたが、怖さが先立って、これは暖炉職人に扮装した警官にちがいないと思い込んだ。彼はこっそり家から外に出ると、恐怖にかられて、帽子もかぶらず、上着も着ないで、いきなり通りを駆けだした。その後からワンワン吠えながら犬が追いかけてくる。また、別のところでは百姓が後ろから大声を張りあげる、耳元ではヒューヒュー風がうなり、イワン・ドミートリチは世界中の暴力が彼の背後でひとかたまりとなって追いかけてくるような気がした。彼は捕らえられ家に連れ戻され、女主人《おかみ》さんが医者を呼びに走らされた。医者のラーギンは、彼については後ほどふれることになるが、頭部用冷湿布とセイヨウバクチノキの鎮静剤を処方すると、気の毒そうに頭をふって、女主人に、人が気が狂うのを邪魔立てはできないから今後はこちらには伺わないと言い置いて帰って行った。自宅では生きていく手立ても治療の手立てもないので、早々にイワン・ドミートリチは病院に送られ、性病患者の病棟に収容された。彼は毎晩眠らず、駄々をこねては患者たちを困らせるので、やがて医者のラーギンの指示で六号室に移された。

一年も経つと、町ではイワン・ドミートリチのことなどすっかり忘れられ、彼の持っていた本は女主人の手で、庇《ひさし》のある玄関口に束ねられ、あとは悪ガキどもがくすねていくのにまかされた。

第四章

イワン・ドミートリチの左隣はすでに話したユダヤ人のモイセイカだが、右隣には脂肪太りのまん丸な体に、完全にうつけた顔をのっけた百姓がいる。それは落ち着きのない大食漢の不潔な生きもので、すでに考えることも感じる力もなくして久しい。この男からはつねにつんと鼻をつく悪臭がただよってくる。

この男のあとからその汚物を片付けてまわるニキータはこの男をひどくぶった。力いっぱい、自分の拳が痛くなるのもお構いなしに殴りつけるのである。だが、恐ろしいのは殴ることではない。そんなことならすぐ慣れる。恐ろしいのは、このうつけたけだものが、殴られてもうんともすんとも言わず、抵抗するでもなく、顔色ひとつ変えず、ただ重い樽かなんぞのように、かすかにぐらりとよろけることだ。

この六号室の五人目の住人は、かつて郵便局で仕分け係をしていた町人である。それは小柄で痩せたブロンドで、善良そうだが、いささかずる賢そうな顔つきの男である。明るく楽しそうに見つめる理知的な穏やかな目から判断すると、彼は何かしらとても大切で楽しい秘密を持っているらしい。枕とマットレスの下に、けっして人には見せない何かを隠している。しかしそれは取り上げられるとか盗まれるという恐れからではなく、ただ気恥ずかしいからなのである。時折彼は窓辺に歩みよっては、みんなに背を向けたまま、何かを首にかけ、うつむいてしげしげと見入っている。こんなとき近づこうものなら、彼は慌ててそれを胸から取ってしまう。しかしながら、彼の秘密が何であるかは、およそ察しがつく。

「ぼくを祝ってください」彼はよくイワン・ドミートリチに声をかける。「星のついた聖スタニスラフ二級勲章に推輓《すいばん》されたんです。星つきの二級勲章は外国人にしか与えられないものですが、どういうわけか、ぼくのために例外を設けるつもりらしいのです」と彼は微笑み、合点がいかない様子で肩をすぼめる。「まいったなあ、ぼくにも思いもよらぬことでしてね」

「その方面の話にぼくはうとくて」ぶっきらぼうにイワン・ドミートリチが答える。

「でもご存じだったでしょう、いつかぼくが貰うことは」悪戯《いたずら》っぽく目を細めながら、元仕分け係は言葉をつぐ。「ぼくはきっとスウェーデンの北極星勲章ももらいますよ。これを授与されるには、なかなか骨が折れるんですがね。白十字に黒のリボン。とても綺麗なものですよ」

おそらくこの離れでの生活ほど単調な場所はないだろう。朝、中風病みの男と丸々太った百姓をのぞいて、病人たちは玄関口で大きな桶で顔を洗い、患者服のすそで濡れた顔をぬぐう。その後錫《すず》製のコップで、ニキータが本館から運んで来るお茶を飲む。

各人、コップ一杯ずつの割り当てである。正午には酢漬けキャベツのシチューと麦粥を食べ、夕食には昼の残りものを食べる。そのあいだの時間帯は横になったり、眠ったり、窓の外を眺めたり、部屋のなかを隅から隅へと歩き回る。これが毎日つづくのである。かつての仕分け係ですら、いつも同じ勲章の話ばかりしている。

六号室では新しい顔はめったに拝めない。だいぶ前から医者のラーギンは気がふれた患者を受け入れてないし、瘋癲《ふうてん》病院を訪れようという物好きなど少ないからだ。二カ月に一度、床屋のセミョーン・ラーザリチがこの離れにやってくる。この男がどのように狂人の髪を刈るか、ニキータがどんな風にその手伝いをするか、また、この呑んだくれの、にこにこ顔の床屋があらわれるたびに、病人たちがどんな恐慌をきたすかについては語るまい。

床屋以外にこの離れを訪れる人はいない。来る日も来る日も病人たちはニキータの顔を拝んでいるほか仕方ないのである。

ところが最近になって病院をかなり奇妙な噂が駆けめぐった。

六号室に医者がちょくちょく顔を出すというのだ。

第五章

奇妙な噂だ！

医者のアンドレイ・エフィームイチ・ラーギンはそれなりに注目すべき人物である。人の話では、若い頃にはとても宗教心が篤く、聖職で身を立てる準備をし、一八六三年に中学の課程をおえると、神学大学に進むつもりでいたが、医学博士で外科医でもある父親はそんな息子の考えを一笑に付し、坊主になるなら今後は一切親子の縁を絶つと言い渡した。ことの真偽は知れないが、ラーギン自身、自分は医学、およそ特定の学問に天職を感じたことはないと常々もらしていたことはたしかだ。

いずれにしても医学部を修了すると、剃髪して僧侶になることはなかった。敬虔《けいけん》な信者であるそぶりはみせず、医者になった当初も今も、聖職者を思わせる部分は少ない。

その容貌は鈍重で、下卑た感じがし、いかにも百姓然としていた。その顔つきといい、顎《あご》ひげといい、撫でつけた髪といい、頑丈そうな武骨な体型といい、街道筋に店をかまえる居酒屋の、飽食三昧で抑制のきかない頑固親父を思わせた。顔はいかつく、青筋におおわれ、目は小さく、鼻は赤い。偉丈夫《いじょうぶ》でいかつい肩をしている上に、手足がまた大きい。あんな大きな手で摑《つか》まれたらひとたまりもないと思われるほどだ。ところが、彼の物腰たるや極々控え目で、歩き方も慎重で、忍び足にちかい。狭い廊下ですれ違おうものなら、きまって彼の方が先に立ち止まって道をゆずる。野太い声をしているかと思いきや、か細い蚊の鳴くような高い声で、「これは失敬！」と言うのである。首には小さなおできがあって、そのため糊がきいた硬い襟の服は着られない。それで彼はいつも柔らかい麻地か更紗地のシャツを着ている。概して医者にはふさわしからぬ身なりである。彼は同じ上下をもう十年も着回している。新しい服は、大抵ユダヤ人の店で新調するのだが、彼が着ると古いのと同様、やはり着古して草臥《くたび》れた服にしか見えない。彼はいつも同じフロックコートで病人を診察し、食事もし、人を訪問する。それは何も彼がケチだからではなく、自分の外見への無頓着から来るものだ。

ラーギンが病院を引き受けるために町にやって来たときには、慈善病院は惨憺《さんたん》たる状態にあった。病棟も廊下も病院の庭も悪臭がたちこめ息もできないほどだった。病院の看護師や看護婦、彼らの子供は病棟で病人といっしょに寝泊まりしていた。ゴキブリや南京虫、ネズミが出てやりきれないと、誰もがこぼしていた。手術室では丹毒[3]がたえなかった。病院全体でメスは二本しかなく、体温計は一本もなかった。浴室はジャガイモ置き場になっていた。監督官も職員も代診も患者の金を平気で着服し、ラーギンの前任者の年老いた医者のことを、病院のアルコールを横流ししていたとか、付添看護婦や女性患者を囲い一大ハーレムを築いていたと噂していた。町では病院の乱脈ぶりは先刻承知で、むしろ話を誇張する傾向があったが、事態に対しては静観を決め込んでいた。ある者は、病院に入れられているのは町人や百姓で、病院より家の暮らしの方がはるかにひどいのだから、文句を言うはずがない、まさか彼らにヤマドリを出すわけにもいくまいと言っていた。またある者は、郡会の支援なしに町がすぐれた病院を維持することはできない、お粗末な病院でも、まだあるだけましだと言っていた。一方、まだ創立間もない郡会は、町にはすでに病院があることを言い訳にして、町にもその周辺にも診療所を開いていなかった。

ひとわたり病院の視察を終えると、ラーギンはこの施設は乱脈をきわめ、入居者の

3　連鎖球菌に感染して起こる伝染性の皮膚病。

健康にはきわめて有害であるとの結論に達した。彼の考えでは、もっとも理にかなった解決策は、ここにいる患者を全員解放して、病院を閉鎖することである。しかし、これは彼の一存で済む問題ではないし、無益でもあった。物理的もしくは道徳的な汚物をその場所から取りのぞいても、汚物は別の場所に移るだけで、その汚物が自然に消滅するのを待たなければならない。それに、人々が病院を開いて、それに耐えているとすれば、それが人々には必要だからだ。偏見にしろ生活上の嫌悪すべきものや醜悪なものが必要とされるのは、糞尿が黒土に変わっていくように、長い歳月を経てそれらが何かしら有用なものに転化していくからである。この地上には、その本源において嫌悪すべきものを有しない素晴らしいものなどひとつもないのである。

ラーギンが今の職に就いても、病院内の出鱈目《でたらめ》には彼は一見さして関心を示さなかった。彼はただ看護師と看護婦に病室での寝泊まりをやめるよう頼み、器具を入れておく棚をふたつ設置しただけである。監督官や備品管理係、代診、外科室の丹毒は相変わらず元のままであった。

ラーギンはとりわけ知性と公正さを重んじる人だったが、自分のまわりに知的で公正な生活を築くには、意思の強さとその権利への執着が不足していた。命令したり、何かを禁止したり、自分の我を通すということは彼にはできない。まるで生涯けっして声は荒らげない、命令形は使わないと誓いを立ててでもいるかのようだ。《これこれしろ》だとか《これこれを持って来い》とは彼には言えない。腹がすいても彼は曖昧に咳払いをして料理女に、《できればお茶にしたいのだが……》とか、《食事にしてもらえませんか》としか言えないのだ。監督官に盗みをやめろとか、お前はお払い箱にだとか、こんな必要もない寄生的な役職は廃止だなんて、彼には口が裂けても言えなかった。たぶらかされたり、媚《こ》びを売られたり、嘘っぱちの書類の決裁を頼まれても、彼はエビのように赤くなり、自分に非があると感じて、決裁のサインをしてしまうのである。入院患者が食事が足りないとか、看護婦の素行が悪いと不平を申し立てようものなら、彼は慌てて申し訳なさそうに、

「わかったわかった、あとで調べておこう……。きっと何かの手違いでしょう……」

と口ごもるばかりなのである。

最初のうちラーギンはとても熱心に仕事に取り組んでいた。毎日朝からお昼まで患者を診て手術をし、助産婦の仕事までこなした。ご婦人方の話では、彼は話をよく聞いてくれるし、病気の診断、とくに子供や婦人病の見立てでは腕がいいと評判だった。

しかし、やがてラーギンはその仕事にげんなりした。仕事があまりに単調で無益であることに気づいたためだ。かりに今日三十人の病人を診ても、明日になるとその数は三十五人に増え、あさってには四十人にふくれ上がり、こんな具合に日に日に、年々歳々、患者はふえるばかりだ。ところが、町の死亡率はいっこうに減らず、病院に来る患者はあとをたたない。朝から昼まで、この四十人の外来患者に真剣な治療をほどこすなんて肉体的にもできるわけがない。つまりは、不本意ながら病人をだますことになる。一年で一万二千人を診察すれば、つまりは単純に計算して、一万二千人の病人を瞞着《まんちゃく》するということだ。重篤な病人を病院に収容し、医学の規則どおりに手当てするというのもできるものではない。規則はあっても、学問がないためだ。もし哲学をわきにおいて、ほかの医者と同じように杓子定規に規則にしたがうだけなら、まず第一に必要なのは、清潔と換気であって、不潔ではない。必要なのは、ちゃんとした食事であって、すえた匂いがするキャベツスープではない。必要なのは、まっとうな助手であって、盗みを働くような人間ではない。

それに第一、死が理にかなった通例の人間の結末であるのなら、どうして勝手に死なせてやらないのか？　どこぞの商人や官吏がたかだか五年、十年長生きしたところで、何がどう変わるのか？　医学の目的が薬で苦しみを軽減することにあるとしても、どうしてわざわざ苦しみを軽減してやる必要があるのか？　第一に、苦しみは人を完成にみちびくというではないか？　第二に、人類が錠剤や飲み薬で苦しみを軽減できるようになれば、人は、今まであらゆる悲劇から身を守る盾としてきた、いやそれどころか、幸福の鍵としてきた宗教や哲学をかなぐり捨てるのではないか？　プーシキンは死を前にして恐ろしい苦痛をなめ、かわいそうなハイネは何年も麻痺で身動きとれないまま床にふせていなければならなかった。だとすれば、どこの馬の骨とも知れぬアンドレイ・エフィームイチとかやマトリョーナ・サーヴィシナが苦しまずにすむわけがない。苦しむということがなければ、彼らの無意味な生活はまったくの空虚となり、アメーバの命と選ぶところがないではないか？

　こうした考えに負けて、ラーギンは白旗を掲げて、毎日病院に顔を出すのをやめてしまったのである。

第六章

彼の生活はこんな風にすぎてゆく。たいてい彼は朝の八時に起き、着替えをすませてお茶をのむ。ついで自分の書斎に閉じこもって読書をするか、病院にでかける。この病院の狭い廊下では外来の患者がすわって診察を待っている。そのわきを、コツコツと煉瓦床に長靴の音をたてながら、病院の看護師や看護婦がかけまわり、やせこけた病院着すがたの病人が通り過ぎ、死体や汚物入れの容器が運ばれ、子供たちが泣き叫び、すきま風が吹く。ラーギンは、熱病や結核患者、総じて過敏症の患者にはこのような環境がたえがたいものであることは百も承知だが、どうしようもない。診察室では代診のセルゲイ・セルゲイチが彼を迎える。それは小柄のふとった男で、髭はそり上げ、洗いたてのつるんとしたふくよかな顔をして、物腰はやわらかく流れるようで、ゆったりとした背広を着ていると、代診というより元老院議員に似ている。町でこの代診は大きな診療実績をつみ、白いネクタイを結び、開業経験のないラーギンより自分のほうがはるかに病気にはくわしいと自負している。彼の診察室の隅には、重そうな灯明台といっしょに、聖像入れにはいった大きな聖像がかかげられ、わきには白いおおいのかかった燭台がある。壁には歴代僧正の肖像画や聖山修道院の風景画や干した矢車草で編んだ花冠がかけてある。セルゲイ・セルゲイチは信仰心が篤く、なにかにつけて厳粛を尊んでいる。聖像は彼が身銭をきって設置したものである。日曜日ごとに診察室では彼の指示で病人のなかの一人が、声にだして賛美歌を唱え、それが終わると、セルゲイ・セルゲイチ自身が香炉をもって全室をまわり、香をたくことになっていた。

病人が多い上に時間がないので、診療は簡単な問診と軟膏やひまし油のような薬ですませられる。ラーギンは座って頬杖をつき、考え事をし、機械的に質問をする。代診のセルゲイ・セルゲイチもそこに待機し、もみ手をしながら、時に口をはさむ。

「病気になったり、生活の不如意に耐えなければならないのは」と代診は口をはさむ。「お恵み深い神様への祈りが足りないせいだ。わかったか！」

診療の際に、ラーギンはけっして外科的処置はしない。ずいぶん長くそれを手がけたことはなく、血を見るだけで気分が悪くなった。喉を見るために子供の口を開けさせるときでも、子供が泣き叫んだり、手でいやいやをするだけで、耳のなかがワンワン鳴り、頭がくらくらし、涙ぐんでしまう。彼は急いで薬を処方すると、手を振って、早く子供を連れ帰るよう女をせかすのだ。

診療をしていても彼はすぐさま飽きてくる。病人はおどおどしていて、話は要領をえないし、あの慇懃《いんぎん》無礼なセルゲイ・セルゲイチが近くにいるのも気になる。壁にならんだ肖像画も、二十年このかた千篇一律のごとく患者に投げかけている自分の質問にもうんざりだ。それで、五、六人の患者を診ると、彼はそそくさと退散する。残りはラーギンに代わって代診が診察する。

個人開業は長らくやっていないのでやれやれだし、彼を邪魔するものは何もない、そう考えるとうれしくなってラーギンは自宅に帰ると、おもむろに書斎の机に向かい読書をはじめるのである。彼はたくさん読む、そしてつねに大きな満足を得る。給与の半分は本の購入に消え、六部屋のうち三部屋は本や古い雑誌で埋まっている。なかでも彼が好きなのは歴史物や哲学である。医学関係では唯一『医者』[4]という雑誌を購読していて、彼はいつでもそれを最後のページから読む。読書は毎回、ぶっ通しに数時間つづくが、それで疲れることはない。彼の読書は、かつてのイワン・ドミートリチの読書のように、さほど早くもなく間欠的でもなく、ゆっくりと熟読玩味するかのごとく、しばしば彼が気に入った箇所や不明の箇所で立ち止まる。本のそばにはつねにウォッカの入った水差しがあり、塩漬けキュウリや水漬けリンゴが皿の上ではなく、じかにテーブルクロスの上に置かれている。半時おきに、彼は本から目を離すことなく、小さなグラスにウォッカを注いで飲み、目をやることもなく手探りでキュウリをつまんで、一口齧《かじ》るのである。

三時になると、彼はそっと台所の扉に歩みより、咳払いをして、「ダーリユシカ、そろそろ食事にしてもらえませんか……」と言う。

かなりお粗末で手抜きの昼食をおえると、ラーギンは腕組みをして家のなかを歩きながら、考え事をする。時計が四時を打ち、ついで五時を知らせるが、まだ彼は歩き回って、考え事をしている。ときたま、台所の扉がきしんで開き、その陰から寝足りた眼のダーリユシカの赤ら顔がのぞく。

「旦那さま、そろそろビールのお時間では？」気を揉んだダーリユシカが声をかける。

「いや、まだ早い……」と、彼が答える。「もう少しあとで……もう少しあとにしよ

4　週刊の医学雑誌で、毎号雑誌の最後には医者の訃報や異動、短い医学情報が掲載されていた。

う……」

夕方ちかくになると、たいてい郵便局長のミハイル・アヴェリヤーヌイチがやって来る。この町で唯一、その付き合いがラーギンの重荷にならない人間だ。ミハイル・アヴェリヤーヌイチはかつてはかなり裕福な地主で、騎兵隊に勤務していたが、その後落ちぶれて、生活が苦しくなったために、いい年になってから郵便局に勤めだした。彼は見た目は健康そうで、白髪まじりの立派な頬ひげをたくわえ、育ちのよい物腰、大声だが気持ちのいい声をしていた。人が良くて涙もろいが、すぐかっとなる性格だった。あるとき郵便局で客のひとりが抗議した、いや、何かに納得できなかったか、たんに、ああだこうだと講釈しはじめたことがあったのだが、ミハイル・アヴェリヤーヌイチは顔を真っ赤にして、ぶるぶる身体をふるわせ、大音声《だいおんじょう》に呼ばわった、「黙らっしゃい！」。こんなことがあったために、ずいぶん前から、この郵便局はこわいところだという評判がたっていた。ミハイル・アヴェリヤーヌイチはこのラーギンのことを、教養もあり誠実な人間だと、尊敬もし愛してもいた。ほかの住人には居丈《いたけ》高《だか》で、自分の家来と見なしかねないこの男がである。

「また、参りました！」そう言いながら、彼はラーギンの家に入ってくる。「ごきげんよう！　もう、うんざりですかな？」

「いえ、いえ、ようこそいらっしゃいました」とラーギンは答える。「いつでも大歓迎ですよ」

二人は書斎のソファーに腰を下ろして、しばらくのあいだ黙ってタバコをくゆらせる。

「ダーリユシカ、ビールをもらえますか！」と、ラーギンが言う。

最初の一本はやはり黙ったまま飲む。ラーギンは何か考え事をし、ミハイル・アヴェリヤーヌイチは、とてつもなくおもしろい話を持っている人のように、うれしそうで浮き浮きした様子をしている。いつも最初に口を切るのはラーギンの方である。

「それにしても残念ですね」頭を振りながら、相手の目も見ないで（そう言えば、彼はけっしてまともに相手の目を見ることがない）、おもむろに小声で切り出す。「いかにも残念です、この町には知的でおもしろい話ができる人間がいない。これはわれわれにとって、とてつもなく大きな損失です。インテリゲンチャにしたって、凡俗を超越しえていない。その知的レベルは下層階級にくらべても、少しも高くはない」

「まったく、おっしゃる通りです。同感です」

「ご存じのように」とラーギンは言葉をついだ。「この世のことは、ことごとく、些末でおもしろくもありません、人類の知性の高度な精神的な現象を除いては。知性こそが、動物と人間を分かつ境界線であり、人間の神性を明かすものであり、またある程度、ありえない不死の代わりを務めるものです。こう考えると、知性こそがよろこびの唯一の源泉でしょう。ところが、われわれの身近には、その知性の姿はみえないし、その気配も感じられない、ということは、われわれは、そのよろこびを奪われているということになる。たしかに、本はありますよ、だがそれは、生きた会話でも交流でもない。当を得た比喩とは言えませんが、本というのは楽譜であって、会話は歌うことじゃないでしょうか」

「まったく、おっしゃる通りです」

沈黙が訪れる。台所からダーリユシカが出てきて、拳を頬に当て、にぶい悲しみの表情を浮かべながら、話を聞こうと戸口に立ち止まる。

「やれやれ！」ミハイル・アヴェリヤーヌイチは嘆息する。「今時の人間に知性を求めたって！」

と、どんなに昔の暮らしが健全で、陽気で、おもしろおかしいものだったかを話し始める。「ロシアには大したインテリゲンチャもいて、名誉や友情を、それは大事にした。手形なしで金は貸す、困っている友人に救いの手を差し伸べないのは恥だと考えられた。行軍あり、冒険あり、恋のさや当てあり、それに男の友情、女たち！　コーカサスときたら、驚嘆すべき土地でしたなあ！　ある大隊指揮官の奥さんなどは、将校服を着て、夜のしじまを山の中まで逃亡を図ったものです。たった一人、道案内もなしにです。コーカサスのある集落で何とか言う侯爵とロマンスがあったという話ですわ」

「くわばら、くわばら……」ダーリユシカは溜息をつく。

「それにまた、飲み食いときたら、これまた豪快だった！　それに向こう見ずなリベラルがいたもんだ！」

ラーギンは聞いているようで聞いてはいない。何か別の考え事をしていて、ちびりちびりとビールを飲んでいる。

「私はよく、知的な人々や、彼らとの語らいを夢にみるのです」彼はいきなりミハイル・アヴェリヤーヌイチの話の腰を折って、話し出す。「私の父親は私にすばらしい教育をほどこしてくれましたが、六〇年代の思想が災いしたのでしょう、無理矢理私を医者にした。もし、私が当時の父親の言うことを聞かなかったら、今頃は知的胎動の中心にいたでしょうね。おそらく、どこかの大学の教員の一員に収まっていたでしょう。もちろん、知性だって永遠不変ではない。ところが、あなたもご存じのように、私には知性に惹かれるところがある。人生は後悔の罠です。物を考える人間が成人し、成熟した意識を持つようになると、それと知らず、自分が出口のない罠にはまっていると感じるものです。実際、意思に反して人間は何らかの偶然によって、無から生に召喚される……。何のために？　彼は自分の存在の意義と目的を知りたいと思うのですが、誰も教えてくれないか、碌《ろく》な答えしか返ってこない。叩けど、ドアは開かれずってわけです。やがて、死が訪れる、これまた意思に反して。かくして牢獄では、共通する不幸に見舞われた人々は、一緒に固まっているほうが安堵できるのと同じように、人生においても分析や普遍化に偏した人は、一緒になって、誇り高い自由な思想をやりとりして時間をすごしたほうが、罠に気づかないでいられるのです。この意味で、知性はかけがえのないよろこびであるのです」

「まったく、おっしゃる通りです」

相手の目も見ず、ゆっくり間をおきながら、ラーギンは知的な人々やそういう人たちとの語らいの話をつづけ、ミハイル・アヴェリヤーヌイチは熱心に耳を傾けながら、「おっしゃる通りです」を連発する。

「ところで、魂の不死をお信じになりますか？」いきなり郵便局長が訊いてくる。

「いえ、それは信じませんし、信じる根拠を持ちません」

「白状しますが、私も疑っているのです。とはいえ、しかしながら、なんだか私はけっして死なないような気がするのです。おいこら、この老いぼれ、そろそろ死ぬ時分だぞ！　と自分でも思うのですが、心の底で、なにやら声がするんです、いや、信じるな、死にやしないさ！　ってね」

十時をすぎるとミハイル・アヴェリヤーヌイチは帰ってゆく。玄関で毛皮外套《がいとう》を着ながら、溜息まじりに、

「それにしても、われわれ二人とも、こんなど田舎に流されて！　ここで死なねばならぬと思うと、口惜しくって！」

第七章

友人を送り出すと、ラーギンは机に向かって、また読書に取りかかる。夕刻の、そしてそれに次ぐ夜の静寂を破る音はなく、時は歩みをとめ、一心に読書しているラーギンとともに凝固したかのようで、この本と緑のランプシェード以外なにものも存在しないように思われる。粗野で百姓然としたラーギンの顔は、次第に人間の知性の歩みを目の当たりにして、法悦と歓喜の笑みにつつまれてゆく。「ああ、どうして人は不死ではないのか?」、そんな風に彼は考える。なんだって脳髄や大脳皮質があるのか、どうして視覚があったり、しゃべることができたり、自分の感覚があったり、天才がいたりするのか。こうしたすべても、結局、土くれとなって、地表とともに冷たくなっていき、何百年もすれば、地球とともに太陽のまわりを、意味もなく目的もなく回っているだけなのに。冷たくなってただ太陽のまわりを回転するだけなら、なにもわざわざ高度な知性や神々しい知能をそなえた人間を無からよびだす必要などないはずだ。結局小馬鹿にして土くれに帰してしまうだけなのだから。

新陳代謝! それにしても、こんな不死の代用物でわが身を慰めるとはなんと小心なことだろう！　自然界に生起するこの無意識のプロセスは人間界の愚かさより、はるかに低級である。愚かさには、それでもなお意識と意思が介在するが、自然界のプロセスにあるのは無に等しいからだ。おのれの肉体が時間の経過とともに、草にも石にもヒキガエルにも変わって生き続けるのだと、わが身を慰めることができるのは、人間の尊厳より死を前にした恐怖が勝る臆病者だけだ……。おのれの不死を新陳代謝に見るのは奇妙なことだ。木端微塵に壊れて使い物にならなくなった高価なバイオリンのあとで、バイオリンを納めるケースの輝かしい未来を約束するほど奇妙なことだ。

時計が定時を知らせると、ラーギンは肘掛け椅子の背もたれに身体をあずけ、もう少し考えようと目を閉じる。読んだばかりの本のすばらしい思想に影響されて、ふと自分の過去や現在に思いを馳《は》せる。過去はいとわしく、思い出したくもない。だが現在もまた、過去と同様である。彼は知っている、彼の思念が冷え切った地球とともに太陽のまわりを周回しているこの時、医者の住まいのすぐ隣にある、病院の本館には病や肉体的な不潔さに苦しむ人がいることを。ことによれば眠れないでノミやシラミと格闘している者がいるかもしれない。あるいは丹毒に感染している者がいるかもしれないし、包帯がきつくて呻《うめ》いている者があるかもしれない。患者たちが看護婦と博打《ばくち》を打ったり、ウォッカをあおっているかもしれない。一会計年に一万二千人がペテンにかけられている。医療の現場全体は二十年前と同様、窃盗やいざこざ、噂話に依怙贔屓《えこひいき》、荒っぽい欺瞞《ぎまん》の上に築かれていて、病院自体も昔と変わらず出鱈目で、住人の健康には、きわめて有害な機関でしかない。彼はまた知っている、六号室の鉄格子の向こうではニキータが患者たちに拳をふるい、モイセイカが日ごと町を徘徊し、施しを貰ってまわっていることを。

　反面、この二十五年、医学にはおとぎ話のような変化が起きていることを彼はよく知っている。彼が大学で学んでいたころ、医学はやがて錬金術や形而上学と同じ運命をたどると思われていたが、今や夜ごと新聞を読んでいると、医学は彼を感動させ、驚きと歓喜すら呼び起こすのである。実際、なんという意想外の輝きだろう、なんという革命であることか！　防腐剤のおかげで、あの偉大なピロゴーフ[5]が「将来においても《イン・スペ》」不可能であると考えられていた手術が今では行われている。変哲もない郡会の医者が膝関節の切開手術を平気でやってのけ、開腹手術の死亡率は百人に一人である。結石症は今や新聞や雑誌で取り上げられることもない些細な病気にすぎない。梅毒の治療は飛躍的に改善された。遺伝理論や催眠術、パスツール[6]とコッホ[7]

の発見、統計衛生学、それにわが国の郡会医療はどうか？　今や狂人に冷水をあびせることはしないし、拘禁衣を着せることもない。彼らは人間的に収容され、新聞が書いているように、彼らのために芝居や舞踏会が催されている。ラーギンは知っている、今日の見解や嗜好のもとでは、六号室のごとき唾棄《だき》すべき機関は、鉄道から二百キロも離れたこんな町でしかありえないことを。市長だとか代議員の全員が読み書きもおぼつかなく、医者と言えば神官も同然、薬の代わりに溶かした錫《すず》を口に流しこまれても信じて疑わないような連中なのである。ほかの町なら、こんなちっぽけなバスチーユ牢獄[8]など、とっくの昔に公衆と新聞が木端微塵に粉砕していたことだろう。

5　ニコライ・イワノヴィチ・ピロゴーフ（一八一〇—八一）。ロシアの外科医。エーテルを麻酔薬として使用し、ヨーロッパで初めて手術を行った。クリミア戦争で初めて野戦治療を施した。

6　ルイ・パスツール（一八二二—九五）。フランスの科学者・細菌学者。狂犬病ウィルスを発見し、ワクチンによる予防に成功した。

7　ロベルト・コッホ（一八四三—一九一〇）。ドイツの細菌学者。結核菌を発見し、ツベルクリンをつくった。

「で、どうだというのか？」ラーギンは自問自答しながら、目を開ける。「それでどうなるのか？　防腐剤があった、コッホもパスツールもいた、ところが物事の本質は少しも変わらない。発病率も死亡率も元のままだ。狂人のための舞踏会やお芝居は打つが、彼らを自由の身に解放することはない。なんのことはない、すべてがたわごとの空騒ぎなのだ。あの立派なウィーンの大学付属病院と私の病院のあいだには、本質的に、いかなる違いもないのだ」

だが、悲しみ、それに羨望に似た感情がわいてきて、彼は心穏やかではいられない。きっと疲れのせいにちがいない。重い頭が読みさしの本の上にかしいできて、彼は痛みがないように顔の下に手をそえ、また考える。

「私は有害な仕事に従事し、私が騙している人々から給料を得ている。私は誠実ではない。だが、私自身は無にも等しい人間だ。私は社会の必要悪の一部にすぎない。郡の役人の誰もが有害で苦もなく禄《ろく》を食《は》んでいる……。してみると、不誠実の罪を問われるべきは私ではなく時代のほうだ……。もし私が二百年後に生まれていたら、私だって別の人間になっていたにちがいない」

時計が三時を打つと、彼はランプの灯りを消し、寝室に向かう。だが、眠くはない。

第八章

二年前、郡会が大盤振る舞いをして、郡会病院が開設されるまで市営病院の人員強化の補助金に毎年三百ルーブルを拠出することを決定し、またラーギンを補佐するために、市によって郡医師エヴゲーニー・フョードルイチ・ホーボトフが招聘された。これはとても若い男で、まだ三十にもならなかった。背の高いブリュネットで、広い頰骨に小さな目をしていた。どうやら先祖は外国人らしかった。男が町にやって来たときには一文無しで、持ち物は小さな旅行鞄がひとつきりで、料理女だという触れ込みの若い不細工な女を連れていた。この女は胸に乳呑み児をかかえていた。このホーボトフは庇《ひさし》のある軍帽に丈の高い長靴をはいて歩きまわり、冬には毛皮の半外套をはおった。彼は代診のセルゲイ・セルゲイチや病院の会計係と誼《よし》みを結んだが、どういうわけか、ほかの官吏のことは貴族呼ばわりして、敬遠していた。彼の住まいには『ウィーン病院最新処方集、一八八一年版』という本が一冊あるきりだった。病院に

8 十七世紀以来、政治犯を収容し、一七八九年のその襲撃がフランス革命の導火線となった。

出かけるときに彼はいつもこの本を小脇にかかえて出かけて行く。毎晩クラブでビリヤードをやるが、カードは好まない。会話のなかで《厄介なことに》とか、《やけに手が込んでいやがる》とか、《ここは堅いことは言わないで》といった言葉をよく使った。

彼は週に二度病院に来て回診をし、外来患者の診察をする。防腐剤がなくて放血器があることに彼は腹を立てていたが、ラーギンの手前、新たな体制を導入することは控えている。同僚のラーギンのことは、老いぼれペテン師と見なし、大金を貯め込んでいるとにらんでいて、密かにやっかんでいる。できれば喜んでラーギンに取って代わる魂胆だ。

第九章

地表の雪がきえ、病院の庭先でムクドリが鳴き始めた三月も末の宵、ラーギンはなじみの友人の郵便局長を見送りに、病院の門まで出てきた。ちょうどそのとき、中庭にユダヤ人のモイセイカが入ってきた。物乞いでせしめた戦利品を持っての帰りだった。彼は帽子もかぶらず、裸足にオーバーシューズをひっかけた格好で、両手にお布施の入った小さな袋をかかえていた。

「どうか、お恵みを！」彼は寒さにふるえ、にこやかに微笑みかけながら、医者に話しかけた。

断るということができないたちのラーギンは小銭をめぐんでやった。

「これはよくないな」その素足のままの格好や赤くなったか細いくるぶしを見やりながらラーギンは思った。「すっかりずぶ濡れじゃないか」

憐れみと潔癖症に似た感情に突き動かされて、彼はモイセイカの禿げあがった頭とそのくるぶしを眺めながら、モイセイカに続いて離れに入っていった。ラーギンが入ってくると、ニキータはボロの山から飛び起きて、気をつけの姿勢をとった。

「ごきげんよう、ニキータ」と、ラーギンは穏やかに言った。「このユダヤ人に靴でもくれてやれないか、このままじゃ風邪をひいてしまう」

「承知しました、閣下。監督官にそう伝えます」

「そうしてくれ。私がそうするように言っていたと。私が頼んでいた、そう言うんだよ」

病棟に通じる玄関の扉は開け放たれていた。イワン・ドミートリチはベッドに寝そべったまま、肘で半身を起こし、心配そうに見知らぬ声に耳を傾けていたが、矢庭にそれが医者の声であることを悟った。彼は怒りに身をふるわせるや、がばと起き上がり、怒りに顔を紅潮させ、目を白黒させながら、病室のなかほどまで走り出てきた。「先生のお出ましだぞ！」と声をあげると、いきなりハハハッと笑い出した。「ずいぶん待たせやがって！　諸君、おめでとう。大先生がご訪問くださったぞ！　この汚らわしい恥知らず！」そう大声をはりあげると、いまだかつてこの病棟では見かけたこともないほど激昂して、足をドンと踏みならした。「この汚らわしいやつを殺しちまえ！　いや、殺すだけではまだ足りない！　肥《こえ》だめに沈めてしまえ！」

ラーギンはこれを聞いて、入り口から首をだして病室をのぞきこみ、穏やかな口調で尋ねた。

「なぜです？」

「なぜですだとお」イワン・ドミートリチはもの凄《すご》い形相でラーギンに詰め寄り、患者服の前をかき合わせながら、金切り声をあげた。「なぜですだとお。この盗人《ぬすっと》めが！」吐き捨てるようにそう言うと、ツバを吐きそうに唇をすぼめた。「やぶ医者！

悪党！」

「まあ、そんなにお怒りにならないで」申し訳なさそうに微笑みかけてラーギンは言った。「誓って申しますが、私は他人のものをくすねたことなど一度もありませんし、その他の点では、あなたはひどく誇張なさっている。どうやら、私にご立腹のようですね。どうか気をしずめて、冷静になって、話してくれませんか。何に腹をお立てになっているのか？」

「何だってあなたはぼくをここに閉じ込めているんだ？」

「病人だからですよ」

「たしかに、ぼくは病人だ。でも、それにしたって、何十人、何百人もの気の触れた連中がのうのうと歩きまわっているじゃないか。それだって、あなたがたの無知が健常者と狂人を識別できないためだ。ぼくだとか、ここにいる不幸な人たちは、その他おおぜいの身代わりにここに閉じ込められている。贖罪の山羊ってわけか？　あなたにしろ、代診にしろ、監督官にしろ、この病院の悪党どもはどいつもこいつも、ここの誰よりも道徳の点ではるかに劣っているくせに、ぼくたちは閉じ込められているのに、あなた方はそうじゃない。どこに論理があるんだ？」

「道徳や論理は、これにはなんの関係もありません。すべては単なる偶然の結果です。収容されている人間は閉じ込められ、収容されてない人間は歩き回っているだけです。私が医者であなた方が精神病者であることに、道徳も論理もないのです。あるのはただの偶然だけです」

「そんなたわごと、ぼくにはわからん」イワン・ドミートリチはくぐもった声でそう吐き捨てると、自分のベッドに座りこんだ。

ドクトルがいるお陰でニキータの身体検査をまぬがれたモイセイカは自分の寝床にパン切れとか、紙の切れっ端とか、サイコロとかを広げ、相変わらず寒さに身体をふるわせながら、何やら早口で歌うようにユダヤ語で話し出した。どうやら自分の店でも開いている気でいるらしい。

「ぼくをここから出してくれ」イワン・ドミートリチはそう言ったが、その声はふるえていた。

「それはできません」

「どうして？　なぜだめなんだ？」

「それは私の権限にないことだからです。よくお考えになってみてください。あなたを放免したところで、あなたにどんな益があります？　出ていったところで、あなたは街の連中か警察に捕まって、送り返されることでしょう」

「たしかに、たしかにそうだ……」イワン・ドミートリチはそう言って、額をぬぐった。「恐ろしいことだ！　でも、それじゃあ、ぼくはどうすればいいんです？　どうすれば？」

イワン・ドミートリチの声としかめっ面《つら》をしたその若々しい顔は、ラーギンには好ましいものに思えた。だから彼はこの若者にやさしい声をかけ、なだめてやりたいと思った。ラーギンはイワンと並んでベッドに腰をかけ、しばらく考えてから、こう口を切った。

「どうすればいいかとおっしゃるのですね？　あなたの立場で最良の方策、それはここから逃げ出すことです。しかし、残念ながら、それは無駄です。あなたは取り押さえられるでしょう。社会が犯罪者や精神病者や、邪魔な人間を排除しようとすると、もうそれには勝てません。残る道はひとつしかない。あなたがここにいるのは、必要不可欠なことだと観念することです」

「そんなことは誰にも必要じゃない」

「監獄や精神科病院が存在する以上、誰かしらそこに入っていなければならない。あなたでなければこの私、私でなければ、また別の誰かが。もうしばらく辛抱なさい。遠い将来、監獄や精神科病院はその存在を終え、そうなれば、この窓の格子も拘束衣もなくなります。無論、そうした時代は早晩やって来ます」

イワン・ドミートリチは鼻でふんと笑った。

「御冗談でしょう」と目をしばたたかせた。「あなたやあなたの助手のニキータのような連中には未来は関係ないでしょうが、どうぞご安心なさい、よりよい時代はきっと来ます。ぼくは俗っぽい表現しかできませんが、お笑いになるなら、お笑いなさい。でも必ずや、新しい生活の朝焼けの光が差し、真実が勝利の凱歌《がいか》をあげ、ぼくたちが住んでいるこの通りもお祭り騒ぎにわきかえるでしょう！　ぼくはそれまで生きのびることはできないかもしれない、その前に死ぬでしょうが、ひ孫たちは生きのびるでしょう。ぼくは心の底から彼らにおめでとうと言ってやりたい、うれしいと思う、彼らのためにうれしいと思います！　前進せよ！　友よ、君たちにご加護があらんことを！」

イワン・ドミートリチは目を輝かせて立ち上がり、両手を窓にさしのべ、なおも声に興奮をにじませて続けた。

「この格子のこちらから、君たちに祝福を送る！　真実、バンザイ！　感激だ！」

「私には別に喜ぶ特段の理由があるとは思えませんが」とラーギンは言った。彼にはイワン・ドミートリチの動作は芝居がかっているように思えると同時に、とても気に入った。「監獄も精神病院もなくなり、あなたがおっしゃるように、真実が凱歌をあげるでしょうが、事の本質は変わりはしないでしょうし、自然の摂理はもとのままでしょう。人は今と同じように、病気になり、年を取り、死んでゆくでしょう。どんな壮麗な朝焼けがあなたの人生を照らそうと、とどのつまりは、あなたは棺桶に入れられ、墓穴に埋められるでしょう」

「でも、不死は？」

「まだそんなことを！」

「あなたは信じていないかもしれないけれど、ぼくは信じてるんです。ドストエフスキーかヴォルテールのなかで誰かが言ってましたよね。もし神がいないとすれば、人間はきっとそれを考え出すと。ぼくは深く信じているんです。もし、不死がないなら、偉大な人間の知性は早晩それを発明するにちがいないと」

「立派なご高説です」さも満足げに笑みをもらして、ラーギンはそう言った。「あなたが信仰をお持ちであることはいいことです。そんな信念をお持ちなら、壁に埋められたって、鼻歌まじりに生きていけますよ。あなたはどこかでそれなりの教育をお受けになったのですね？」

「ええ、大学に行きました。卒業はしませんでしたが」

「あなたは思索することができる、思慮深い人間です。いかなる状況にあっても、自分のなかに平安を見出《みいだ》すことがおできになる。現実を見極めようとする自由で深い思考、それにこの世の愚かな空騒ぎにたいする完全なる蔑視、このふたつの恵みこそ、人が望みうる最良の恩恵です。そしてあなたは、たとえ三重の鉄格子の中に閉じ込められていても、その両方をお持ちです。ディオゲネス[9]は樽のなかで暮らしていましたが、この地上にあるどんな王様より仕合わせでした」

「あなたの言われるディオゲネスなんて木偶《でく》の坊だ」陰気にイワン・ドミートリチは吐き捨てた。「ディオゲネスや人生の考究だとか、一体あなたはそれで何を言いたいんだ？」彼はいきなり腹を立てて飛び起きた。「ぼくは人生を愛している、それも熱烈に！　ぼくには迫害されている観念があって、たえず苦しい恐怖がある。でも、時として強烈な生への希求が上回って、そうなると気がおかしくなるのじゃないかと恐ろしくなる。とても生きたいんです、とても！」

彼は興奮して病室のなかを歩き回りはじめ、声を低めてこう言った。

「ぼくが夢想をはじめると、幻覚があらわれる。どこの誰だかわからぬ人がやって来て、ぼくにはその声が聞こえる、音楽だって聞こえてきて、ぼくはどこかの森のなか、海岸でも歩いているような気になって、ぼくは人々の空騒ぎや煩《わずら》いが無性に恋しくなる……。話してください、あちらでは何か変わったことはありますか？」イワン・ドミートリチは訊ねた。「むこうはどうですか？」

「あなたが知りたいのは、町の様子ですか、それとも世間一般のことですか？」

「まず、町のことです、それから世間一般のことを聞かせてください」

「さあ、何をお話しすればいいかな？　町はうんざりするほど退屈ですよ……。言葉を交わす人もいなければ、話を聞くに価する人もいません。新奇な人はいません。そ

9　古代ギリシア犬儒派の哲学者。前四世紀。その思想に従って犬のような生活を実践し、樽の中で暮らした。

う言えば、最近ホーボトフという若い医者がやって来ました」

「その男ならぼくが町にいたころにやって来ましたよ。どうです、下衆《げす》ですか？」

「そう、教養ある人間じゃありませんね。それにしても奇妙なものですね……。みたところ、この国の大都会は知的に停滞しているわけじゃない。知的な動きはある。つまり、それなりの人物がいないわけじゃない。なのに、どうしてそこから派遣されてくるのはこうも屑ばかりなのでしょう。不幸な町ですよ！」

「そうです、不幸な町です」とイワン・ドミートリチは溜息をついた。「じゃあ、世間一般についてはどうです？　新聞や雑誌では何が話題になっています？」

　病室のなかはすでに暗かった。ラーギンは立ち上がると、立ったまま外国やロシアで何が話題か、どんな思想潮流が台頭しているかを話し始めた。イワン・ドミートリチは注意深く耳をかたむけ、質問をはさんだりしていたが、突然、何か恐ろしいことでも思い出したように、頭をかかえ、ぷいとラーギンに背をむけて寝床に横になってしまった。

「どうしました？」とラーギンは訊ねた。

「もうぼくからこれ以上何も聞き出せませんよ！」イワン・ドミートリチはぞんざい

に吐き捨てた。「ほっといてくれ、ぼくのことは！」

「どうして？」

「ほっといてくれ、とぼくは言うんです！　うるさいんだよ」

ラーギンは肩をすくめると、溜息をついて出ていった。

玄関口を出ていきながら、

「ニキータ、ここを少し片付けてくれないか……。ひどい匂いだ！」

「承知しました、閣下」

「なんと気持ちのいい若者だろう！」ラーギンは自室にもどりながら、そんなことを考えていた。「ここで暮らすようになってはじめて、まともに話ができる人間に会った気がする。ちゃんと自分の頭で考えることもできれば、然るべき関心も持っている」

読書をしていても、その後横になっても、ラーギンはしじゅうイワン・ドミートリチのことを考えていた。翌日の朝目をさましても、昨日知的で興味深い人物に会ったことを思い出し、機会があればまた彼のところに出かけてみようと決心した。

イワン・ドミートリチは頭をかかえ、足をこごめ、昨日と同じ格好で身を横たえていた。顔は見えない。

「ごきげんよう」とラーギンは親しい友人に言うように声をかけた。「お目覚めですね？」

「友達みたいな口をきかないでください、第一、ぼくらは友達なんかじゃありませんからね」とイワン・ドミートリチは枕に顔をうずめて言った。「第二に、ぼくの気を引こうたって無駄ですよ、しゃべらせようたって、ぼくはもう一言もしゃべりませんからね」

「奇妙ですね……」困惑してラーギンはぽつりと言った。「昨日はあんなに打ち解けて話ができたのに、いきなり何だか腹をたてて、けんもほろろなんですから……。どうやら、ぼくが何か気に障《さわ》る言い方をしたか、あなたの気にそまぬ考えを口にしたようですね……」

「ふん、誰があなたのことなんか信じるものか！」半身を起こして、不安のまざった、小馬鹿にしたようすでラーギンを見つめながら、イワン・ドミートリチは言った。その目は真っ赤だった。「人をつけ回し、探りを入れるなら他所《よそ》へ行けばいいのに、ここでは何もすることはありませんよ。ぼくは昨日ではっきりわかったんだ、どうしてあなたがここへやって来るのか」

「奇妙な空想だ！」ラーギンは苦笑いをした。「要するに、あなたはぼくのことをスパイだとお考えなのですね？」

「そうです、そうにらんでいる……スパイか、そうでなければ、ぼくの鑑定を任された医者だと。どっちでも同じですがね」

「ああ、あなたは、こう言っては失礼なんだけれど、なんて天《あま》の邪鬼《じゃく》なんだ！」

ラーギンは寝床のわきの腰掛けに座って、たしなめるように頭を振った。

「まあ百歩ゆずって、あなたの言うことが正しいとしましょう」と彼は言葉をついだ。「私が巧みにあなたの言葉尻をとらえてあなたを警察に突き出したとしましょう。あなたは逮捕され、裁判にかけられる。でも、裁判にしろ監獄にしろ、ここより悪いでしょうか？　もし流刑地か強制労働に送られる身になったところで、この離れに閉じ込められてるよりひどいことでしょうか？　私には、ここよりひどいとは思えませんね……。何を恐れていらっしゃるのです？」

どうやらラーギンの言葉はイワン・ドミートリチにひびいたらしい。彼はおとなしく腰を下ろした。夕方の四時を過ぎていた。通常ならラーギンは家にいて、部屋を歩き回り、家政婦のダーリユシカが、そろそろビールをお飲みになりますかと訊ねてくる時刻だ。外はおだやかな、晴れた天気だった。

「私はね、昼食を終えて散歩に出たついでに、ごらんの通り、ちょっと寄ってみたのです」とラーギンは言った。「外はすっかり春ですよ」

「今何月です？　三月ですか？」

「ええ、三月の終わりです」

「外はぬかるんでますか？」

「いえ、それほどではありません。庭にはもう小道ができています」

「今なら郊外まで幌馬車を走らせれば、気持ちいいでしょうね？」と、まるで寝ぼけまなこのような赤い目をこすりながらイワン・ドミートリチは言った。「それから家の暖かな気持ちのよい書斎に戻って、ちゃんとした医者から頭痛の治療を受ける……。ずいぶん長い間ぼくは人間らしい生活を送ってないからなあ。ここときたら、おぞましい！　吐き気がするほど、おぞましい！」

　昨日神経を高ぶらせたあとなので、彼は疲弊し、元気なく、話すのも億劫そうだった。指はふるえ、その顔をみても、ひどい頭痛に苛まれていることがうかがえた。

「暖かで気持ちのよい書斎とこの病室のあいだには何の違いもありません」とラーギンは言った。「安らぎと充足は人間の外にあるのではなく、その人の内部にあるのです」

「つまりどういうことです？」

「大抵の人間はいいことも悪いことも外から、つまり馬車や書斎のせいだと考えていますが、思索する人間は、それは自分の考え方ひとつだと考える」

「そんな哲学は暖かで、ダイダイの実が香るギリシアにでも行って吹聴すればいいんだ。そんな哲学はここの気候には合わない。ぼくは誰かとディオゲネスの話をしたことがあったなあ、誰だったかな？　あなたではありませんか？」

「ええ、昨日私と」

「ディオゲネスは暖かな土地柄にいて書斎を必要としなかった。それでなくても、向こうは暑いですからね。樽の中に寝そべって、勝手にオレンジやオリーブの実を食べてりゃいいんだ。彼をロシアで暮らさせてごらんなさい、そうすりゃ十二月といわず五月でも、部屋に入れてくれと頼んできますよ。たぶん、寒さに縮こまっていますよ」

「いやいや。寒さだとか、どんな痛みも感じないでいられるものです。マルクス・アウレリウス[10]が言っています。《痛みとは、痛みに関する生きた観念にすぎない。そんなことは振り捨てて、泣き言を言うのをやめてみたまえ、痛みは消えてなくなる》とね。そのとおりです。賢者とよばれる人は、いや、単純に言って、物を考える、思慮深い人間は、苦しみを蔑視する点で秀でているのです。賢者はいつも満ち足りていて、何事にも驚かない」

「となれば、ぼくはおバカさんというわけだ。苦しみ、不満だらけで、人間の下劣さに舌を巻いているわけですからね」

「そんなことは無駄なことです。あなたももう少しよく考えてごらんなさい、そうすれば、あなたを悩ませている外的なことはすべて取るに足りないことだってことがおわかりになるでしょう。必要なのは、この現実を悟ることです。そこにこそ、真のよろこびがある」

「悟りねえ……」イワン・ドミートリチは顔をしかめた。「外部だとか内部だとか……。失礼ですが、ぼくには分からんなあ。ぼくにわかるのは」立ち上がって、腹立たしそうに医者をにらみながら彼は言った。「ぼくにわかるのは、神が温かな血と神経でこのぼくをお造りになった、ただそれだけです！　有機的な組織、もしそれが生命に価するなら、あらゆる刺激に反応するのは当たり前だ。だから、ぼくは反応するんだ！　痛いと、ぼくは悲鳴と涙で応え、卑劣なことを目にすれば怒り狂い、下劣さにたいしては嫌悪で応える。ぼくに言わせれば、これこそ生きるということです。有機体は下等になればなるほど感覚が鈍くなり、刺激に反応しなくなり、高等になるほど敏感になり、刺激により活発に反応する。どうしてこれがわからないんです？　ドクトルだというのに、こんなちっぽけなことがおわかりにならない！　苦しみを軽蔑し、つねに満ち足りているには、ほら、あんな状態にならなければならない」と、イワン・ドミートリチは太った脂ぎった百姓を指した。「あるいは、苦しんで苦しん

10　古代ローマの皇帝、五賢帝の一人（一二一―一八〇）。ストア哲学に傾倒し、『自省録』を著した。

で、苦しみに無反応になるまで、苦しみぬかなければならない、言い替えれば、生きることをやめるわけです。申し訳ありませんが、ぼくは賢人でも哲学者でもない」苛立ちながらイワン・ドミートリチは話をついだ。「だから、この点に関しては、何もわかりません。議論をできる柄じゃない」

「いや、それどころか、すばらしい議論ですよ」

「あなたが揶揄《やゆ》してみせたストア派[11]の連中はすぐれた人たちでした。だが、その教えは二千年前に固まり、以来一ミリも進まなかった、今後も進まないでしょう。その教えは実践的ではなく、生に根ざしていなかったためです。その教えは、いろんな教えを研究し、それらを吟味することに明け暮れた一握りの人たちにしか受け入れられなかった。大半の人は理解できなかった。富や日常の便宜への無関心、苦しみや死の蔑視を説く教えは圧倒的な多数にはまったく納得がいかなかった。大多数は、富も日常の便宜とも無縁の衆生《しゅじょう》だったからです。苦しみを蔑視することは、彼らにとって生きることそのものを蔑視することにほかならなかったでしょう。というのも、人間の存在というものは、ひもじさや寒さ、屈辱、喪失、死を前にしたハムレットの恐怖から成り立っているからです。こうした感覚のなかに実人生はある。それに足を引っ張られたり、それを憎悪することはできるが、蔑視することはできない。そう、もう一度言いますが、ストア派の教えには、決して未来はないでしょう。一方、今世紀のはじめから今まで進行しているのは、見てのとおり、闘争です、痛みにたいする敏感さと、刺激に反応する能力です……」

イワン・ドミートリチは突然、思考の脈略を失って思考停止し、悔しそうに額をぬぐった。

「大事なことを言おうとしたのに、接《つ》ぎ穂を失ってしまいました」と彼は言った。「何を言おうとしてたんだろう、ぼくは？　そうだ、ぼくはこう言いたかったのだ。ストア派のひとりがわが身を奴隷に売り渡したことがある。身近な人間を奴隷の身から買い戻すためだ。ほら、ごらんのとおり、ストア派だって、刺激に反応することがあるんです。近親者のためにわが身を犠牲にする、そんな気高い行為のためには憤慨し、ともに苦しむ精神が必要だったのです。ぼくはこの監獄でこれまで学んだことを

11　ゼノンが創始した哲学の一派。厳格な禁欲主義を説き、セネカやエピクテトスなどの信奉を集めた。

すっかり忘れてしまいました。そうじゃなけりゃ、まだ思い出すことがあるはずなんですがね。キリストを例にとりましょうか？　キリストは現実にたいしてその都度反応しました。泣いたり、微笑んだり、悲しんだり、激昂したり、時には侘びしさに打ちひしがれることさえあった。だが、笑みを浮かべて苦しみを迎えたことはなかったし、死を蔑視したこともなかった。ゲッセマネの園[12]でこの苦難が過ぎますようにと祈ったにすぎなかった」

　イワン・ドミートリチは笑い出して腰を下ろした。

「安らぎと充足が人間の外ではなく、その人の内部にあるとしましょう」と彼は言った。「また、苦しみを蔑視し、何にたいしても驚かぬことが必要だともしましょう。それにしても、あなたは何を根拠にこれを喧伝《けんでん》するのです？　あなたは賢者なのですか？　哲学者ですか？」

「いいえ、私は哲学者ではありません。しかし、こうした教えを広めるのは各人の務めなのです。理由はそれが合理的だからです」

「いや、ぼくが知りたいのは、悟りといい、苦しみの蔑視といい、その他もろもろの点に関して、あなたがご自分をそれを論じるだけの資格があるとお考えになっているその理由です。あなたはかつて苦しんだことがありますか？　苦しみに関して理解をお持ちですか？　お伺いしますが、子供のころ、ぶたれたことがありますか？」

「ありません。私の両親は体罰を毛嫌いしていました」

「ところが、ぼくは父親から容赦なくぶたれたものです。ぼくの父というのは厳格な、痔持ちの官吏で、長い鼻と黄ばんだ首の男です。だが、ここはあなたの話をしましょう。あなたの生涯を通して、誰一人、あなたに指一本ふれたことはないし、誰もあなたを震え上がらせたことも殴りつけたこともない。あなたは雄牛のように頑強だ。父親の庇護のもとに大きくなり、親がかりで教育を受け、次いですぐさま実入りのいい名誉職にありついた。二十年以上、無償の住宅に暮らしている。住まいは暖房が備わり、照明もあり、家政婦までついている。おまけに、どれだけ、どんな風に働こうが、あなたの自由。いや、働かなくても結構。生まれつきあなたは怠惰で華奢なものだから、何物にも邪魔されず、一歩も動かなくて済むように、自分の生活を組み立てるよ

12　イエスと弟子たちが最後の晩餐のあとに祈りを捧げ、イエスがユダに裏切られ捕らえられた場所。

うに骨折っている。仕事は代診や悪党どもにまかせっきりで、ご本人は暖かで静かな書斎にこもり、小金を貯めて、読書三昧の日をおくり、高邁なよしなし事の思索やら（と、ここでイワン・ドミートリチはラーギンの赤っ鼻に目を走らせ）、酒にふけってござる。要約すれば、あなたは生活というものを目にしたことがなく、まったく生活をご存じない。ご存じの現実は、机上の空論でしかない。あなたが苦しみをさげすみ、何事にも驚かずというのは、きわめて単純な理由からだ。諸行無常、内と外、生や苦しみ、死への蔑視、悟り、真のよろこび、といったもの、それらは全部ひっくるめて、哲学にすぎない。それこそ、ロシアの怠け者にもっとも適した哲学にすぎない。たとえば、百姓が妻を殴っているのをごらんになったって、しゃしゃり出る必要がどこにある？　殴りたければ殴らせておけ、どうせ、ふたりとも、早晩、くたばるんだ。しかも、殴っている男が殴打で侮辱しているのは、殴っている当の相手ではなく、おのれ自身なのだから。酔っ払うのは愚かで、みっともないが、飲んでも死ぬし、飲まなくても死ぬ。女主人《おかみ》さんがやって来て、歯が痛いという……。さて、どうしたものか？　痛みという観念がありましてねえ。それにこの世では、病気なしに生きることはできない相談で、われわれは誰しも死んでゆくのです、だから、さあ、帰った帰った。私の考えの邪魔をせんでくれ、ウォッカを飲むのに邪魔なんだ。若い男が、何をなすべきか、どう生きるべきかと相談をもちかける。ほかの人間なら答えるまえに少しは考えてみるものだが、ここでは答えはもうできあがっている。悟りに努めなさい、真のよろこびに邁進《まいしん》しなさい。では、このまか不思議な《真のよろこび》とは何なのか？　もちろん、答えはない。ぼくたちはここの鉄格子の中に入れられ、閉じ込められ、責めさいなまれている。ところが、ここはすばらしいところで、理にかなっているのだそうだ。その理由というのが、ここの病棟とあたたかくて快適な書斎のあいだにはいかなる違いもないからだというのだ。便利な哲学じゃないか。何もしなくていい、それでいて良心はきれいなまま。しかも、賢人ぶっていられる……。いや、先生、これは哲学なんかじゃない、思考でなんかあるものか、広い見識でなんかであるものか。たんなる怠惰だ、目くらましだ、眠った意識の陥穽だ……。そうなんだ！」イワン・ドミートリチはまたもや腹を立てた。「苦しみを軽蔑しろだって。でもドアに指をはさんだら、あなただって、思いっきり悲鳴をあげるだろう」

「ひょっとすると、あげないかもしれませんよ」やさしくほほえみながら、ラーギンは言った。

「もちろん、そうでしょうとも！　でも、もしあなたが中風の一撃をくらったり、どこかの馬鹿か鉄面皮《てつめんぴ》な男が、自分の立場や役職を利用してあなたを公衆の面前で侮辱しても、それが何の処罰も受けないことがわかったなら、そのときこそ、あなたは他人に悟りや真のよろこびを説くことが何を意味するかおわかりになるでしょうよ」

「いや、なかなか独創的です」ラーギンは得心して笑い出し、両手をこすり合わせた。「物事を一般化してやまないあなたの気質には舌を巻きますよ。それに、今あなたが描いてみせた私の性格分析は見事というほかありません。正直申して、あなたとお話しできて、大いに満足いたしました。そこでですが、今私はあなたの話を拝聴しました。では今度は私の話をお聞きいただきましょうか……」

第十一章

この会話はさらに一時間ばかりつづいた。どうやらこのやり取りはラーギンに深い感銘を与えたらしかった。彼は毎日この離れを訪れるようになった。毎朝といわず昼食後もここにやって来て、夕方の暗がりのなかでイワン・ドミートリチと話し込んでいる姿をしばしば見かけるようになった。最初のうちこそイワン・ドミートリチは彼のことを煙たがり、裏に魂胆があるのではないかと疑《うたぐ》り、あからさまに敵意をしめしていたが、やがて彼のことにも慣れ、とげとげしい物言いをあらため、鷹揚な皮肉っぽい態度で接するようになった。

やがて、ラーギンが六号室を訪れるようになったという噂が病院を駆けめぐった。代診もニキータも看護婦も、何のために医者がここに通ってくるのか、どうして何時間もそこに座りこんでいるのか、何を話しこんでいるのか、どうして処方箋を書かないのか、誰も理解できなかった。彼の行動は不可解に思われた。ミハイル・アヴェリヤーヌイチが訪問しても、ラーギンが家にいないことがたびたびにおよんだ。こんなことは以前にはなかったことだ。ダーリユシカは、きまった時間にラーギンがビールを飲みに来ないし、ときどき昼食にも遅れてくるので、大いに困惑していた。

あるとき、それは六月も末のことだったが、医者のホーボトフが何かの用事でラーギンを訪ねてきた。ラーギンが家にいないので庭に探しに出た。そこで彼が告げられたのは、大先生は精神病棟に出かけているというニュースだった。離れに出向いて玄関口に立っていると、こんな会話が聞こえてきた。

「いくら話しても話は平行線だし、ぼくを説き伏せようたって、そうは問屋がおろさない」イワン・ドミートリチのいらだった声が聞こえてくる。「あなたはまったく現実をご存じないし、一度も苦しんだことがない。ただヒルのように、他人の苦しみにたかって御託をならべているだけだ。ところが、ぼくは生まれてから今日までずっと苦しんできた。だから隠さず言ってやる。あらゆる点で、あなたよりぼくの方が語る資格はあると思っている。ぼくに講釈たれるなんて十年早いんだ」

「私はあなたを折伏《しゃくふく》しようなんて考えてはいません」ラーギンは蚊の鳴くような声で、理解されずにいかにも残念だと、その無念さを声ににじませていた。「問題はそこにあるのじゃありませんよ。あなたが苦しんだことがあるのに、私にはそれがない、そこに問題があるわけじゃありません。苦しみもよろこびも一時的なものです。そんなものは脇におきましょう。大事なのは、ぼくもあなたも物を考える人間だという点にある。われわれはお互いのなかに、物を考え、議論できる能力をもった人間を認めている。どんなにお互いの見解が相違していようと、それがふたりを結びつけているのです。私がこの世をおおう狂気や才能のなさ、鈍感さにどれほど音《ね》を上げているか、また、あなたとお話しするたびに、どれだけ私がよろこびを感じているか、それをわかっていただければなあ！　あなたは聡明で、私はあなたといると、とても愉しいのです」

ホーボトフは少し扉をあけて、病室のなかをのぞきこんだ。イワン・ドミートリチはナイトキャップをかぶり、ラーギンは並んで寝床に腰かけていた。狂人は顔をしかめたり、驚いたようにぎくりと身震いしては、せわしなく患者服の前をかき合わせ、一方ラーギンはじっと座ってうなだれていた。その顔は赤らんで、寄る辺なく悲しげだった。ホーボトフは肩をすくめ、にやりとほくそ笑んで、ニキータと目を見交わした。

翌日、ホーボトフは代診のセルゲイ・セルゲイチと一緒に離れにやってきた。ふたりは玄関口に立ったまま、耳をそばだてた。

「うちの爺さんも焼きがまわったな！」離れをあとにしながら、ホーボトフは言った。

「主よ、われらが罪人を許したまえ！」信心深い代診のセルゲイ・セルゲイチは、せっかく磨きあげた長靴を泥で汚さないよう、しきりに水たまりを避けながら、溜息をついた。「白状しますがね、ホーボトフさん、私はかねがねこうなると思っていましたよ」

第十二章

　このことがあってからラーギンは周囲によそよそしさを感じるようになった。看護人や看護婦、患者たちは、彼に会うと猜疑《さいぎ》の目を向け、そのあとひそひそ話をする。ラーギンが病院の中庭で会うのを楽しみにしている監督官の娘マーシャは、ラーギンが頭をなでてやろうと近づくと、今ではどういうわけか逃げてゆく。郵便局長のミハイル・アヴェリヤーヌイチはラーギンと話をしていても、今では「まったくおっしゃる通りです」とは言わず、なんだか曖昧な困ったようすで、「なるほど、なるほど……」と口ごもり、思い詰めた哀れむような目を向ける。しかも、どういうわけか、親友のラーギンにウォッカとビールをやめるよう忠告するようになった。しかし彼は相手の気持ちをおもんぱかって面と向かってそうとは言わず、ある大隊の司令官ですぐれた人物の話や、なかなかの好人物である連隊づきの司祭だとかを例に、彼らは飲んで病みついたが、酒をやめたら健康を回復したとそれとなくほのめかしてくるのである。二、三度ラーギンのもとへ同僚のホーボトフもやって来た。彼もアルコールは控えたほうがいいと忠告し、唐突に、臭化カリウムを飲んでみるようにと勧めた。

八月にラーギンは市長から、きわめて重要なる案件につきご来訪をたまわりたいという手紙を受け取った。指定された時間に役所に来てみると、そこには軍司令官に郡視学官、市会理事、ホーボトフ、それに、医者《ドクトル》という触れ込みの、どこかの丸々と太ったブロンドの紳士が待ちかまえていた。この紳士はなかなか発音がむずかしいポーランド名の人士で、町から三十キロ以上はなれた馬匹《ばひつ》飼育場に住んでいて、今は通りすがりで町にいるとのことだった。

「じつは先生の所轄に関することで申請が出ておりまして」と、ひとわたり挨拶が済んで全員が着席すると、市会理事がラーギンに切り出した。「こちらのホーボトフ先生のお話ですと、母屋にある薬局が少々手狭になっておりまして、それを離れのひとつに移す必要があるということでございます。いや、これはどうってこともありません。移転は可能です。ですが、ひとつ大きな問題がございまして、離れは改修を要します」

「そうですな、改修をしないわけにはいきませんね」しばらく考えてラーギンは言った。「たとえば、端の棟を薬局に改修するとして、少なく見積もっても五百ルーブルを要するでしょう。なかなか容易ならざる出費です」

しばし沈黙がつづいた。

「私は十年前にも報告しましたが」とラーギンはか細い声でつづけた。「今ある形の病院は、この町には贅沢で、採算がとれない。あれが建てられたのは四〇年代のことで、当時でも赤字でした。町は必要もない箱物や人員に経費を使いすぎている。私の考えでは、やり方を変えれば、この経費で模範的な病院をふたつ維持できます」

「おっしゃる通りで、やり方を変えましょう」と市会の理事は身を乗り出した。

「私は以前にもそう提案しました。医療関係は郡会にゆだねるべきです」

「でも、金を郡会に渡してごらんなさい、使い込まれるのがオチですぞ」ブロンドの医者が笑い出した。

「いつものことですな」市会の理事もそれに賛同して、笑い出した。

ラーギンは気乗りしないようすで、ぼんやりとブロンド男を見つめて、こう切り出した。

「公正でなくてはいけません」

再び沈黙が訪れた。お茶が出た。軍司令官はなぜだか大いにどぎまぎして、テーブル越しにラーギンの手にふれて、こう言った。

「先生、すっかりわれわれのことをお見限りですね。それにしても、先生は世を捨てた修道僧のような人で、カードはやらない、女性はお好きじゃない。われわれと一緒にいたんじゃ、詰まらないんだ」

みんなが一斉に、まっとうで実直な男がこの町で生活するのがどんなに堅苦しいかと話し出した。芝居小屋もなければ音楽もなく、最近の舞踏会の夜会では、ご婦人連が二十人もいるのに、お相手をする男は二人しかいない。若い連中はダンスはしないで、しじゅう軽食のまわりにたむろするか、カード打ちに余念がない。ラーギンは誰にいうでもなく、おもむろに低い声で話し出した。町の住人がその生き甲斐と関心をあたらカードと噂話に入れあげるばかりで、興味をそそる会話や、読書に時間を割かず、その気もなく、知性がもたらすよろこびを享受する気もないことはいかにも残念だ、いや、深く憂慮する。唯一、興味にこたえ、注目に価するのは知性あるのみで、そのほかのことは、どれも取るに足りず、下劣なものだと話した。ホーボトフはこの同僚の話を耳をそばだてて聞いていたが、いきなり、

「ラーギン先生、今日は何日ですか？」

と訊いた。

ラーギンが答えると、ホーボトフとブロンドの男は、おのれのばつの悪さを感じたのか、立て続けに質問をあびせた。今日は何曜日ですか、一年は何日あるか、六号室に凄い予言者がいるという話だが、それは本当か？

最後の質問にたいしては、ラーギンは顔を赤らめ、こう答えた。

「ええ、それは患者のひとりですが、興味ぶかい若者です」

これを潮《しお》にそれ以上質問は出なかった。

入り口でコートを着ていると、軍司令官が彼の肩に手をおいて、溜息まじりに言った。

「われわれ老人は、そろそろ身を引く時期ですな」

役所を出たとたん、ラーギンははたと気づいた。これは、彼の知的能力を審査する委員会だったのだ。自分に出された質問を思い出して、彼は顔を赤らめ、なぜだか人生ではじめて、医学が無性にかわいそうに思えた。

「やれやれ」たった今医者たちが彼のことを調べまくったことを思い出して、彼は思うのだった。「連中が精神医学の講義を聴いて、試験を受けたのはつい最近のことじゃないか。それにしても、どうしてこれほどまでに物を知らんのか？　精神病のイロハも知らんとは！」

そして、人生ではじめて、自分が侮辱され、怒りがこみあげてくることを感じた。

この日の夕方、郵便局長のミハイル・アヴェリヤーヌイチが訪ねてきた。挨拶もそこそこに、郵便局長は彼に駆け寄り、その両手を取ると、神経を高ぶらせた声でこう言った。

「なあ、君。どうか、私が君のためによかれと思っていることを信じ、私のことを友だと考えていることを証明してくれたまえ……。なあ、君！」そう言うと、ラーギンにはしゃべる余地をあたえず、息せき切ってこうつづけた。「私は、君のその教養、高潔なその心のゆえに君を愛している。だから私の話を聞いてほしい。いいかい。医学の規律は、君に真実を告げてはならぬと義務づけている。だが、私は軍人流に本当のことを明かす。君は病気なんだ！　どうか私のことを悪く思わないでくれ、しかしね君、これが真実なんだ。まわりの者はだれでも、以前からこのことに気づいている。今では医者のホーボトフ先生も、君の健康のためには身体を休めて気散じすることが不可欠だと言っている。まったくその通りだ！　すばらしいじゃないか！　近々、私は休暇を取って、よその空気を嗅《か》ぐために出かけるつもりだ。どうか親友のあかしをみせてくれよ、いっしょに出かけようよ！　出かけて、人生の垢《あか》を落とそう」

「私は健康そのものだと思いますが」ちょっと考えて、ラーギンは言った。「旅行には出かけられません。友情のあかしなら、別のことで証明させてもらいたい」

当てもないのにどこかに旅に出る、本もない、ダーリユシカもいない、ビールもない、二十年ものあいだ築いた生活の秩序を破るなんて——ちょっと考えただけでも、そんな考えは埒《らち》もない絵空事に思われた。しかしそれから、彼は役所であったやりとりや、その役所から帰宅し自分が味わった重苦しい気分を思い出した。すると、しばらく町を離れてみる、あの愚かな連中が自分を気がふれた人間だとみなしている町を離れてみるという考えが、彼にほほえみかけてきた。

「具体的にどこに行くつもりです？」

「モスクワでもペテルブルグでもワルシャワでも……。ワルシャワの五年、それはわが生涯最良の五年でした。驚嘆すべき町ですよ！　出かけましょう、いざわが友よ！」

第十三章

　一週間後、ラーギンは休養というか退職を勧告された。もはやラーギンにはどちらでも同じことだった。それからさらに一週間後、ラーギンはミハイル・アヴェリヤーヌイチとタランタスという郵便四輪馬車に乗って最寄りの鉄道の駅に向かっていた。よく晴れた涼しい日がつづき、空は蒼く、はるか彼方まで見渡せた。駅までの二百キロばかりを二昼夜かけて駆け抜け、道中二泊した。途中宿場の駅でお茶を飲むのによく洗っていないコップが出てきたり、馬の付け替えに手間取ったりすると、ミハイル・アヴェリヤーヌイチは顔を真っ赤にして身体をゆすり、「黙らっしゃい！　つべこべ言うんじゃありません！」と怒鳴りちらした。そうかと思うと、馬車のなかでは昔自分が旅したコーカサスやポーランド王国[13]の昔話をのべつ幕なしにしゃべりつづけた。冒険につぐ冒険、奇《くす》しき出会いの数々！　彼はそれを大声でまくし立て、その都度驚いたように目を丸くするものだから、ははーん、これもほら話だなと察しがつく。

13　当時ポーランドはロシア領だった。

おまけに彼は話しながらまともにラーギンに息を吹きかけ、耳元で呵々大笑《かかたいしょう》する。さすがに、これにはラーギンもまいって、おちおち考え事をしたり、物事に集中することもできなかった。

鉄道は節約して三等の禁煙車両で行った。乗客の大半は清潔だった。ミハイル・アヴェリヤーヌイチはたちまちにして客の誰彼となく親しくなり、座席を渡り歩きながら、こういうやくざな鉄道で旅なんかするものじゃないと大声でまくしたてていた。どこもかしこもペテンばかり！　そこへくると、馬の旅行は違う、一日で百キロ飛ばしても、元気で爽快そのもの。そう言えば、わが国の凶作はピンスクの沼沢地を灌漑《かんがい》したせいです。この国のデタラメぶりは驚くばかり。やがて彼は熱くなってきて、大声を張りあげ、人に話すすきを与えない。この果てを知らないおしゃべりは、あたりを聾《ろう》する高笑いと、大袈裟な身振り手振りと相俟《あいま》って、ほとほとラーギンをうんざりさせた。

《これでは、はたしてどちらが正気なのか？》ラーギンはあきれた。《つとめて乗客に迷惑を掛けまいとしているこの私か、それとも、ここでいちばん頭がよくておもしろいのは自分だと思い上がり、人に安らぎを与えない、このひとりよがりの男か？》

モスクワではミハイル・アヴェリヤーヌイチは肩章のない軍用フロックコートと赤い縁取りのついたズボンを着用した。彼が軍帽に外套のいでたちで通りを歩いていると、兵隊たちが敬礼をした。今やラーギンには、この男が地主貴族の美質を完全に喪失し、恥ずべき点ばかり受け継いでいるとしか思えなかった。この男は必要もないのに、人から奉仕されることを当然のことと見なしていた。目の前のテーブルにマッチがあって、それが見えているのに、この男ときたら、人を呼んでそれを差し出してもらわないと気が済まないのだ。小間使の前で彼は平気で下着一枚で歩き回った。召使には誰彼かまわず、年配者であっても「おい、こら」と呼び捨てにし、腹を立てると、平気でバカとか間抜けと罵倒する。たしかに旦那風ではあるが、ラーギンにはおぞましいとしか思えなかった。

モスクワでミハイル・アヴェリヤーヌイチはラーギンをいの一番にイヴェルスカヤ礼拝堂[14]に連れて行った。彼は床に額をつけんばかりに深々とお辞儀をし、涙を流しな

14 モスクワの赤の広場のヴォスクレセンスキー門にある礼拝堂。ロシア正教会で「イヴェルスカヤの生神女」と呼ばれるイコンが飾られていることで有名で、多くの信者を集めた。

がら、熱心にお祈りをあげ、それが終わると、深い溜息をついてこう言った。

「信心がなくても、こうしてお祈りをあげていると、なんだか心が落ち着くものですなあ。さあ、あなたも口づけなさい」

ラーギンは面食らったが聖像に口づけした。見ると、ミハイル・アヴェリヤーヌイチは唇をつき出し、頭を揺らしながら、小声でお祈りをあげている。その目にはふたたび涙をためていた。それからふたりはクレムリンにまわり、そこでお化け大砲とお化け釣り鐘[15]を見、手で触ってみた。それから川向こうの景色を堪能し、救世主寺院やルミャンツェフ博物館[16]をまわった。

食事はテストフの店[17]でとった。ミハイル・アヴェリヤーヌイチは頬ひげをなでながら、長々とメニューを眺めていたが、やがて馴染みの店だと言わんばかりの食通を気取ってこう言った。

「今日は何を出してくれるのか、お手並み拝見といきますか、ねえ君！」

第十四章

ラーギンは歩き回って見学したり、食べたり飲んだりしていたが、そうしていても彼が感じていたのは、ミハイル・アヴェリヤーヌイチにたいする苛立ちだった。ラーギンとしてはこの男から逃れて一息つきたかった。逃げ出して身を隠したかった。ところが男のほうでは、片時もラーギンを放っておかず、出来るだけ愉しませるのが自分の務めだと考えていた。見物の種がつきると、男は愉快な話でラーギンの気を紛らわそうとした。ラーギンは二日は我慢したが、三日目、自分は具合がわるいので一日ホテルに残っていたいと友人に伝えた。すると相手は、それならぼくも残ると言い出

15 お化け大砲は一五八六年に鋳造された四十トンの大砲、お化け釣り鐘は一七三五年に鋳造された二百トンの釣り鐘、いずれも今もクレムリンに展示されている。

16 救世主寺院は一八一二年のナポレオン戦争の戦勝祝いとして建造され、ルミャンツェフ博物館は一七八七年に建造され、夥しい歴史文書などを収蔵していた。

17 十九世紀モスクワの高級レストラン。ドストエフスキーやシャリャーピン、ラフマニノフが訪れたことで知られる。チェーホフも出版社と何度かここで会食した。

した。ラーギンはソファーの上で、顔を背もたれに向け、友人が熱弁をふるう、早晩フランスはドイツを撃破するだろうとか、モスクワはペテン師だらけだとか、馬のようしあしは見た目で決めてはいけないという話を歯を食いしばって聞いていた。ラーギンは耳鳴りがし、心臓が激しく動悸を打ち出したが、根が気弱で、友人に出て行ってくれとか、すこし黙っていてくれとか、言い出しかねた。さいわいミハイル・アヴェリヤーヌイチは部屋にこもっていることにあきて、お昼をすませると散策に出かけた。

一人になってラーギンはようやく一息ついた。じっとソファーに寝そべって、晴れてこの部屋で自分一人なのだと思うと気がせいせいした。真の仕合わせは、孤独なしてはありえない。堕天使が神を裏切ったのは、ほかの天使たちがあずかり知らぬ孤独を欲したからにちがいない。ラーギンはここ数日自分が目にし耳にしたことを思い出そうとしたが、どうしてもミハイル・アヴェリヤーヌイチが頭にこびりついて離れない。

《そういえば、彼が休暇をとって、私を連れて旅行に出かけたのも、ひとえに友情と寛容な心からだものなあ》そう考えると、忌々《いまいま》しさがこみあげてくる。《友情に名をかりたお節介ほど始末におえないものはない。なるほどあの男は善良で、寛容で、陽気な男かもしれないが、退屈だ。死ぬほど退屈な男だ。世の中にはさかしらな正論しか吐かない人間がいるものだが、たいてい、そういうのは自分の愚鈍さに気づいていない》

その後数日ラーギンは仮病を使って部屋から出なかった。顔を背もたれに向けて横になったまま、友人が気散じの話をはじめるとうんざりし、友人がいなくなればほっと一息ついた。旅行に出かけた自分にも腹が立ったし、日に日におしゃべりになり、馴《な》れ馴れしくなっていく友人にも腹が立った。なんとかまじめで高尚なことを考えてみようとするのだが、それができなかった。

《これが現実に足をすくわれるということか、イワン・ドミートリチが言ってたことだ》狭量な自分に腹を立てながら、彼は考えた。《それにしても馬鹿馬鹿しい……。家に帰れば、何もかも元通りになるさ……》

ペテルブルグでも同じことの繰り返しだった。ラーギンは何日もホテルの部屋を出ず、ソファーに横たわり、ビールを飲むためだけに起き上がった。

ミハイル・アヴェリヤーヌイチはひたすらワルシャワ行きを急いでいた。

「それにしても、どうして私がそこに行く必要があるのかね？」ラーギンは頼み込むような声で言うのだった。「君ひとりで行って、私は帰らせてもらいたい！　お願いだから！」

「何を今さら！」ミハイル・アヴェリヤーヌイチは聞き入れなかった。「あれは驚嘆すべき町ですぞ。私はそこでわが人生最良の五年を過ごしたんですから！」

ラーギンは意思を通す気概に欠けたのでしぶしぶワルシャワに向かった。そこに行っても、彼はホテルの部屋から出ず、ソファーに横になったきり、自分にも友人にも、またロシア語を解そうとしないボーイにイライラを募らせるばかりだったが、ミハイル・アヴェリヤーヌイチは例によって元気で快活で陽気で、朝から晩まで町を歩き回り、旧知を訪ね歩いた。外泊することも何度かあった。どこで一夜を過ごしたのか、ある朝、彼は赤ら顔で髪もとかさず、ひどく興奮して宿に戻ってきた。ぶつぶつ文句を言いながら、部屋のなかを行ったり来たりしていたが、やがて立ち止まって、こう言った。

「ああ、面目ない！」

またしばらく歩き回ってから、頭をかかえて、身も世もあらぬ声をあげた。

「ああ、面目ない！　この歓楽のバビロンに出かけようなんて思ったのが運の尽きだ！　なあ、君」と彼はラーギンに話しかけた。「ぼくのことを軽蔑してくれ。賭で大損をした！　お願いだ、五百ルーブル貸してくれ！」

ラーギンは五百ルーブル数えて、黙って友に差し出した。相手は恥ずかしさと憤怒にまだ顔を赤らめたまま、しどろもどろに無用な誓いの言葉を口にして、軍帽をかぶると、そのまま出て行った。それから二時間ほどして戻ってくると、どさりと肘掛け椅子に座りこみ、大きく溜息をついて言った。

「これで名誉は救われた！　さあ、さっさと退散だ！　一刻も、こんな呪われた町に長居は無用だ。えい、ペテン師どもめ！　オーストリアの間諜《スパイ》どもめ！[18]」

ふたりが故郷の町に戻ったのは十一月で、すでに通りには深く雪がつもっていた。ラーギンの職にはホーボトフが就いていた。彼はまだ昔ながらの住まいに住んでいて、ラーギンがもどって、病院の住まいを明け渡すのを待っていた。料理女だという触れ込みの醜い女はすでに離れのひとつに住んでいた。

町では病院の新しい噂で持ちきりだった。何でも、例の醜女が監督官と悶着を起こ

18　当時ポーランドの一部はオーストリアの領土であった。

したが、監督官のほうが女の前にひざまずいて、許しを請うたというのである。

ラーギンは町にもどったその日から部屋探しをする羽目になった。

「ところで」と郵便局長はおそるおそる口にした。「ぶしつけなことを訊くが、君にはいったいいくら金があるんだ?」

ラーギンは黙って持ち金を数えて言った。

「八十六ルーブル」

「ぼくが言うのは、そうじゃなく」ラーギンの言うことが理解できなくて、当惑してミハイル・アヴェリヤーヌイチが言った。「資産がどれくらいあるかと訊いているんだ」

「だから、八十六ルーブルだと言うんです……。私にはそれしきゃありません」

ミハイル・アヴェリヤーヌイチはラーギンのことを嘘がつけない、高潔な人間だと考えていたが、それでも二万ルーブルは貯め込んでいるだろうとにらんでいた。ところが、今やラーギンが無一文で、暮らしてゆくすべがないのを知ると、なぜだかいきなり泣き出して、友人をひしと抱きしめた。

第十五章

　ラーギンは窓が三つしかない町人ベローワの小さな家に住んでいた。この家には台所を別にして三部屋があった。そのうち通りに面した窓があるふた部屋はラーギンが使用し、もうひとつの部屋と台所にはダーリユシカと三人の子持ちの主婦《おかみ》さんが暮らしていた。ときにこのおかみの情夫がやって来ることがある。酔っ払いで、夜になると暴れまわり、子供たちやダーリユシカを震え上がらせた。この男がやって来て、台所に陣取ってウォッカを出せと駄々をこねると家のなかは手狭になった。それでラーギンはかわいそうに思って、泣き出す子供たちを自室に引き取り、床の上で寝かせてやることがあったが、これが彼には結構な気晴らしになった。

　彼は従前どおり八時には起きて、お茶を済ませると、腰を下ろして、古い本やら雑誌を読みはじめる。新しい本を買う金は彼にはなかった。読む本が古いからか、それとも環境が変わったせいか、本を読んでもさほどおもしろいとは思えず、疲れるだけだった。時間を無駄にするのは惜しいので、彼は詳細な蔵書目録を作成し、本の背表紙に整理札を貼りつけた。機械的で骨が折れるこの作業は彼には読書そのものよりおもしろかった。骨が折れるこの単純作業がどういうわけか、彼の思考の子守歌となった。何を考えているわけでもないのに、時間だけがどんどん過ぎていった。台所に腰を下ろして、ダーリユシカとジャガイモの皮をむいたり、脱穀したソバの実からゴミを取り除いているだけでも、彼にはおもしろかった。毎週土曜と日曜には教会に通った。壁際に立って目を細めて、聖歌隊の歌を聞きながら、父親のことや母親のこと、大学のことや宗教のことを考えた。こうしていると、心が安らぎ物悲しい気持ちになった。それで教会を出るときには、こんなにあっけなく礼拝が終わってしまうことが残念でならなかった。

ラーギンは二度、話をしに病院にイワン・ドミートリチを訪ねたことがある。しかし二度ともイワン・ドミートリチは妙に苛立ってとげとげしかった。彼は自分のことは放っておいてくれと頼み、もう無駄なおしゃべりにはうんざりだと言った。卑劣な人間どもにひとつだけお願いがある、ぼくは散々苦しんだ、そのご褒美にどうか独房に入れてくれと言うのだった。こんなことすら、自分には許されないのか、とも言った。ラーギンは二度の訪問の別れ際に、「おやすみ」と言ったが、彼はくってかかってこう言った。

「悪魔に食われろ！」

今やラーギンは彼のもとへ三度目の訪問をすべきかどうか迷っていた。会いに行きたいのは山々なのだが。

以前、ラーギンは昼食後の時間は部屋のなかを歩き回ったり、考え事をして過ごしたが、今ではお昼から夕方のお茶の時間まで、ソファーに横になり、背もたれに顔を向けたまま、ささいな考え事にふけっている。この癖がどうしても抜けない。彼は二十年以上も勤めたのに、年金も一時金も支給されないことが悔しかった。たしかに、彼の勤めぶりは誠実であったとはいえない。だが、年金は誠実であるかどうかには関係なく、誰もが分け隔てなく貰うものだ。官位や勲章や年金でむくわれるのは、働き方がいいとかわるいとか、道徳的な質や能力にたいしてではなく、その内容がどうであれ、働いたかどうか、その勤務に対してである。それが現代の公正というものだ。どうして彼ひとりが例外でなければならないのか？　彼にはまったく金がなかった。店の前を通るのも、女主人《おかみ》さんと顔を合わせるのも恥ずかしかった。ビール代のツケだけでもすでに三十二ルーブルに達する。家主のベローワにも借りがある。ダーリユシカは人目を忍んで、古くなった服や本を売り払っては、近々先生は大金を貰うことになっていると嘘をついている。

彼は自分にも腹を立てていた。せっかく貯めた一千ルーブルを旅行にはたいてしまったからだ。あの一千ルーブルがあったなら！ また、自分のことを放っておいてくれない他人にも腹が立った。ホーボトフは病人の元同僚を時たま訪ねてやることを自分の義務だと考えている。ラーギンはこの男のすべてが気に入らない。むくんだその顔、嫌味で寛大なその調子、《先生》というその言葉、丈の長い長靴。なかでもいちばん我慢ならないのは、ラーギンを治療するのが自分の務めと考え、実際治してやっていると考えていることだ。訪問のたびに、この男は臭化カリウムの瓶と大黄の丸薬を持って来る。

ミハイル・アヴェリヤーヌイチもラーギンを訪問し、憂さを晴らしてやるのが自分の義務だと考えていた。毎度、いかにも鷹揚を気取ってラーギンの家にやって来ては、取って付けたように呵々大笑し、今日は顔色がいいだの、この分だと健康は快方に向かっているようだのと安請け合いをする。これを見ても、この男が親友の容態は望みなしと見ていることがわかる。彼はまだワルシャワの借りを返していない。それが恥ずかしくて気になるため、余計に大声で笑い、できるだけ滑稽な話をしようとする。

今や彼の繰り出す小話や物語は際限がなく、それだけにラーギンにも本人にもかえって痛々しく感じられた。

この男がいても大抵ラーギンは背もたれに顔を向けてソファーに横になり、口を真一文字にむすんでその話を聞いていた。ラーギンの胸の奥には幾重にも層をなして、嫌悪が澱《おり》となって溜まっていた。そして毎回この友人が帰るたびにラーギンは、この澱がかさを増してのど元までせり上がって来るのを感じた。

この些細な感情を一掃しようと、ラーギンは急いで、彼もホーボトフも、ミハイル・アヴェリヤーヌイチも早晩死にたえ、この地上に一切の痕跡をとどめないだろうと考える。百万年後に、この地球のそばを何らかの精神がかすめたとしても、それが目にするのは、ただの土くれとむき出しの岩山でしかないだろう。あらゆるもの——文化も道徳律も消え失せて、山ゴボウも生えないだろう。だとすれば、店の店主をまえにした恥ずかしさも、取るに足りぬホーボトフも、ミハイル・アヴェリヤーヌイチの鬱陶しい友情もなんだというのか？　すべては些細で些末なたわごとにすぎないではないか。

だがそんな風に考えても、なんの気休めにもならなかった。ラーギンが百万年後の地球を思い浮かべるや、むき出しの断崖絶壁のかげから、丈の高い長靴姿のホーボトフや引きつった笑いのミハイル・アヴェリヤーヌイチがぬっとあらわれ、《ワルシャワの借りは二、三日のうちに返します……。必ず》という恥ずかしそうな声まで聞こえてくるのだ。

第十六章

ある日の昼食後、ラーギンがソファーに横になっていると、ミハイル・アヴェリヤーヌイチがやって来た。たまたま同じ時刻に、ホーボトフも臭化カリウムを持ってあらわれた。ラーギンは面倒くさそうに立ち上がり、また座り直して、両手をソファーについて身体を支えた。

「きょうは、先生」とミハイル・アヴェリヤーヌイチは切り出した。「きのうよりはるかに顔色がいいじゃないですか。いや、大したもんだ！　お元気なもんだ！」

「いよいよご本復ですな、先生」欠伸《あくび》を噛み殺しながら、ホーボトフが言った。「こんな治療、飽き飽きでしょう」

「回復するとも！」陽気にミハイル・アヴェリヤーヌイチが言った。「まだ、百年だって生きますよ！　間違いない！」

「百年は無理でも、二十年はいける」ホーボトフが取りなした。「大丈夫、大丈夫、心配はご無用……。心配すれば影がさす」

「ふたりで元気なところを見せつけてやろうじゃないか！」ミハイル・アヴェリヤーヌイチはハハハと笑い、ラーギンの膝をポンと叩いて、「そう、見せつけてやりましょう！　今度の夏はコーカサスに足をのばして、馬でまわりましょう、「ホップ、ホップ、ホップ！」とね。それで、コーカサスから戻ったら、さあ、何だと思う？　結婚式さ」ミハイル・アヴェリヤーヌイチはいたずらっぽく片目をしばたたかせて、「そう、君を結婚させるんだ……なあ、いいだろう、結婚だぞ……」

ラーギンはたまった澱がのど元までこみ上げてくる気がした。心臓が早鐘のように打ち出した。

「下劣だ！」ラーギンはそそくさと立ち上がり、逃げるように窓辺に寄った。「本当に、君にはわからないんですか、下劣なことを口にしていることが？」

彼は、なおも穏やかに、諭すように言葉をつごうとしたが、意に反していきなりこぶしを握りしめると、それを頭上にかざした。

「ぼくのことは放っておいてくれ！」顔を朱にそめ、わなわなその身をふるわせながら、ラーギンとも思えぬ声をあげた。「出て行け！　ふたりとも出て行け！　ふたりともだ！」

ミハイル・アヴェリヤーヌイチとホーボトフは立ち上がって、ラーギンを見つめて凍りついた。最初は怪訝《けげん》そうだったが、やがてそれは恐怖に変わった。

「ふたりとも出て行け！」ラーギンはなおもわめくのをやめなかった。「おろかな人間だ！　愚鈍な人間だ！　ぼくには友情なんかいらん、薬もいらん、それがわからんのか！　下劣だ！　胸糞わるい！」

ホーボトフとミハイル・アヴェリヤーヌイチは呆然と互いを見交わし、ドアに後ずさりし、玄関口に出た。ラーギンは臭化カリウムが入ったガラス瓶をつかむと、ふたりに投げつけた。瓶は大きな音を立てて敷居にあたって砕けた。

「とっとと失せろ！」ラーギンは玄関口に走り出てきて、涙声を張りあげた。「失せやがれ！」

客が帰ってもラーギンは悪寒でもするように震えながら、ソファーに横になって、なおも繰り返していた。

「愚鈍な連中め！　愚かなやつめ！」

気が落ち着くと、最初にラーギンの頭に浮かんだのは、あの哀れなミハイル・アヴェリヤーヌイチがさぞかし今や、恥ずかしさのあまり悶々としているだろうということだった。それにしても、どれもこれも何と恐ろしいことだろう。こんなことは今まで起きたことがない。いったい知性や慎みはどこにいってしまったのか？　悟りや哲学的無関心はどこに消えたのか？

一晩中ラーギンは羞恥と自責の念で一睡もできなかった。それで朝になって十時ごろ、郵便局に出向いて、郵便局長に詫びを入れた。

「起きたことを思い出すのはよしましょう」感極まったミハイル・アヴェリヤーヌイチはラーギンの手を強く握りしめ、溜息をつきながら言った。「昔の因縁を蒸し返すと罰が当たると言いますからな。リューバーフキン！」と彼はいきなり大声を張りあげ、局員の名を呼び局員や訪れた客を震え上がらせた。「椅子を持ってこい。で、あんたはちょっと待ってろ！　私が忙しいのがわからんのか？」格子の窓口で書留郵便を差し出そうとしている女を怒鳴りつけた。「水に流しましょう」と、ラーギンに向かって、やさしく続けた。「さっ、さっ、どうぞお掛けを」

彼はしばし口をつぐんで、膝をさすってから、こう言った。

「私は、あなたに腹を立てる気なんぞ毛頭ありません。病気のせいです、私にはよくわかります。たしかに昨日私とホーボトフ先生は驚かされました。あれから二人で長いこと、あなたのことを話し合いました。で、ほかでもありませんが、ねえ、先生、どうしてあなたはご自分の病気に真剣に向き合わないのです？　それでいいんでしょうか？　友達だからはっきり言わせていただきますが」とミハイル・アヴェリヤーヌイチはささやくように言った。「あなたの生活環境は劣悪です。狭苦しいし、不潔だし、面倒をみる者もいない、治療を受ける金もない……。あなたはぼくの大切な友達だ、だからホーボトフ先生ともども、こうしてお願いをするんです、どうかわれわれの忠告を聞き入れてくれ。入院して下さい！　あそこなら、健康的な食事もあれば、世話してくれる人間もいる、治療もしてくれる。たしかに、ここだけの話、ホーボトフはいけ好かない奴だが、腕は立つし信頼できる。君の面倒を見るとも約束してくれている」

ラーギンはその真摯な同情と、突如郵便局長の頬に光った涙に心を打たれた。

「どうか信じて下さい！」片手を胸に当ててラーギンはつぶやいた。「連中の言うことを真に受けてはいけない。これは欺瞞です！　私の病はただ一点、この二十年間、この町でたった一人知的な人間を見出した点にあるのです。しかもそれが狂人だった。病も何もあったものじゃない。たんに私は出口のない袋小路に落ちただけです。私はもうどうでもいい、どんな覚悟もできています」

「入院なさい」

「私には同じことです、たとえ墓穴だろうと」

「じゃあ、約束してくれるね、何でもホーボトフの言うことを聞くと」

「そうまで言うなら、約束もしましょう。でも、あなたにはもう一度言っておきますが、私は袋小路に落ちたのです。今や何もかもが、友人たちの真摯な同情すらもが、あげて私を滅ぼそうとしているんです。私は破滅の道を進んでいて、それを認める勇気は持っている」

「大丈夫、あなたは良くなりますよ」

「何のためにそんなことを言うんです？」ラーギンは苛立って吐き捨てた。「人生の最晩年になって、今私がなめているような経験をしない人はまれでしょう。たとえば、あなたは腎臓が悪いとか、心臓肥大症だと言われれば、人はそれを治そうとするでしょう。ところが、もしあなたは狂人だとか犯罪者だと言われたら、つまり簡単に言って、いきなりまわりの人間があなたに変な目を向け始めたら、いいですか、それであなたは袋小路に落ちるんです。そうなるともう、そこから抜け出せない。もがけばもがくほど、ますます深みに落ちていく。いかなる人間の努力もあなたを救い出すことができないので、もう降参するほかありません。私にはそんな気がしてならない」

ところで窓口には人だかりができていた。ラーギンは仕事の邪魔にならないように、立ち上がって別れの挨拶をはじめた。ミハイル・アヴェリヤーヌイチはもう一度念を押すようにラーギンから約束の言葉を取り付けると、友人を戸口まで送った。

この日の夕方、いきなりラーギンの家に、半外套をはおって、丈の高い長靴を履いたホーボトフがあらわれ、昨日何事もなかったかのようにこう言った。

「実はお話がありまして、お招きにあがったのです。立ち会い診察があるのですが、ご一緒にいかがです?」

ラーギンはホーボトフが気晴らしに散歩につれだそうとしているのか、アルバイトの小遣い稼ぎでもさせてくれるのかと考えて、上着をはおると一緒に通りに出た。昨日の非を詫び、仲直りできる機会が訪れたことを喜んで、昨日のことはおくびにも出さず、どうやら自分のことを恨んでもいないホーボトフに密かに感謝した。この無教養な人間からこんな細やかな心遣いを受けるとは思いも寄らなかった。

「それで、患者は？」とラーギンは訊いた。

「うちの病院です。前から一度お見せしたいと思っていたのです……。すこぶる興味深い症例ですよ」

二人で病院の敷地に入り、本館を迂回して、精神病者が収容されている離れに向かった。どういうわけか、この間ずっと無言のままである。二人が離れに入ると、習慣から、ニキータがとび起きて気をつけの姿勢を取った。

「一人の患者が肺の併発症を起こしましてね」ホーボトフは小声でそう言うと、ラーギンと一緒に病室に入っていった。「しばらく、ここでお待ちを。すぐ戻ります。聴診器を取ってきますので」

そう言うと、そのまま出て行った。

第十七章

すでに夕闇がせまっていた。イワン・ドミートリチは枕に顔を突っ伏して、寝床に横になっていた。中風患者はおとなしく座って、さめざめと涙をながし、唇をふるわせていた。太っちょの百姓とかつての仕分け係は眠っていた。あたりはひっそりしていた。

ラーギンはイワン・ドミートリチのベッドに座り、待った。ところが、三十分ばかりすると、ホーボトフにかわって、両手にいっぱい患者服や下着や靴を抱えたニキータが病室に入ってきた。

「お着替えください、院長先生」小声でそう言うと、「先生の寝台はこちらです。どうぞこちらへ」と、明らかに最近運び込まれたばかりのベッドを指した。「大丈夫、神様がついてます、良くなりますよ」

ラーギンは何もかも察した。彼は一言も発せず、ニキータが示したベッドに移って腰かけた。ニキータが立って待っているので、残らず下着も脱いだが、さすがにこれは恥ずかしさがこみ上げてきた。つぎに患者服に着替えた。ズボン下は短すぎたし、シャツは長すぎ、患者服からは燻製の魚の匂いがした。

「良くなりますよ、神様がついてます」ニキータが繰り返した。

彼はラーギンの服を両手にかかえると、病室を出て後ろ手にドアをしめた。

《同じことだ……》ラーギンはそう考えながら、恥ずかしそうに患者服の前をかき合わせては、これじゃまるで囚人だなと感じるのだった。《同じことだ……。燕尾服だろうが制服だろうが、この患者服だろうが、同じことだ》

それにしても、時計はどうした？　わきのポケットに入ってたメモ帳は？　タバコは？　ニキータは服をどこに持って行ったんだ？　今となっては、おそらく死ぬまでズボンやチョッキや長靴に用はないだろう。最初のうちこそ、こうしたことはすべて不思議で不可解ですらある。こうなった今もラーギンは、町人ベローワの家と六号室にはいかなる違いもなく、この世のすべてはたわごとであり空しいと確信していた。だが、それなのに、彼の手はふるえ、両足は冷え切り、まもなくイワン・ドミートリチが起きあがって、患者服姿の自分を目にするのだと考えると恐ろしくなる。彼は起き上がって、しばらく歩いて、また腰を下ろした。

こうして座って三十分が過ぎ、ついで一時間がすぎると、彼はほとほと疲れ果てた。

ここでこうして一日を生きていけるだろうか、ここにいる人たちのように、一週間を、いや何年も生きていけるだろうか？　やがて彼はまた座って、歩きまわってまた腰を下ろす。立ち上がって窓から外を見に行くことはできる。そして、また隅から隅へと歩き回る。だが、そのあとは？　異教の偶像のようにひたすら座ったままで何かを考えるのか？　いや、そんなことはできっこない。

ラーギンは横になってみるが、またすぐさま起き上がって患者服の袖で額の冷たい汗をぬぐう。なんだか顔じゅうから魚の匂いが立ち上ってくるような気がした。彼はまた歩き出した。

「これは何かの誤解だ……」そう彼はひとりごちて、途方に暮れて両手を開いた。「ちゃんと説明しなくては、誤解なんだから……」

このときイワン・ドミートリチが目をさました。彼は座り直して、こぶしで頬をさすえた。ペッとつばを吐いた。それから、ぼんやりした目でラーギンを見つめた。どうやら、とっさのことで何も理解できないらしい。だが、やがて眠たげな顔は悪意にみちた嘲笑に変わった。

「ははーん、あなたも入れられたんだ！」彼は寝ぼけたしゃがれ声でそう言うと、片目でウィンクした。「こいつはめでたい。今まで他人の生き血を吸ってきたが、今度は自分が吸われる番になったわけだ。大いに結構!」

「何かの誤解です、これは……」イワン・ドミートリチの言葉にぎくりとして、ラーギンは言った。彼は肩をすぼめて繰り返した。「誤解なんです……」

イワン・ドミートリチはつばを吐いて、横になった。

「呪わしい人生だ!」と彼は吐き捨てた。「しかも、やり切れなくて腹立たしい。なにしろ、この人生の結末は、苦悩が報われるわけでも、オペラのような大団円でもなく、死なのですから。男どもがやって来て、両手両足をつかんで、穴蔵に引きずって行ってくれますよ。ブルル! なに、心配は無用……。その代わり、あの世に行ったら、ぼくたちのお祭りだ……。ぼくはあの世からここに、影になってあらわれて、この下衆《げす》どもをおどしてやるんだ。ここの連中を震え上がらせてやる」

モイセイカが戻ってきて、ラーギンを目にすると手を出して言った。

「どうかおめぐみを!」

第十八章

ラーギンは窓辺に寄って、野原を眺めた。すでに外はとっぷり暮れ、地平線の右手から冷たい真っ赤な月が上がっていた。病院の塀からさほど遠くないところ、二百メートルと離れていないところに、まわりを石壁に囲われた背の高い白い建物が立っている。これが監獄だ。

《これが現実なんだ！》ラーギンはそう考えると恐ろしくなった。

月も監獄も塀に打たれた釘も遠くの火葬場の炎も怖い。彼の背後で溜息がもれた。振り返ると、胸に光る星や勲章をかざった男が立って、にこにこ微笑み、いたずらっぽくウィンクしている。これもまた恐ろしい。

ラーギンは、月にも監獄にも別にかわったところはない、精神的に正常な人だって勲章を着けることはある、何もかも月日の経過とともに朽ち果て土くれに変じていくのだ、と自分に言い聞かせようとするのだが、突如、絶望にとらわれ、両手で鉄格子をつかむと、力いっぱい揺すった。頑丈な鉄格子はびくともしなかった。

それから、恐怖を紛らすため、イワン・ドミートリチの寝床に行って腰を下ろした。

「ああ気が滅入る」ガタガタふるえ、冷たい汗をぬぐいながら、彼は言った。「気が滅入る」

「また哲学者の御託ですか」嘲笑するようにイワン・ドミートリチが言った。

「ああ、神様……そうだ、その通りだ……。かつてあなたは、ロシアには哲学がないのに、誰もが哲学者を気取っている、雑魚《ざこ》までがと、おっしゃっていましたよね。でも、雑魚の哲学のどこに害がありますか」ラーギンは泣き出し愚痴をこぼしそうな口調で言った。「あなたの、その冷笑癖はどこから来るのです？　雑魚が現状に満足できなくて、哲学者を気取ってどこが悪いんです？　知性もあり教養もある誇り高い、自由を愛する人間が、神の似姿たる人間が、医者となって小汚い愚かな町に行って、生涯吸玉[19]やヒルや膏薬を貼る以外の途《みち》がないとすれば！　ペテンに狭隘《きょうあい》、俗悪！　ああ、情けない！」

「また埒もない話を。医者がいやなら役人にでもなればいい」

「無理です、それはできない。われわれは弱いんですよ……。私は冷静でしたし、大

19　瀉血の容器。

胆に健全に物事を考えることができた、ところが、現実が荒々しく私にふれるやいなや、覇気《はき》をなくした……。虚脱状態というやつです……。われわれは弱いんです、無能なんです……。あなただってそうだ。あなたは知性があって、高潔で、母親のミルクと同時に気高い意思を享受した。ところが人生に一歩を踏み出すや、疲弊し病みついてしまった……。弱いんです、脆弱《ぜいじゃく》なんです！」

恐怖や侮辱のほかに、頭から離れないものが、夕暮れの訪れとともに、じわじわとラーギンをさいなんでいた。やがて彼はそれが何かに思い当たった。ビールが飲みたいのだ、タバコが吸いたいのだ。

「私はここから出て行きます。明かりを持ってくるよう言ってやります……。こんなの、我慢できない……たえられない……」

ラーギンは出口まで行って、ドアを開けた、が、すぐさまニキータがとび起きて、行く手を遮《さえぎ》った。

「どこへ行くんです？　いけません、駄目です！」とニキータは言った。「寝る時間です！」

「いや、ちょっと、庭をひとまわりするだけだ！」ラーギンはうろたえて言った。

「駄目です、駄目です。規則です。自分でご存じでしょう」

ニキータはドアを勢いよく閉めると、背中でそこに寄りかかった。

「私がここから出て行って、何か支障があるのか？」肩をすぼめてラーギンは訊いた。

「わけがわからん！　ニキータ、私は出て行かなくてはならないんだ」彼は震える声で言った。「必要なんだ、私には」

「勝手なまねは困ります、駄目です！」ニキータが命令口調でたしなめた。

「べらぼうめ！」いきなりイワン・ドミートリチが叫んでとび起きた。「出さない法があるものか？　どうしてやつらに、ぼくらを閉じ込めておくことができるんだ？　法律にもちゃんと書いてあるはずだぞ！　なんぴとも裁判によらず自由を奪うことはできないとな！　これは暴力だ！　横暴だ！」

「そうだ、横暴だ！」イワン・ドミートリチの声に煽《あお》られてラーギンも加勢した。「必要なんだ、私は出て行かなくてはならない！　この男に止める権利はない！　手を放せ、行かせろと言ってるんだ！」

「耳があるのか、うすのろの犬畜生！」そう叫んでイワン・ドミートリチはドアを拳でドンドン叩いた。「開けないと、このドアをぶち破るぞ！　けだもの！」

みろ！」

「もう一度言ってみろ！」ドアの向こうでニキータがやり返した。「もう一度言って

「開けろ！」身体を震わせながらラーギンが叫んだ。「私は要求する！」

「せめてホーボトフをここに呼んでくれ！　来てくれと私が頼んでると言って……顔

を出すだけでいい！」

「明日になれば、向こうからお見えになります」

「何としてもわれわれを出さない気なんだ！」なおもイワン・ドミートリチは言いつ

のった。「われわれをここで朽ち果てさせようという気だ！　おお、神よ、実際、あ

の世には地獄もなくて、このろくでなしどもが許されるというのか？　正義はどこに

行った？　開けろ、ならず者、息が詰まる！」しゃがれた声で叫ぶと、彼はドアに突

進した。「お前の頭をぶち割ってやる！　人殺し！」

ニキータはさっとドアを開けると、両手と膝でラーギンを突き飛ばし、次いで大き

く拳を振りかざして彼の顔を殴った。ラーギンは、馬鹿でかいしょっぱい大波が頭か

ら襲いかかってきて、ベッドに引きずられて行ったような気がした。実際、口のなか

がしょっぱかった。どうやら歯から出血したらしい。彼はもがいて水面に浮かび上が

ろうとするかのように、両手をバタバタさせ、誰かのベッドにしがみついた。その間、ニキータから二回背中を殴られた気がする。

イワン・ドミートリチが大きな悲鳴をあげた。彼も殴られたらしい。

やがてすべてが収まった。弱々しい月の光が格子をとおし、床に網目の影を落としていた。恐ろしかった。ラーギンは倒れて息をひそめていた。恐怖を感じながら、次の打撃を待ち構えた。まるで誰かが鎌を振りかざして彼を突き刺し、胸やはらわたをえぐっているようだ。あまりの痛さに彼は枕を噛《か》み、歯を食いしばった。と、突然、混乱する頭のなかで、恐ろしい、耐えがたい考えが、閃光のようにひらめいた。きっとこれと同じ痛みを、今は月明かりのなかで黒い影のように見える、この人たちは何年にもわたって、来る日も来る日も味わっていたにちがいない。なのに、彼は二十年以上もそのことを知らなかったし、知ろうともしなかった。どうしてそんなことが起こりえたのか？　彼は知らなかったし、痛みの概念も持っていなかった。ということは、彼には罪はないのかもしれない。だがしかし、良心が、ニキータと同じように強情で粗野な良心が、彼の頭のてっぺんからつま先まで悪寒を走らせた。彼ははね起きて、声を限りに叫んで、一刻もはやく駆け出そうとする。まずニキータを殺す、つぎにホーボトフを殺し、監督官を殺し、代診を殺し、それから自分を殺すんだ。だが、胸からはぐうの音も出ず、足は言うことをきかない。あえぎながら、彼は胸の前でシャツを引きちぎり、ずたずたに引き裂き、気を失ってベッドに倒れこんだ。

第十九章

翌日の朝、彼は頭が痛く、耳鳴りがして、全身がぐったりしていた。昨日の自分の臆病風を思い出しても、恥ずかしいとは思わなかった。昨日の彼は臆病で、月にさえおびえ、自分にあるとも思えない感情や思想をありのままにさらけ出した。たとえば、哲学風を吹かす雑魚が現状に満足していないという考えもそうだ。だが、今となっては彼にはどうでもいいことだった。

彼は飲まず食わずで、ただじっと横になって口をきかなかった。

《どうでもいい》質問をされると彼はそう考えた。《答えてなんかやるものか……。私にはどうでもいい》

昼食後、ミハイル・アヴェリヤーヌイチが四分の一フント[20]のお茶と一フントのマーマレードを持ってやって来た。ダーリユシカもやって来て、その顔にぼんやりした悲しみの表情を浮かべて、まるまる一時間ベッドのわきに立っていた。医者のホーボトフもやって来た。彼は臭化カリウムの入ったガラス瓶を持ってきて、ニキータに病室で何かお香でも焚くよう指図した。

夕方ちかくラーギンは卒中の発作を起こして死んだ。最初猛烈な悪寒と吐き気がした。何かいやな感じが全身といわず指先にまで忍び込み、胃から頭にかけて広がり、目や耳に入り込んで来るような気がした。目の前が緑に染まった。終わりがきたなとラーギンは感じて、イワン・ドミートリチやミハイル・アヴェリヤーヌイチや何百万という人たちが不死を信じていることを思い出した。ひょっとして不死というのはあるのか？　しかし、彼には不死を願う気はなかった、ほんの一瞬そう考えただけだった。昨日本で読んだ、たとえようもなく美しく優雅な鹿の一群が彼のわきをすり抜けていった。ついで、百姓女が書留郵便を持った手を彼の方に差し出した……。ミハイル・アヴェリヤーヌイチが何か言った。やがてすべてが消え、ラーギンは永遠に意識

20　重量の単位。約4グラム。

を失った。

看護師たちがやって来て、彼の手と足を取って礼拝堂に運んで行った。そこで彼は両目を開いたままテーブルに横たわり、夜の月がそれを照らしていた。朝、代診のセルゲイ・セルゲイチがやって来て、うやうやしく十字架にお祈りをあげ、元上司の男の目を閉じた。

翌日ラーギンは葬られた。葬儀にやって来たのはミハイル・アヴェリヤーヌイチとダーリユシカのふたりだけだった。

解説

浦雅春

チェーホフは一八六〇年から一九〇四年という時代を生きた。日本の暦に直せば、万延元年から明治三十七年、すなわち日露戦争開戦の年まで生きたことになる。

チェーホフが生きた時代を日本の作家に当てはめれば、一八五九年に生まれた坪内逍遥、一八六二年生まれの森鷗外、一八六四年生まれの二葉亭四迷の同年輩に当たる。二葉亭の『浮雲』が発表された一八八七年は、ロシアでもチェーホフの文名が高まってきた時期であり、チェーホフがサハリンに出かけた一八九〇年には、鷗外の『舞姫』が世に出ている。漱石の『坊っちゃん』が発表されるのはチェーホフの没後、一九〇六年のことである。こうしてみると、チェーホフが明治の文豪たちと同じ時代を共有していたことがよくわかる。

だが、明治の作家とチェーホフとでは、ずいぶん立場はちがった。曲がりなりにも日本では、ヨーロッパを強く意識しながら人間の「内面」や外なる「風景」を発見し、

「言文一致」という意匠を作り上げたが、チェーホフには新たに発見すべきものなど何も残されていなかった。

チェーホフは一八七九年九月にモスクワ大学医学部に入学すると、ほぼ同時に雑誌に投稿をはじめた。ことさら文学で身を立てようという野心があったわけではない。ある日、大学生になってはじめてもらった故郷タガンローグの奨学金で、チェーホフは大量の雑誌を買い込んできた。雑誌に投稿し、少しでも生活費が稼げればと考えたらしい。もともと文学に興味はあったが、投稿の目的はあくまでも、ちょっとした小遣い稼ぎにあったようだ。

その甲斐があったのだろう、一八八〇年三月、ペテルブルグで発行されていたユーモア雑誌「とんぼ」に彼の作品が掲載されることになった。それが『隣の学者への手紙』というチェーホフのデビュー作である。

これを皮切りにチェーホフはすさまじい勢いで作品を書きまくった。わずか四十四年の短い生涯に書いた小説の数は五八〇編余り、戯曲は短い一幕物を含めて計一七本。それだけではない。十九世紀のロシアでは手紙が主要な通信手段だったから、それぞれ作家はおびただしい私信を残している。ご多分にもれずチェーホフも膨大な手紙を書いている。今とはちがって手紙そのものも概して長い。生涯チェーホフが書いた手紙は残っているだけでも四四〇〇通にのぼる。ロシア語版チェーホフ全集は三〇巻を数えるが、書簡はそのうち十二巻を占める。これを見ても、チェーホフがいかに多くの手紙を書いたかがわかる。

遅れてきた青年

だが、チェーホフのデビューはけっして祝福されたものではなかった。「新しいゴーゴリが出現した」と騒がれたドストエフスキーのような派手な事件があったわけではない。それどころか、その出発は「ポスト」であるとか「空白」だとか、「負の刻印」がついてまわった。チェーホフが本格的に作品を書き出した一八八〇年代は文学史の上では「空白の時代」と呼ばれ、長らく、文学的には実りのない時代とされてきた。

ヨーロッパの辺境に位置したロシアの近代文学は、ヨーロッパに大きく立ち遅れていた。文学が本格化するのは、ようやく十九世紀に入ってからのことで、文学的には紛れもなく「後発地域」であった。しかし、その後の発展は凄まじかった。プーシキンが詩から小説に至る近代文学の祖型を形作ったのも束の間、レールモントフやチュッチェフ、フェート、ネクラーソフといった詩人が登場し、ゴーゴリ、ゴンチャロフ、トゥルゲーネフ、ドストエフスキー、トルストイ、チェルヌイシェフスキーなどの小説家が輩出した。そしてわずか一世紀のあいだに、ロシアは感傷主義からロマン主義、リアリズムからモダニズムに至る文学の新しい潮流を駆け抜けたのである。

チェーホフはこれらの十九世紀の作家の後塵を拝するかたちで登場した。すでに彼の前にトゥルゲーネフは『父と子』を書き、ドストエフスキーは『罪と罰』や『悪霊』や『カラマーゾフの兄弟』を発表し、トルストイは天下の『アンナ・カレーニナ』と『戦争と平和』を世に送り出していた。次々と大長編や問題作が生み出されたあとにいったい何が書けるのか。チェーホフを待ち構えていたのは、こうした気が滅入る状況だった。

しかも困ったことに、チェーホフがデビューした一八八〇年代には、これらの大物作家はすべて第一線を退いていた。一八七八年には詩人のネクラーソフが没し、一八八一年にはドストエフスキーが亡くなり、一八八三年にはトゥルゲーネフがこの世を去った。『オブローモフ』という破天荒な小説を書いたゴンチャロフはまだ存命だったが、一八七〇年代以降は殆ど作品を発表していなかった。チェーホフより三十歳以上も年長のトルストイは、チェーホフの死を超えて生き延びたが、一八八〇年代に入ると精神的転機を迎え、一時期文学を放棄していた。チェーホフは巨星たちが次々と墜ち、文学の方法があらかた使い尽くされた「ポスト時代」を生きなければならなかったのである。さぞかし気が重くなる状況だったろう。なんの因果でこんな時代に生まれたのかと時代を呪ってもおかしくない。

いや、それだけではない。時代を主導した大きな思想にもほころびが生じていた。一八九〇年代にマルクス主義が台頭するまで、ロシアの革命運動を牽引したのは《ナロードニキ》と呼ばれる思想だった。これはきわめて色濃く倫理的な色彩をとどめた革命運動で、その指導者の一人であるラヴロフは、今や文化の恩恵に浴しているのはひと握りの人間にすぎず、それは農民や民衆の犠牲の上に成り立っていると説き、自覚的な知識人はこの「負債」を返済しなければならないと呼びかけていた。一八七四年、その思想に感化された学生や知識人たちは職人や人夫に身をやつし、農民たちを感化・教育するために、大挙して農村に入っていった。これが世にいう「ヴ・ナロード（民衆の中へ）」運動だが、農民の反応は冷ややかだった。彼らの試みはかえって農民の猜疑《さいぎ》心をかきたて、運動の担い手である学生や知識人は農民の手によって捕らえられ、警察に突き出された。この挫折は大きかった。当時の状況を語った作家のヴェレサーエフは、「革命的闘争という以前の道はいかなる目的地にも通じていないことがわかった。民衆は押し黙ったままであった。知識人のあいだには、離散集合が進んだ」と、この時代閉塞の状況を伝えている。これを機に《ナロードニキ》の思想は急速に後退していく。社会を変革するという夢はもはや人々を鼓舞する力を持ち得なかった。

やがてロシアはテロと暗殺、凄惨な民族虐殺、ポグロムの時代を迎える。一八八一年には「解放皇帝」と謳われたアレクサンドル二世が暗殺され、あとを継いだアレクサンドル三世は専制主義、民族主義、教会を三本柱に、先帝の改革をすべて反故にする強権と弾圧に突き進んでいった。出口の見えない挫折感と無力感ばかりがただよう社会、ロシアはただただ「暗い時代」に突入していった。

チェーホフ自身、この時代の閉塞感を身をもって感じていたにちがいない。親しくしていた新聞社の社主スヴォーリンに次のように書き送っている。

ぼくたちには手近な目標も、遠い目標もありません。心のなかは玉でも転がせそうなほど空っぽです。ぼくらには政治もない、革命も信じない、神もなければ幽霊も怖くはない。ぼくなぞは死も盲目も怖くはない。何も欲せず、何ひとつ希望も持たず、怖いものなど何もない人間が芸術家になれるはずがありません（スヴォーリン宛、一八九二年十一月二十五日）。

運命の微笑み

そんな暗い時代にチェーホフにも運命が微笑みかけた一瞬があった。それは一八八六年三月、チェーホフのもとに届いた一通の手紙だ。「一年ほど前、《ペテルブルグ新聞》でたまたまあなたの短編を読みました。今となってはその題名も思い出せませんが、その作品にみられる独自性、なかでも登場人物を描き、自然を描写する際のおそるべき忠実さ、真実味に一驚させられたことを憶えています」――そんな書き出しではじまるその手紙は、高名な作家グリゴローヴィチからのものだった。一八四〇年代に農村を描いた写実的な小説『村』や『アントン・ゴレムイカ』で一躍文壇に名をなした作家である。なかでも『アントン・ゴレムイカ』はトゥルゲーネフの『猟人日記』と並んで当時の人々の目を過酷な農民の生活に向かわせた作品として記憶される。彼はドストエフスキーやネクラーソフの友人であり、名だたる作家が一線を退いた一八八〇年代に文壇の重鎮として君臨した人物でもある。そんな大物作家からひょっこりチェーホフに手紙が届いたのである。それはチェーホフの才能を高く評価し、その才能を大切にするよう戒める心情あふれるものだった。つづけてグリゴローヴィチは書いている。「私はジャーナリストでも出版にかかわる人間でもありません。だからあなたを利用するなんて気はさらさらありません。ただあなたが書いたものを読むだけです。だからあなたに才能があるというのは、私の確信からでた言葉です。私はもう六十五歳になる老人ですが、文学に寄せる愛情は以前と変わらず、熱心に評判作を追い、そこに何かしら血の通ったもの、才能の片鱗に出会うといつでも欣喜雀躍《きんきじゃくやく》してしまうのです。それでごらんの通り、矢も楯もたまらずこうしてあなたに両の手を差しのべるのです」

さらにグリゴローヴィチはこうも書いていた。「やっつけ仕事はおやめなさい。あなたがどれほどの資産をお持ちなのかは知りませんが、たとえそれが乏しくても、ひもじい思いをしたほうがましです。（中略）一気呵成になぐり書きするのではなく、内面が充実しているときにじっくり考え、彫琢された作品を書くために、ご自分の心象を大事になさい。そんな一作のほうが、いろんなときにあちこちの新聞に書きちらした百本の出来のいい短編よりはるかに高く評価されるでしょう。あなたはそのうち賞をお取りになって、目利きの批評家、ひいては広範な読者の注目を浴びることになる人物です。あなたはご自身の作品にしばしば、いささか斜に構えた題材を取り上げてらっしゃるが、なんのためです？　真摯なもの、リアリズムは美しさを排除するものではなく、その美しさを糧にするのです。あなたは形式と柔軟な感覚を十分にそなえていらっしゃるので、なにもわざわざ爪のはがれた泥だらけの足だの寺男の臍《へそ》なんか書かなくっていいのです。こうした細部は芸術的な美しい描写に何もつけ加えることはありません。趣味のよい読者の心証を害するだけです。えらそうにご注意申し上げることをどうぞお許しください。こんなことを申し上げるのも、心からあなたの才能を信じているからであり、心からあなたの才能の発展と開花を願っているからです」

多少押し付けがましいところがないではないが、なるほどチェーホフの才能を惜しむ心温まる手紙である。

チェーホフはすぐさま返事を書いた。「あなたの手紙は稲妻のように私を仰天させました。私はあやうく泣き出さんばかりになり、興奮し、いまもあなたの手紙が私の心のなかに深く痕跡をとどめていると感じずにはいられません」と礼を述べた上で、チェーホフはこれまでの自分の姿勢を反省している。

「この五年間、さまざまな新聞を渡り歩いたあげく、私は自作を卑下する風潮にすっかり染まり、自分の作品を冷ややかにながめる癖がついてしまいました。《さて、もう一本片づけるか！》といった調子です。（中略）たしかに、自作にたいするこれまでの私の態度はいたって暢気《のんき》で、軽率、いい加減なものでした。考えてみても、二晩以上の時間をかけて書いた作品など一本も思い出せません。あなたのお気に召した『お抱え猟師』も水浴び場で書いたものです」

トップランナーの憂鬱

大物作家からお褒めの言葉を頂戴して嬉しくないわけがない。それでも、チェーホフはさぞかし困ったと思ったにちがいない。フォルマリストの文学研究者エイヘンバウムがいうように、チェーホフはロシア文学の正当な入り口である権威ある「分厚い雑誌」ではなく、吹けば飛ぶような群小のユーモア雑誌から出てきた。脇道から文学に入った格好である。自分ではこっそりトルストイやドストエフスキーの背中に隠れて走っていたつもりだったのに、このグリゴローヴィチの賞賛を見ると、いつの間にやらどうやら自分がトップを切って走っているらしいのだ。チェーホフは大いに困惑した。先導者であるはずの、先行ランナーがいないのだ。そう思うと、ロシア文学の重圧がどっと自分の身にのしかかる。図らずも自分が担ってしまった責任の重さに打ちひしがれそうになる。それが証拠に、責任の重さを感じたためか、ここに来てチェーホフの作品発表数はガタンと落ちるのだ。

先にもふれたように、チェーホフは生涯で五八〇編余りの小説を書いた。うち四五〇編近くは一八八〇年から一八八六年のわずか七年のあいだに書かれている。内訳を示せば、一八八〇年が一二本、一八八一年が八本、一八八二年がまだ三二本と数は少ないが、一八八三年に入ると作品の数は一挙にはねあがって一〇八本、一八八四年には七四本、一八八五年には一〇八本、一八八六年には一一一本を数える。その後一八八七年には六五本と作品の数は前年にくらべて半分程度に落ち込み、以後その数は年間一桁台を推移する。

発表される作品数の推移をたどっただけでも、一八八六年がひとつの節目であったことがうかがえる。言うまでもなく、一八八六年はグリゴローヴィチから手紙をもらった年である。そしてこの手紙がチェーホフ自省のきっかけになったのだろう。脇道から文学にもぐり込んだつもりのチェーホフは、それまでことさら文学に真剣に向かい合うこともなく、ユーモア雑誌や一般紙に小品を書き散らしてきた。まだこの頃は一年に百本近い作品を書いていた時期である。当時批評家はそんなチェーホフを「枝から枝を飛び回る小鳥」にたとえていた。深く考えもせず、行き当たりばったりに書いている脳天気な作家という意味だろう。なんの愁いもなくさえずっていたチェーホフにとって、グリゴローヴィチの手紙はぐっと胸にこたえた。

チェーホフの憂鬱に追い打ちをかけるように、賞賛と並行して彼にたいする批判も高まってきた。一八八六年五月、チェーホフの初期の短編集『雑話集』に浴びせた批評家スカビチェフスキーの酷評はほんの一例にすぎない。この批評家はチェーホフを文学の「道化」と揶揄《やゆ》し、「あたら下らぬことに才能を濫費し、頭に浮かんだことを手当たり次第に書き散らし、自分の短編の内容を深く考えようともしない」作家だとこき下ろしていた。さらに、「チェーホフの本は、読めばおもしろいだろうが、新聞の世界に溺れて緩慢な死をおびき寄せている若き才能の自殺、その悲しむべき悲劇的な様相を呈している」と述べ、この作家は「搾りつくされたレモンのように（中略）世間から忘れ去られてどこぞの垣根の下で野垂れ死にするのが関の山だろう」と憐れむべき末路をも予言していた。

後年チェーホフは「批評家は馬の尻にたかるアブだ」と、この批評も一笑に付したように伝えられているが、はたしてそうか。チェーホフはその後二度とスカビチェフスキーの批評を読もうとしなかった。それでいながら、晩年ゴーリキーに、「ぼくは二十五年間ぼくの短編の批評を読んできたが、ためになった指摘や忠告はひとつもない。ただ一度だけスカビチェフスキーがぼくに感銘を与えたことがある。彼は、ぼくが酔っ払って垣根の下で死ぬだろうと書いていたものだ」と語っている。ブーニンにもこの逸話を語っているところをみると、どうやらスカビチェフスキーの批評はよほどチェーホフにはこたえたらしい。

露呈する「内面の空虚」

高まる批判を受けて、チェーホフの内部では由々しき事態が進行していた。自分は「頭に浮かんだことを書き散らし」ているだけなのか、ほんとうに「短編の内容を深く考えようともしない」でいるのか？　チェーホフはグリゴローヴィチからも同じような指摘を受けていた。それにたいする返事に、チェーホフは奇妙な一節を忍び込ませている。曰く、「書き散らしながらも、自分にとって大切なイメージや情景をなんとしても短編には使うまいとしてきたのです。なぜだかわかりませんが、それらを後生大事に私は仕舞い込んできたのです」。

自分は何もかもさらけ出しているわけではない、秘して明らかにしないこともあるとでも言いたげな口ぶりだ。自分のなかでもまだ意識化されていない何か。やがてチェーホフは後生大事に仕舞い込んできた思いらしきものをこっそり作品に忍び込ませていく。

その一つが『ヴェーロチカ』（一八八七）という作品だ。青年のほろ苦い恋を描いた叙情的な作品のようにも見えるが、読むほどに不可解な作品である。グリゴローヴィチに語った「自分にとって大切なイメージ」を解く鍵に当たるのではないかと思われるのだ。

主人公のイワン・アレクセーエヴィチ・オグニョフはN郡での統計調査の仕事を終え、同地で世話になったクズネツォフ家の屋敷をあとにしようとしている。「人生には人より大切なものは何一つないんだ」と感激に胸を熱くしながら木戸に近づくと、そこにこの家のひとり娘のヴェーラが歩み寄ってくる。いぶかしく思いながらもオグニョフはまたぞろこの家の歓待に謝辞を述べるのだが、彼女は何やら大事なことを伝えたいようすだ。オグニョフの質問にもちんぷんかんぷんな返事を繰り返す彼女はやがて、「お話ししなければならないことがありますの」と重い口を開く。彼女の口をついて出たのは、「好きなんです、あなたが！」という言葉だった。思いもかけぬ告白だった。オグニョフには彼女はたいそう美人に思える。すんなり彼女の愛を受け入れるのになんの支障もない。だが彼は「ぼくも愛しています」、そのひとことが言えない。

チェーホフはオグニョフの葛藤を次のように伝えている。「オグニョフの心中では何だか奇妙なただならぬことが起きていた……。愛を告白するヴェーラはあやしいまでに美しく、雄弁でひたむきだったが、彼が感じていたのは、歓喜でも彼が望んでいた生の喜びでもなく、ヴェーラに対する同情であり、彼のせいで一人の立派な人間が苦しんでいる、その痛みと無念さにほかならなかった」。

「許してください。あなたのことは尊敬しています……だから辛いんです！」と彼は拒絶を口にする。もちろん、そう言った先から、彼は取り返しのつかないことをしでかした自分を責める。この言葉によって、ヴェーラとともに自分の青春の一部を取り逃がしてしまった後悔に苛まれる。一歩踏み込んで決定的なことばを吐けない自分とは何なんだ、動かされぬ自分の心はいったいどうなっているのか。

彼は立ち止まって考え込んだ。自分の奇妙な冷ややかさの原因を突き止めたかった。原因が自分の外部ではなく内部にあることは明らかだった。わが身に照らして彼はつくづく思い知った。これはしばしば賢者と言われる人たちが称揚する冷たさでも、自己愛のすぎる愚か者の冷たさでもなく、たんなる魂の無力、深く美を感じ取る能力の欠如だった。

オグニョフは愛を打ち明けるヴェーラの言葉に反応できないのは、自分が「冷たい」からだと思う。それが自分の内部にあることもわかる。要するに、自分には「燃え立つような何か」「自分を駆り立てるような何か」が欠けている。あるのは石と化した心、それは時ならず迎えた老年の姿にほかならない。

これはチェーホフがはしなくも漏らした告白なのではないのか。けっして他人には明かしたことのない内面の吐露ではないのか。というのも、この頃、ということは一八七七年から一八八八年にかけて、チェーホフはこれに類した人物を執拗に描いているのである。そこにどんな意図があったのか、この時期のチェーホフの作品には、何にたいしても無気力で無関心な人物が頻出するのだ。たとえば『冷たい血』(一八八七)に登場する青年は商売のために父親に連れられて町に出てくるが、何を見ても殆ど関心を示さない。父親の言いつけにしたがって、多少の手伝いはするものの、それ以外はアコーデオンを弾くだけで何もしない。貨車が新しい町に到着しても、興味を示す風情もない。ペテルブルグに着いても、商店のウィンドーに見とれることはあるが、やがてあくびをし、おもしろくなさそうに宿にもどってくる。仕事が片づいて、いざ家に帰る段になっても、その顔は相変わらず、退屈をあらわすのでもなければ、期待の色をうかべるでもない。家に帰れることを喜んでいる風もない。文字通り、ないない尽くし。それにしても、どうしてチェーホフはこんな人物ばかりを描くのか。のちにチェーホフの「闇」を見事に摘出した批評家シェストフのひそみにならって言えば、チェーホフはここで図らずも自分の本心をさらけ出してしまったのかもしれない。不用意にみずからの心情を吐露したのかもしれない。そうだとすれば、取り繕う余裕もないほどチェーホフは追い詰められていたのだろう。次いで書かれた作品がそれを証拠立てている。その作品『退屈な話』（一八八九）は、前期チェーホフの総決算とでも言うべき作品だ。

『退屈な話』、あるいは自縄自縛の地獄

まだ三十歳にも満たないチェーホフはここで六十二歳の老教授を主人公に仕立てた。功成り名を遂げ、老境にさしかかった教授が、わが身の死期を前にして、最後に自分が何を欲しているのかを突き止めようとするのだが、何も見いだせず、結局自分の人生が何の意味もなかったことを思い知る。「明らかなのは、私の願望には何か重要なもの、芯になるものがないのである。科学に寄せる愛にも、生きたいという願望にも、今こうして見知らぬベッドに座っていることにも、おのれを知ろうとする志向にも、私を形作る思想や感情や概念に通底するものが欠けている。すべてをひとつに結び合わせる何かがないのだ。私のなかで感情や思想はそれぞれ別個に生きていて、科学や演劇や文学や学生について私が下す判断にも、私の想像力が描き出すあらゆる想念にも、いかな練達の分析家といえど、そこに共通した理念とか生きた人間の神を見出《みいだ》すことはできまい」、そう彼は結論するのだ。

高名な教授が最後にたどり着くこの感慨は、すんなり読者が納得できるものではない。それはそうだろう、ここでチェーホフは老境の教授に二十九歳の自分の考えを押し付けているからだ。

チェーホフが亡くなると間髪をいれずに『虚無よりの創造』を書いて、チェーホフの秘密を暴き立てたシェストフの評論は、百年以上経った今読んでも十分刺激的だ。以下、名訳の誉れ高い河上徹太郎訳を借りて示せば、冒頭に置かれた、「チェホフは死んだ。今や心のままに彼を語ることが許されている」という言葉は冒瀆的である以上に挑発的な毒気をはらんでいる。「やがてチェホフの服を仕立てた裁縫師の名を教えてくれる伝記作者は現れるだろうが、然し彼の小説『広野』（一八八八）から戯曲『イワーノフ』（一八八七—一八八九）に至る時期にチェーホフに起こったことを正確に知ることは、われわれには到底出来ないであろう。それをどうあっても知ろうとするには、彼の作品につき、われわれ自身の眼識に頼らねばならぬ」。シェストフの論には凡百の評論をあっさり切り捨て、小賢しい論文を一笑に付すだけの迫力がある。

そんなシェストフが『退屈な話』についてこう書いている。「『イワーノフ』と『退屈な話』は、私にいわせれば、あらゆる彼の作品の中で特に自伝的性質の強い作品である。その殆ど一行々々が歔欷《きょき》に満ちているが、人が他人の不幸を見てそんなに涙を流すとは、一寸想像できないことである。正しくそれは作者の身につまされた悲哀であって、それが青天の霹靂《へきれき》の如く突然彼に襲って来たのである。今や悲哀は彼を捕えて、再び去るべくもなく、彼はそれに対して手の下しようを知らないのであった」

これまで作品と自己のあいだに慎重な隔たりを置いてきたチェーホフはこの作品で思わず一線を越えてしまった。それこそ、シェストフが言うとおり、のっぴきならない、自分の身につまされる問題であったためだ。

思いがけずトップランナーに立たされたチェーホフは、その危険を顧みず無謀にも、自分の内面に降りていった。その最初の一歩が『ヴェーロチカ』であり、さらに深みに分け入ったのが『退屈な話』である。そこで見出したのが、あらゆる理念なり思想を結び合わせる中心の欠如、「空白」だったのである。発狂したゴーゴリの悲劇も文学を放棄したトルストイの行き詰まりもチェーホフには、見知り越しの事実として十分に意識されていた。そんな悲劇はできれば避けたい。だからと言って今の空白を抱えたまま前に進むこともできない。

一八八九年に入るとチェーホフの手紙に「無関心」や「平静」「疲れ」「停滞」という言葉が頻出する。チェーホフは手紙のなかで書いている、「ぼくの内部では文学にたいする情熱が足りない、つまり才能が足りないということです。ぼくの内部の火は勢いよく燃えさかることもなく、いつもちろちろ一本調子で燃えているだけです」

さらに続けてこうも書いている。「情熱が足りない。それにここ二年ばかり活字になった自分の作品を見る気もせず、書評や文学談義、噂話や成功や失敗、法外な原稿料にも一切関心を失ってしまいました。ひとことで言えば、大馬鹿者になりはててしまったのです。魂のなかで何やら停滞が起きてしまったのです。ぼくはこれを自分の生活が二進も三進も行かなくなったためだと考えています。別段、ぼくは幻滅したわけでも、疲弊したわけでも、ふさぎ込んでいるわけでもありません。ただ急に一切がおもしろくなくなったのです。自分の下に火薬でも仕掛けなければなりません」（スヴォーリン宛、一八八九年五月四日）。作品『ヴェーロチカ』で顕在化したアパシーは、いよいよチェーホフの身中深く内向したらしい。翌一八九〇年、チェーホフはみずからの閉塞を打破すべく、決然とサハリンに旅立つ。

サハリンへの旅

それは周囲の目にも突拍子もない行動に映った。サハリンは当時、犯罪者の流刑地である。しかも、モスクワからサハリンまでシベリア鉄道はまだ着工されていず、道らしい道もなかった。旅行と言うにはほど遠い、無謀な冒険である。チェーホフ自身、旅の目的を分明に語っていないために、のちの研究者たちはさまざまな憶測を立てている。いわく失恋の痛手を癒すためであるとか、文学的行き詰まりを打開するためだとか。だが、結局のところ、真相は杳《よう》として知れない。サハリン旅行はチェーホフの伝記における最大の謎として残った。ただ一つ言えるのは、『退屈な話』で顕在化させたチェーホフの精神的危機とは無縁ではないことだ。

サハリン行きの真相が知れない以上、原因を詮索するより結果に目を向けたほうが意味がある。サハリンを境にチェーホフの作品は変化したのか？　その違いは歴然としている。「閉ざされた空間」や「閉じ込められる」というモチーフが前面に出てくるのである。なかでも強烈なイメージを放つのは『六号室』（一八九二）という作品だ。主人公の医師ラーギンは二十年間ある郡の慈善病院の院長を務めているが、使命感もなく、でたらめな病院経営を放置している。そんな彼がふとしたきっかけで訪れた精神科病院で初めてまともに話し合える患者に出会う。やがて頻繁にその患者を訪れるようになり、そのことが周囲の不信を招き、ついには医者のラーギン自身が精神病院に収監される。「内」と「外」の反転。ラーギンはこれは何かの誤解だと訴えようとする。そしてここから外に出ていこうとする。「突如絶望に囚われ、両手で鉄格子をつかむと、力いっぱい揺すった。頑丈な鉄格子はびくともしなかった」。今まで便利な哲学で自分を言いくるめ、現実を直視してこなかったラーギンは、したたかに現実の壁にぶつかり、「閉ざされた」病棟に閉じ込められ、やがてそのまま死を迎える。

あるいは『箱に入った男』（一八九八）のベーリコフは現実との接触をおそれて自分の殻に閉じこもり、ついには死んで窮屈な棺桶のなかに入れられ、ようやく安心立命したかのように穏やかな死に顔を見せる。小説だけではない。無能な教授への仕送りのため、自分の人生を棒に振ったワーニャ伯父さんは、教授相手にひと騒動起こしたすえに、すごすごと元の仕送りの生活に戻っていくが、その行き場のない人生は、なんと「死」に近いことか。戯曲『桜の園』(一九〇四)で従僕のフィールスは、他の登場人物が旅立ったあとに、一人屋敷に閉じ込められ「死」を迎える。チェーホフ最後の作品『いいなずけ』(一九〇三)は、「閉所」や「閉じ込められる」事態とは無縁に見えるが、最後に主人公のナージャが新しい生活のために振り捨てて出て行こうとしている住み慣れたわが家こそ、ナージャの自由な飛翔をさまたげ、彼女を閉じ込めてきた「閉所」だった。

サハリン以後、チェーホフの作品には「閉所」もしくは「閉ざされる」というモチーフを持たない作品はひとつもないと言ってよい。たしかにサハリンは隔離され、封印された、犯罪者の流刑地だが、チェーホフはロシア自体が「閉ざされた」サハリンにほかならないことを、このサハリンで発見した。

チェーホフの発見はそれだけではない。サハリンからモスクワに帰り着いたチェーホフは翌日すぐにスヴォーリンに書いている——「死刑以外のすべてを見ました。(中略)今思い出してみると、サハリンはさながら地獄のように思えます」(一八九〇年十二月九日)。幼い少女が何の罪の意識もなく売春に走り、人間と家畜がひとつ床に雑居する流刑地サハリンの現実は、まさに言語を絶した「地獄絵図」だった。これまで暮らしてきたモスクワの尺度では測りきれない現実にチェーホフは圧倒された。モスクワではないもう一つの現実。中心は一つではないのだ。遍在する中心——それはもはや中心ではない、「中心の喪失」である。そうした「中心の喪失」はサハリンでは、何ら悲劇的な様相を帯びることもなく、日常の様態として遍在する。こうした現実をチェーホフは、ありきたりの人間の条件として受け入れた。サハリン以降の作品は、この決意の延長線上に生み出された。

チェーホフによる「父親殺し」

こうしてみると、ロシア文学にとってチェーホフの作品は二重の意味で時代を画するものであったことが見えてくる。いささか扇情的な言葉を用いれば、チェーホフは二度「父親殺し」を行っていた。一度目は作品のなかで、二度目は文学史のなかで。まずは最初の父親殺しから……。

すでに何度もほかの場所でふれたことだが、チェーホフの作品には父親の影がうすい。いや、それどころか父親は不在であることが多い。意外なことにチェーホフが作品を書き出す初っ端からそうなのだ。

チェーホフの末弟ミハイルの回想によれば、チェーホフは作家としてデビューする以前に二つの大きな戯曲を書いていた。生前活字になっていないので、原稿は作家の手によって廃棄されたか、失われたと見なされていた。ところが、チェーホフの死後一九一四年になって一本の未発表の戯曲原稿が発見された。

ただし、それには表題を記した用紙が欠けていて、そのためこの作品がミハイルのあげている二本の戯曲のどれに当たるのか、研究者のあいだでも一時期混乱があった。一九二三年にはじめて活字に起こされたときも、「題名のない戯曲」として扱われ、実際の上演では主人公の名をとって『プラトーノフ』と題されることが多かった。わが国でも中央公論社版の『チェーホフ全集』では『プラトーノフ』という題名で訳出され、この名で広く知られている。ところがその後の研究で、戯曲が二本あったというのはミハイルの記憶ちがいで、実際チェーホフが若い頃に書いたのはタイトルページを欠いた作品一本であることが明らかになった。この作品はチェーホフが十六、七歳の頃に書いたものと推定され、その後加筆・修正され、一八八一年前後に完成したと見られる。いずれにしてもチェーホフが二十歳そこそこで書き上げた、チェーホフの原点とでも言うべき作品だ。タイトルページがないので確証をもっては言えないのだが、その戯曲の題名は、『父なし子』。はなから「父親殺し」をうかがわせる題名ではないか。

　父親をないがしろにする姿勢はまだまだつづく。戯曲の『かもめ』では、トレープレフの父親は、科白で「うちの親父は有名な役者ではあったが、元をただせばキエフの町人にすぎない」とふれられるだけで、ついぞ登場しない。どうやらかなり昔に亡くなっているらしく、殆ど誰の意識にものぼらない。『ワーニャ伯父さん』にはたしかに父親は登場する。ソーニャの父親で、ワーニャをしたたかに落胆させる存在だが、娘のソーニャにとってはあまりにも希薄な父親だ。叶わぬ恋に悩む娘を思いやる父性は微塵もみられなく、父親としては最初から失格している。

『三人姉妹』では芝居の冒頭から父親の出番は封じられている。幕開けと同時に語られる、「お父さんが亡くなったのはちょうど一年前、それも五月五日、あなたの名の日だった」と語る長女オリガの科白は、これ見よがしに父親の不在を告知し、父親のいない家庭をことさらに強調してみせる。

最後に書かれた戯曲『桜の園』でもやはり父親は登場しない。代々の領地である桜の園が売却されるという危機的な状況のなかでも父親の存在は皆無なのである。領地を管理するラネフスカヤの夫、娘アーニャの父親はずいぶん昔に亡くなっているらしく、ラネフスカヤの愛人のことは口の端にのぼっても、亡くなった夫・父親は妻や娘の想い出のなかにも登場しない。

チェーホフの戯曲はどれも家庭を舞台にした「家庭劇」と言ってもいいものなのに、その家庭に父親が欠けているのである。いや、その欠落すら意識されないほどに、その存在は希薄なのだ。

確信犯にもちかいこの父親の卑小化。要するに、チェーホフの作品はどれを取っても、父親の不在証明しか出てこないのだ。いったいこれは何を意味しているのか。

チェーホフは作家になってからも、折にふれて自分には少年時代がなかったと感想をもらしている。その少年時代に暗い影を落としたのが、ほかならぬ父親の存在だった。

タガンローグの町で小さな食料雑貨店を営んでいた父パーヴェルは家庭ではかなりの暴君で、店番を押しつけられたり、無理矢理教会の聖歌隊に通わせられたり、チェーホフたち子供は父親の横暴に苦しめられた。のちにチェーホフは幼時を回想して、「子供時代を振り返ってみると、ぼくにはそれがかなり陰惨なものに思える」と書いている。長兄のアレクサンドルの回想によれば、チェーホフは子供の頃、自分の友達が家庭でぶたれないと聞くと、ひどく驚いたらしい。それほどチェーホフの家庭では、体罰が日常茶飯の出来事だったのである。

無闇にチェーホフの少年時代を暗く染め上げる必要はないが、たしかにチェーホフの子供時代は幸福なものではなかった。子供たちを震え上がらせ、家庭に恐怖を持ち込む父親をチェーホフがうとましく思い、反発をおぼえたとしても当然だろう。

チェーホフにとって父親は恐怖の対象でありこそすれ、けっして慈しみ愛情を注げる対象ではなかった。心のどこかで憎悪していたのかもしれない。後年チェーホフは、「ぼくを鞭打った父を許すことはできない」と作家のネミロヴィチ＝ダンチェンコに語っているが、この言葉には子供の頃に受けたチェーホフの深い傷跡が感じられる。

そのせいだろうか、チェーホフは自分の作品から父親の存在を消し去った。『かもめ』では父親の存在は思いっきり卑小化され、『三人姉妹』では、父親の死の宣告をもって幕が開く。これはもう、立派な「父親殺し」ではないか。

フロイトにならって言えば、チェーホフもまたドストエフスキー同様、作品のなかでこっそり父親を殺していたのだ。だが、これはまだチェーホフによる父親殺しの半面でしかない。実はチェーホフはもうひとつの父親殺しも企てていた。

先にもふれたように、チェーホフはドストエフスキーやトルストイ、トゥルゲーネフのあとから文学を開始した。その頃盛んに言われたのは、誰がこれらの大長編を受け継ぐかという問題だった。チェーホフ自身、何度か長編を書きたいという意向をもらしている。だが書かなかった。書けなかったのではない、書かなかったのである。たしかにドストエフスキーやトルストイの亜流に徹しようと思えばできた。だがチェーホフはあえてその道を選ばなかった。ドストエフスキーのように観念の怪物を小説に持ち込むのでもなく、トルストイのように小説にモラルを接ぎ木するのでもなく、日常の地平に文学をひきずり下ろす、それこそチェーホフの新たな立脚点だった。こうしてチェーホフはドストエフスキーやトルストイの否定の上に自分なりの文学を築いた。それは、文学史上でのもうひとつの「父親殺し」にほかならなかった。

チェーホフは二重の意味で父親を消去していたのである。

チェーホフ年譜（日付は旧暦）

一八六〇年一月一七日
父パーヴェルと母エヴゲーニヤの三男として南ロシアのタガンローグに生まれる。家族構成は、長男アレクサンドル（作家、一八五五〜一九一三）、次男ニコライ（画家、一八五八〜一八八九）、四男イワン（教師、一八六一〜一九二二）、長女マリヤ（教師、一八六三〜一九五七）、五男ミハイル（作家、一八六五〜一九三六）、次女エヴゲーニヤ（一八六九〜一八七一）。

一八七八年　一八歳
この頃、戯曲『父なし子』を書く。

一八七九年　一九歳
九月、モスクワ大学医学部に入学。

一八八〇年　二〇歳
デビュー作『隣の学者への手紙』、『小説の中でいちばん多く出くわすものは？』など。

一八八一年　二一歳
一月二八日、ドストエフスキー没。三月一日、アレクサンドル二世暗殺。

一八八二年　二二歳
『生きた商品』『咲き遅れた花』など。

一八八三年　二三歳
論文『性の権威史』の構想。『小役人の死』『アルビヨンの娘』『でぶとやせっぽち』など。

一八八四年　二四歳
六月、モスクワ大学医学部を卒業。最初の作品集『メルポメネ物語』。一二月、最初の喀血。
『カメレオン』『牡蠣』、長編『狩場の悲劇』など。

一八八五年　二五歳
一二月、ペテルブルグで大歓迎を受ける。
『馬のような名前』『下士官プリシベーエフ』『老年』『悲しみ』など。

一八八六年　二六歳
三月、グリゴローヴィチから激励の手紙。五月、第二作品集『雑話集』。
『ふさぎの虫』『たわむれ』『アガーフィヤ』『泥沼』『ワーニカ』『タバコの害について』など。

一八八七年　二七歳
一一月、コルシ劇場で戯曲『イワーノフ』上演。
『ヴェーロチカ』『ある邂逅』、一幕物『白鳥の歌』など。

一八八八年　二八歳
一〇月、『イワーノフ』の改作に着手。学士院よりプーシキン賞授与。
『ねむい』『広野』『ともしび』『名の日の祝い』『発作』、一幕物ボードビル『熊』『結婚申し込み』など。

一八八九年　二九歳
一月、アヴィーロワとの出会い。アレクサンドリンスキー劇場で『イワーノフ』改訂版上演。六月、次兄ニコライの死。一二月、アブラーモワ劇場で『森の主』を上演、酷評される。『退屈な話』など。

一八九〇年　三〇歳
四月二一日、サハリンに向け出発。七月一一日から一〇月一三日までサハリンに滞在、流刑地の実態調査。『シベリアの旅』『泥棒たち』『グーセフ』など。

一八九一年　三一歳
三〜四月、「新時代」紙社主スヴォーリンと南欧旅行。年末から翌年にかけて飢饉による難民救済に奔走。『女房ども』『決闘』、一幕物『創立記念祭』など。

一八九二年　三二歳
一月、アヴィーロワと再会。三月、メリホヴォに転居。夏、コレラ流行のため医者として防疫に尽力。『妻』『浮気な女』『追放されて』『隣人たち』『六号室』『恐怖』など。

一八九三年　三三歳
『サハリン島』の連載開始（〜九四年）。『匿名氏の話』など。

一八九四年　三四歳
九〜一〇月、ヨーロッパ旅行。『黒衣の僧』『女の王国』『ロスチャイルドのバイオリン』『大学生』『文学教師』など。

一八九五年　三五歳
二月、アヴィーロワを訪問。八月、はじめてトルストイを訪ねる。一一月、戯曲『かもめ』執筆。年末ブーニンと知り合う。
『三年』『おでこの白い犬』『アリアドナ』『殺人』『首の上のアンナ』など。

一八九六年　三六歳
八月、メリホヴォ近郊のターレジ村に私財を投じて学校を建設。一〇月、アレクサンドリンスキー劇場で『かもめ』の初演、不評に終わる。『森の主』を『ワーニャ伯父さん』に改作。
『中二階のある家』『わが人生』など。

一八九七年　三七歳
私財を投じてノヴォセルキ村に学校を建設（七月落成）。三月、食事中に大喀血、入院。九月、転地療養のためニースに滞在。
『百姓たち』『生まれ故郷で』『ペチェネーグ人』『荷馬車で』など。

一八九八年　三八歳
一～二月、ドレフュス事件をめぐってスヴォーリンと対立。二月、故郷のタガンローグ図書館にフランス文学図書三〇〇〇冊余りを寄贈。九月、創設されたモスクワ芸術座の稽古場で未来の妻オリガ・クニッペルを知る。一〇月、父パーヴェル死去。ヤルタに別荘地を購入。一一月、ゴーリキーとの文通はじまる。一二月一七日、モスクワ芸術座で『かもめ』初演。『知人の家で』『イオーヌイチ』『箱に入った男』『すぐり』『愛について』『往診中の出来事』など。

一八九九年　三九歳

一月、作品の版権をマルクス出版社に売却。三～四月、ゴーリキーとの交流深める。四月、クプリーンと知り合う。モスクワでオリガ・クニッペルとの親交を深める。五月、アヴィーロワと訣別。一〇月、モスクワ芸術座で『ワーニャ伯父さん』初演。『かわいいひと』『新しい別荘』『犬を連れた奥さん』など。

一九〇〇年　四〇歳

一月、トルストイ、コロレンコらとともに学士院名誉会員に選出される。八月から『三人姉妹』を執筆。この頃さかんにオリガ・クニッペルと文通。『谷間』『クリスマス週間』など。

一九〇一年　四一歳

一月、モスクワ芸術座で『三人姉妹』初演。五月、オリガ・クニッペルと結婚。八月、遺書を作成。秋、ゴーリキー、トルストイ、バリモントらと交遊。一二月、喀血。

一九〇二年　四二歳

四月、妻オリガの入院騒ぎ。八月、ゴーリキーの学士院名誉会員取り消しに抗議し、コロレンコとともに自身の名誉会員を辞退。九月、『タバコの害について』をボードビルに改作。一〇月、『いいなずけ』執筆。『僧正』など。

一九〇三年　四三歳

一月、肋膜炎を発病。夏から『桜の園』を執筆、一〇月に脱稿。一二月、『桜の園』上演に立ち会うため、病をおしてモスクワに出向く。最後の小説『いいなずけ』発表。

一九〇四年　四四歳

一月一七日（チェーホフの誕生日）、モスクワ芸術座で『桜の園』初演。二月、ヤルタに帰るが、咳と下痢に苦しむ。五月、病状が悪化。六月、療養のため妻オリガと南ドイツの鉱泉地バーデンワイラーに出発。病状は好転せず、七月二日、医者に「イッヒ・シュテルベ（私は死ぬ）」とドイツ語で告げたあと永眠。遺体はモスクワのノヴォデーヴィチー修道院の墓地に葬られた。

訳者あとがき

二〇〇四年、当時勤めていた大学の「学部報」に、ぼくは「チェーホフ没後百年によせて?!」と題してこんなことを書いている。

没後百年といえば、先頃ぼくたちは小津安二郎監督の生誕百年を迎えたばかりだ。没後百年と生誕百年。うーむ、なんだか似ているような似ていないような……。ぼくには二人が図らずも踵を接するように記念祭を迎えたことに、なんだか深い結びつきがあるような気がしてならない。

というのも、先日DVDで小津の遺作『秋刀魚の味』を観ていたときのことだ。佐田啓二演じる幸一が欲しいゴルフ・クラブを買えず、ふてくされて寝転がって煙草をふかせている。そのうしろに小振りの本棚があるのだが、そこに妙に目立つ形で全集本らしきものが並んでいる。赤い背表紙、下のほうに配された黒い帯。

ぼくの瞳はモニターにくぎづけになった。はたしてこれはチェーホフ全集ではないのか？　静止画面にして、ぼくは律儀にもその冊数を数えてみた。一部影になって判然としないところもあるが、その数一六冊。中央公論社版のチェーホフ全集は揃えば一八冊になる。

『秋刀魚の味』は一九六二年に封切られた。中公版のチェーホフ全集はチェーホフの生誕百年に合わせた企画で、一九六〇年から六一年にかけて出版された。時期的にこの全集が登場人物の幸一の書棚をかざっていても不思議はない。不思議なのはこの本の位置が別のショットでは微妙にちがっていることだ。同じ書棚のなかであることにかわりはないのだが、当初あった場所からずらされているのだ。本来なら佐田啓二の身体に隠されてしまうはずなのに、置き換えられたためにちゃっかり画面に収まっているのである。これは製作上のミスだろうか。小道具一つの位置をもゆるがせにしなかった小津の資質を考えれば、そんな単純なミスを犯すとは考えにくい。だとすれば、これは意図的な置き換えである。小津はここでチェーホフ全集をフレームに収めることによって、ひそかに観る者に挨拶を送っているのではないか。

いや、それだけではない。この正月NHKで放映された『秋日和』を観ていると、ここにも先のチェーホフ全集の一冊が登場していたのである。嫁いでいく司葉子が母親の原節子と最後に旅行をする宿屋で開いているのがチェーホフなのである。シナリオには「週刊誌など開いてみる」とあるだけなのだが、週刊誌にしおりの紐がついているわけはない。しかも赤と黒の装幀。『秋日和』は一九六〇年一一月の封切りだから、ここで小津は刊行間もないチェーホフの一冊を添えているのだ。並々ならぬ思い入れというべきか。

不勉強なぼくは小津がチェーホフをどう評価していたかは知らない。だが、その映画にはただならぬチェーホフ的雰囲気がただよっている。嚙み合っているようないないようなちぐはぐな科白。あるいは『東京物語』で妻をなくした笠智衆がぽつりと「今日も暑うなるぞ……」と語る科白など、まさしくチェーホフ的なのだ。心に言いしれぬ不安をかかえたチェーホフの人物は天候のことや、日常の瑣末なことがらしか口にしない。チェーホフも小津も、一見淡々と流れる日常しか描かなかったと言われる。だが、それは捏造された日常の静謐とでも言うべきものだろう。その背後には、不気味な「無意味の深淵」がぱっくり口を開けているのだ。

そう思ってあらためて考えてみると、この二人、意外に深いところでつながっている。チェーホフは当時だれも見向きもしなかったユーモア雑誌から出発し、おびただしいユーモア短編を書き散らし、だれが見ても悲劇としか思えない芝居を書いておきながら、それを「コメディだ」と主張してゆずらなかった。小津も初期にはヂェームス・槇というペンネームでせっせとナンセンス・ギャグの案出に腐心した。だが、誤解してもらっては困る。二人はそこから出発して世界的な作家や映画監督に成長したなどと言いたいわけではない。両者の根っこにある「ナンセンス的世界観」というべきものを指摘したいだけだ。ただ両者はいたずらに「無意味」を言い募るのを避け、それを「日常」というベールをかけて差し出した。一元的価値に収斂されない毒気がそこにははらまれている。それはニヒルの裏返しにほかならない。両者が今日もなお読むに耐え、観るに値するのは、そうした多義性をゆたかに蔵しているためだ。

と、ここまで書いたところで紙幅がつきた。チェーホフにはついぞふれることはできなかった。さぞかしチェーホフは草葉の陰で苦笑いをしていることだろう。

なにしろ、「ある謙遜な男のために祝賀の催しがあった。〈……〉食事も終わろうという頃になってやっと気がついてみると——当の御本尊を招ぶのを忘れていた」と書いているのは当のチェーホフなのだから。合掌。(東京大学「教養学部報」第四七二号、二〇〇四年二月四日)

＊　＊　＊

迂闊なことにぼくは先の小文を書いたとき、チェーホフ翻訳者としても知られる神西清氏が小津と同じく一九〇三年の生まれであることに気づいていなかった。まったく自分の歴史意識の欠如に驚くほかないのだが、改めて神西氏の名前を思い出したのは二〇一七年のことだった。この年、演劇雑誌の「悲劇喜劇」がチェーホフ特集を組むというので、ぼくは「極私的チェーホフ翻訳論」という小文でお茶を濁したのだが、そこでももっぱら、ぼくが学生時代に読んだ原卓也さんの威勢のいい訳文にふれるだけで、神西さんの訳については、通り一遍の賛辞を呈するだけで済ませてしまった。

しかし実際には神西清の名はぼくには絶対的な存在だった。彼のチェーホフ論はいち早くチェーホフの「非情」を的確にとらえていたし、当時の独自な思想家ワシーリー・ローザノフへの関心とあいまって、群を抜いて独創的なものであった。チェーホフの翻訳においては、その研ぎ澄まされた言葉への感覚といい、彫琢された文章の完成度といい、余人の及ぶところではなかった。神西氏のあとでチェーホフを訳すのは殆ど無謀な営みだとさえ、ぼくは思っていた。

実は先に『チェーホフ』（岩波新書）を書いたあと、ぼくは神西清論を書くつもりでいた。全六巻の『神西清全集』も買い込んだ。準備に抜かりはなかったが、ぼくの能力ではあのロマネスク風の神西氏の小説の意匠には歯が立たず、あえなく敗退した。

チェーホフの生誕百年を記念して出版された中央公論社版『チェーホフ全集』は、この神西清氏を核に池田健太郎、原卓也のお三方による仕事である。

神西さんは一九五七年に五十三歳で亡くなり、その衣鉢を継いだ池田健太郎さんは神西さんより若く、一九七九年に五十歳の若さでお亡くなりになった。ぼくが大阪から東京に出てきたのは、一九七一年のことで、その後早稲田の露文科大学院に在籍していたので、池田さんにお目に掛かる機会があってもおかしくはないのだが、お目に掛かった記憶はない。その頃には池田さんの恐ろしさは、物の本で読んで十分知っていたので、足がすくんで声を掛けることすらできなかったろう。引っ込み思案は何の実も結ばないことが悔やまれる。

一方、原卓也先生には、ぼくは東京外国語大学の出身でもないのに、ずいぶん親しくしていただいた。だから、中公の『チェーホフ全集』のいきさつについても、聞ける機会はいくらでもあったのに、ぼくはむざむざその機会を逸してしまった。自分のチェーホフ論に自信が持てなかったぼくは、先達のロシア文学者に議論を吹っかける勇気もなかったのだ。

＊　＊　＊

人生の土壇場になって、なんとかチェーホフの短編小説をまとめて出せることになった。

短編集は二冊から成っていて、一冊目の本書には『ヴェーロチカ』『カシタンカ』『退屈な話』『グーセフ』『流刑地にて』『六号室』の六編、二冊目には『匿名氏の話』

『おでこの白い犬』『中二階のある家』『すぐり』『愛について』『犬を連れた奥さん』『タバコの害について』の七編を収めることになっている。もちろん、これでチェーホフの短編の世界が見通せるわけではないが、先に出ている『馬のような名字　チェーホフ傑作選』（河出文庫）と合わせれば、主だった作品は読めるのではないかと思う。

この短編集には『カシタンカ』や『おでこの白い犬』といったチェーホフの動物ものも収録してある。ぼくの考えでは、チェーホフは人間を描くといびつな人間しか出てこないが、動物や子供を書かせると、やたらと人間的で、生き生きとしてくるのだ。

チェーホフの名作のひとつ『かわいいひと』の主人公のオーレニカはいつも誰かを愛していなければ生きていけない。だが、彼女の夫は次から次へと死んでいく。「これから私は誰をたよりに生きていけばいいの」と、主人公は通り一遍に嘆いてみせるが、その悲しみはことさら具体的に描かれることはない。まるで夫は取り替えのきく部品か何かのようだ。それに比べると、動物や子供のほうが、よほど人間的に苦しみ、血の通った歓びを爆発させる。人間がモノみたいで動物のほうが人間らしく見えるだなんて、やはり何だか変じゃないか。チェーホフにはそんな妙なところがあった。

＊＊＊

翻訳に当たっては、光文社編集部の中町俊伸さん、今野哲男さん、辻宜克さんにたいへんお世話になった。記してお礼を申し上げたい。

翻訳の底本にはロシア語アカデミー版『チェーホフ全集』（全三十巻）を使用した。

А.П.Чехов. Полное собрание сочинений и писем в 30 томах（М.: Наука. 1974-1983）

本書収録の作品中、「乞食」「私生児」などの不適切な用語が使用されています。また、無教養で見識のない様の比喩として「盲目で、（中略）何も見えない」、非知識階級を嘲る意図で「パリヤ（賤民にルビ）」とインドのヒンドゥー教社会で被差別民を意味する呼称を用いるなど、視覚障害や身分制度に関し許容されるべきでない比喩表現がなされています。

精神科病棟を舞台とする短編『六号室』においては、「瘋癲病院」「六号室のごとき唾棄すべき機関」と当該施設そのものを侮蔑的に記載するのみならず、「狂人」「狂気」「気がおかしくなる」「気が狂った痴れ者」「気の触れた連中」「うつけたけだもの」など、精神疾患やその患者について誤解や偏見に基づく差別的な記述が多用されています。

これらは物語が成立した一八九〇年前後のロシアの社会状況と未成熟な人権意識に基づくものですが、編集部ではこれらの表現についても、原文に忠実に翻訳することを心がけました。それが今日にも続く人権侵害や差別問題を考える手がかりとなり、ひいては作品の歴史的・文学的価値を尊重することにつながると考えたものです。差別の意図を助長するものではないということをご理解ください。

編集部

光文社古典新訳文庫

ヴェーロチカ／六号室《ろくごうしつ》
チェーホフ傑作選

著者　チェーホフ

訳者　浦《うら》 雅春《まさはる》

2023年5月20日　初版第1刷発行

発行者　三宅貴久

印刷　萩原印刷

製本　ナショナル製本

発行所　株式会社光文社

〒112-8011東京都文京区音羽1-16-6

電話　03（5395）8162（編集部）

03（5395）8116（書籍販売部）

03（5395）8125（業務部）

www.kobunsha.com

ISBN978-4-334-75479-2 Printed in Japan

いま、息をしている言葉で、もういちど古典を

長い年月をかけて世界中で読み継がれてきたのが古典です。奥の深い味わいある作品ばかりがそろっており、この「古典の森」に分け入ることは人生のもっとも大きな喜びであることに異論のある人はいないはずです。しかしながら、こんなに豊饒で魅力に満ちた古典を、なぜわたしたちはこれほどまで疎んじてきたのでしょうか。

ひとつには古臭い教養主義からの逃走だったのかもしれません。真面目に文学や思想を論じることは、ある種の権威化であるという思いから、その呪縛から逃れるために、教養そのものを否定しすぎてしまったのではないでしょうか。

いま、時代は大きな転換期を迎えています。まれに見るスピードで歴史が動いていくのを多くの人々が実感していると思います。

こんな時わたしたちを支え、導いてくれるものが古典なのです。「いま、息をしている言葉で」——光文社の古典新訳文庫は、さまよえる現代人の心の奥底まで届くような言葉で、古典を現代に蘇らせることを意図して創刊されました。気取らず、自由に、心の赴くままに、気軽に手に取って楽しめる古典作品を、新訳という光のもとに読者に届けていくこと。それがこの文庫の使命だとわたしたちは考えています。

このシリーズについてのご意見、ご感想、ご要望をハガキ、手紙、メール等で翻訳編集部までお寄せください。今後の企画の参考にさせていただきます。
メール　info@kotensinyaku.jp